NEKROPOLIS

Boris Pahor

Nekropolis

Aus dem Slowenischen
von Mirella Urdih-Merkù

Berlin Verlag

Die Originalausgabe erschien 1967 unter dem Titel
Nekropola
bei Založba Obzorja, Maribor,
die überarbeitete Ausgabe erschien 1997 unter demselben Titel
bei Založba Mladinska knjiga, Ljubljana

Umschlaggestaltung:
Nina Rothfos und Patrick Gabler, Hamburg
Gesetzt aus der Van Dijck Book
durch die Offizin Götz Gorissen, Berlin
Druck & Bindung: GGP Media, Pößneck
Printed in Germany 2001
ISBN 3-8270-0408-X

Gedruckt auf chlor- und säurefreiem Papier

DEN MANEN ALL JENER,
DIE NICHT ZURÜCKGEKEHRT SIND

Kalte Asche hat die Schatten bedeckt.
Srečko Kosovel

Wenn aber die Völker erkennen werden, wer Ihr gewesen seid,
werden sie aus Trauer und schlechtem Gewissen in die Erde beißen.
Sie werden sie mit ihren Tränen durchweichen
und Euch Tempel errichten.
Vercors

Es ist Sonntagnachmittag und das Asphaltband, das sich in glatten Kurven immer höher in die Berge windet, ist nicht so einsam, wie es mir recht wäre. Autos überholen mich, andere fahren zurück ins Tal nach Schirmeck, und dieser Touristenverkehr verhindert die Sammlung, die ich mir erhofft habe, und lässt alles banal werden. Ich weiß, dass ich mit meinem Fahrzeug gleichfalls Teil dieser motorisierten Prozession bin, doch ich habe mir vorgestellt, meine Anwesenheit allein ließe wegen der einstigen Verschmelzung mit dieser Atmosphäre das Traumbild unverändert, das die ganze Nachkriegszeit hindurch unberührt im Schatten meines Bewusstseins geruht hat. Ich merke, wie ein undeutlicher Widerstand in mir erwacht, Widerstand dagegen, dass dieser Ort in den Bergen, der ein Bestandteil unserer inneren Welt war, jetzt offen daliegt. In diesen Widerstand mischt sich zugleich eine gewisse Eifersucht, denn nun schauen fremde Augen auf die Umgebung, die Zeugin unseres anonymen Gefangenseins war. Diese Touristenblicke, dessen bin ich mir unbeirrbar bewusst, werden nie in die abgrundtiefe Verworfenheit eindringen können, mit der unser Glaube an die Würde des Menschen und an seine persönliche Entscheidungsfreiheit Lügen gestraft wurde. Fast gleichzeitig aber schleicht sich von irgendwoher, ungerufen und etwas aufdringlich, die bescheidene Genugtuung, dass das Hochland der Vogesen nicht mehr jene verborgene Gegend des entlegenen, in sich selbst verbrennenden Verderbens birgt, sondern zum Ziel vieler Menschen geworden ist, die vielleicht unreif in ihrer Fantasie sein mögen, im Inneren ihres Herzens aber darauf vorbereitet sind, das unbegreifliche, einmalige Schicksal ihrer verlorenen Söhne zu ahnen.

Der Aufstieg auf diesen abgelegenen Berghang erinnert an eine Wallfahrt, und doch hat die Fahrt hierher nichts mit der Äußerlichkeit des Brauchs zu tun, den einst der Protestant Primož Trubar so eifrig bekämpft hat, als er die Slowenen davon abbringen wollte, sich in Massenritualen zu ergehen. Leute aus allen europäischen Ländern versammeln sich hier auf der Hochebene, wo das menschliche Böse den menschlichen Schmerz besiegt und dem Verrecken das Siegel der Ewigkeit eingeprägt hat. Die zeitgenössischen Wallfahrer kommen in der Absicht hierher, auf wahrhaft heiligen Boden zu treten und der Asche jener Mitmenschen zu huldigen, deren stumme Anwesenheit eine unverrückbare Wegmarke in das Bewusstsein der Menschheit gesetzt hat.

In den engen Kurven denke ich nicht an das Schaukeln des Lastwagens, der aus dem damaligen Markirch die Kiste mit unserem ersten Toten transportierte, ich wusste damals nicht, dass ich auf einer solch traurigen Kiste saß; die eiskalte Luft, die vom Schnee herwehte, hätte wahrscheinlich jeden Gedanken erstarren lassen, der sich in mein Bewusstsein hätte einschleichen wollen. Nein, ich denke keineswegs an irgendeines jener Bilder, die wie dürre Trauben mit ihren verwelkten und verschimmelten Beeren verwickelt und verrunzelt in meinem Inneren fortbestehen. Ich schaue auf die glatte Asphaltschicht vor der Windschutzscheibe meines Autos, wobei ich eigentlich lieber die alte zerfahrene und holprige Straße vor mir hätte, die mich eher zu der wirklichen Atmosphäre der Vergangenheit hinführen würde; daneben machen sich aber auch jenes Verwöhntsein und jener Egoismus des modernen Fahrers bemerkbar, der sich an die Bequemlichkeit des reibungslosen schnellen Verkehrs gewöhnt hat. Zugleich versuche ich, in meiner Erinnerung eine Gebirgsroute auf slowenischem Boden ausfindig zu machen, die mit dieser kurvenreichen Strecke von Schirmeck nach Struthof vergleichbar wäre. Die Serpentinen am Vršič sind mir dabei eingefallen, aber dort erstreckt sich die Aussicht über ein außerordentliches Amphitheater felsiger Gipfel, die hier fehlen. Die Straße von Kobarid nach Drežnica? Die könnte es fast sein. Und doch nicht ganz, da es hier den Krn mit seinen blendenden Felsklippen nicht gibt. Vielleicht ist diese Straße in den Vogesen jener kurvenreichen Straße am ähnlichsten, die von Kobarid nach Vrsno ansteigt. Auch dort macht der Wald hin und wieder der offenen Welt Platz, und das Tal, an der Flanke tief eingeschnitten, ist nicht allzu weit weg; aber vor allem gibt es nirgendwo Felsen, und bewaldete Rundungen gehen in hügelige Wiesen über, die am unteren Ende wieder von dunklen Waldflecken festgehalten werden. Nur eines weiß ich nicht mehr, ob an den Hängen von Vrsno auch Fichten wachsen wie hier. Wahrscheinlich nicht.

Die Straße windet sich immer noch den Berg hinauf, aber jetzt wird sie hie und da vom Weiß der gesprengten Felsen begleitet, wie überall dort, wo Menschen mit ihren Geräten die grüne Oberfläche der Erdflanken verwundet und sich in ihre geballte versteckte Kraft verbissen haben.

Auf der linken Seite biegt jetzt ein breiter und langer Streifen Erdboden ab, der zur Einfahrt führt. Eines Tages wird es hier bestimmt eine Allee geben, im Moment aber ist der ganze Platz mit Bussen und Pkws überfüllt, die sich kreuz und quer gestellt haben, so dass ich unweigerlich an den Parkplatz vor der Adelsberger Grotte denken muss. Und mit all meiner Kraft trotze ich dem Anblick älterer schweizerischer und österreichischer Touristen und grauhaariger Touristinnen. Unablässig halten sie den Riemen ihrer altmodischen Handtaschen mit der Hand fest und drehen den Kopf nach der Stimme des Touristenführers, wie die Hühner, wenn sie beim Warnruf aus ihrer kleinlichen, zwergenhaften Geschäftigkeit aufwachen und sofort ihr rotes Periskop erheben. Am aufrichtigsten und ehrlichsten wäre es, ich würde umkehren und morgen früh zurückkommen, wenn die Werktagsstimmung der Abgeschiedenheit der stufigen Bergweiden gnädiger sein wird. Aber für den morgigen Tag stehen neue Landschaften an, so dass ich, obwohl mir klar ist, wie unfruchtbar das mechanische Einhalten des Reiseprogramms ist, zum Eingangstor trete, statt mich dem Ort frei zu ergeben oder mich aus ihm herauszuhalten. Und wie immer spüre ich auch diesmal neben dem Bedürfnis nach schnellem und ruhelosem Reisen die leise Sehnsucht nach ruhiger, grenzenloser Sammlung, die dem Menschen ermöglicht, das richtige Verhältnis zur Erde und zum Meer zu finden, zu den Straßen in der Stadt und zu ihren Häusern wie auch zu den Gesichtern und Personen, die ihm vom

Leben nahe gebracht werden; aber Schnelligkeit und Eile hetzen ihn fieberhaft weiter, so dass seine Augen nur oberflächliche Eindrücke sammeln können, die sich wie der Schaum am Bug eines rasenden Motorbootes auflösen. Schließlich tröstet sich der Mensch damit, dass er schon deswegen reich ist, weil er die Sehnsucht nach stiller Dauer verspürt, als wäre heutzutage bereits die Besinnung auf die eigene Verstümmelung eine Kostbarkeit an sich. Wahrscheinlich ist sie es auch. Und höchstwahrscheinlich war sie es schon immer, jedoch nur für eine kleinere Anzahl von Menschen. Heutzutage sind wir eigentlich armselig angesichts der zu großen Menge Bilder und Eindrücke; wir haben unsere Liebe zerbröselt und uns von ihr entfernt. Wir haben genau das Gegenteil von dem getan, was die Bienen machen; wir haben den Blütenstaub über Millionen Dinge zerstreut und ungeachtet der leisen Stimme, die es besser weiß, hoffen wir immer noch, eines Tages so viel Zeit zur Verfügung zu haben, dass wir unseren ausgeleerten Bienenstock wieder auffüllen können.

Es ist unsinnig, und doch habe ich den Eindruck, dass mich die Touristen beobachten, als sie zu ihren Fahrzeugen zurückkehren, wie wenn sich auf einmal die gestreifte Jacke über meine Schultern gestülpt hätte und meine Holzpantinen die Steinchen auf dem Weg zerdrückten. Nun, ein unkontrollierter Moment, der im Menschen die Vergangenheit mit der Gegenwart vermischt; und doch ist auch wahr, dass in manchen Situationen ein unsichtbares, aber mächtiges Fluidum im Menschen entsteht, das die anderen als die Nähe einer nichtalltäglichen, besonderen Atmosphäre empfinden, von der sie gepackt und geschüttelt werden wie ein Boot von einer unerwarteten Welle. So ist an mir vielleicht tatsächlich etwas aus längst vergangenen Tagen haften geblieben; und während ich daran denke, versuche ich, gelassen zu gehen, obwohl mich die Leichtigkeit meiner Sandalen stört, durch die mein Schritt viel elastischer ist, als wenn mein Schuhwerk wieder aus Sackleinen wäre und dicke Holzsohlen hätte.

Die Holztür ist mit Stacheldraht bespannt und geschlossen wie damals; alles ist unberührt, nur die Wachen in den hölzernen Türmen fehlen. Und man muss vor der Tür warten; der Unterschied besteht bloß darin, dass aus dem hölzernen Häuschen jetzt der Wächter herauskommt, der die Tür aufschließt, um die Gruppen in streng festgelegten Abständen in den seelenlosen Hochlandpferch einzulassen. Aufgrund dieser Ordnung herrscht auf den Lager-Terrassen stille Sammlung, während die Juli-Sonne beharrlich die Ruhe überwacht; und nur manchmal hallen irgendwo weit unten die Worte des Touristenführers wider, wie die gebrochene Stimme eines von den Toten auferstandenen Predigers.

Ja, der Wächter hat mich überraschenderweise wiedererkannt; ich hätte nicht vermutet, dass er sich an meinen Besuch vor zwei Jahren erinnern würde. »Ça va?«, fragt er. Und das reicht aus, um eine kameradschaftliche Stimmung zu erzeugen und jeden Zusammenhang mit dem Touristentreiben augenblicklich schwinden zu lassen. Er ist schwarzhaarig und sieht nicht gerade gut aus. Er ist klein, zäh und wendig; hätte er eine Laterne dabei und trüge er einen

Helm, so sähe er aus wie ein richtiger Bergmann. Aber er ist schlagfertig und allem Anschein nach auch eigensinnig; man merkt, dass er in Gegenwart eines einstigen Lagerinsassen, wie ich es bin, eine widerspenstige Verlegenheit verspürt, weil er sich mit dem Vorzeigen unseres Sterbeortes sein Brot verdient. So ist seine schnelle Einwilligung, mich allein in den Bereich innerhalb des Stacheldrahts eintreten zu lassen, neben kameradschaftlicher Gewogenheit ein wenig auch dem Wunsch zu verdanken, sich meiner möglichst schnell zu entledigen. Ganz bestimmt. Und ich nehme es ihm nicht übel, da ich doch weiß, dass ich selbst auf keinen Fall zu einer Gruppe von Besuchern sprechen könnte, wenn einer der Zuhörer mit mir in der Welt der Krematorien gewesen wäre. Über jedes Wort würde die Angst wachen, ich könnte ins Banale abrutschen, ja, überhaupt kann man sich doch über den Tod wie über die Liebe nur mit sich selbst unterhalten, oder allenfalls mit der geliebten Person, mit der man eins ist. Weder Tod noch Liebe ertragen Zeugen.

Wenn er in seiner Eigenschaft als Wächter zu einer schweigenden Gruppe von Besuchern spricht, unterhält er sich eigentlich laut mit seinen eigenen Erinnerungen; sein Monolog gibt in Wirklichkeit nur seinen inneren Bildern freien Lauf, und es ist nicht sicher, dass er nach diesen unzähligen Enthüllungen befriedigt oder wenigstens einigermaßen beruhigt ist. Ich würde fast sagen, dass er nach einer Reihe solcher Zeugenaussagen noch tiefer in sich gespalten und unruhiger und auf jeden Fall ärmer ist. Aus diesem Grund bin ich ihm dankbar, dass ich allein durch diese stumme Welt gehen darf, und diese Zufriedenheit wird zur Genugtuung, als mir dieses besondere Privileg bewusst wird, das meine Zugehörigkeit zu der Kaste der Verworfenen anerkennt; gleichzeitig aber ist diese Absonderung auch die Fortsetzung der einstigen Abgeschiedenheit und des einstigen Schweigens. Denn trotz der Menge und dem Leben wie in einer Herde war jeder Einzelne nur der eigenen inneren Einsamkeit und der lautlosen Dunkelheit gegenübergestellt. Daher bin ich auch jetzt nicht imstande, die richtige Entfernung zwischen mir und den Stiegen zu schätzen, die mir in der Sonne zu heimisch und zu nahe erscheinen, als dass ich fühlen könnte, wie der Hauch des Nichts über ihnen hängt. Sie sind einfach, wie die dünnen Hände, welche die Steine trugen und aneinander reihten, aus denen die Stufen zusammengesetzt sind. Aber einst schienen sie mir steiler zu sein, so dass ich an einen erwachsenen Menschen denken muss, der an den Ort seiner Kindheit zurückkehrt und sich wundert, wie klein das Gebäude aus seiner kindlichen Erinnerung in Wirklichkeit ist. Als Kind maß er ja die Höhe der Mauer mit seinem kleinen Daumen. Selbstverständlich stiegen wir diese Treppen nicht in unseren unreifen Jahren hinauf und hinab, unsere Verletzbarkeit war aber viel größer als die eines Kindes oder eines Säuglings, weil wir uns nicht mit unreifen Gedanken helfen konnten. Wir fanden uns, jeder mit seiner eigenen Nacktheit, in der welken Haut eines hungrigen Tieres, das sich in seinem erschöpften Gefangensein verzehrt und tagtäglich instinktiv die Entfernung des Ofens zu seinem ausgetrockneten Brustkorb und seinen stangenförmigen Gliedern misst. Sicher, jetzt könnte einem in friedlicher Assoziation die Holzpuppe von Collodi einfallen, denn auch Pinocchio war es beschieden, von den Flammen gestreift zu werden. Nur dass ihm sein herzensguter Erschaffer den beschädigten Teil ersetzte, während bei unserem Verbrennen niemand an Ersatzteile dachte. Natürlich ist Pinocchio die Figur eines Taugenichts, der eigentlich gar nicht hierher gehört, doch es ist auch wahr, dass wir früher oder später einen zeitgenössischen Collodi haben müssten, der den Kindern die Geschichte unserer Vergangenheit erzählte. Es fragt sich nur, wer je den Mut aufbringen wird, dem kindlichen Herzen so nahe zu kommen, dass es vom Bösen nicht verletzt und zugleich vor den zukünftigen Versuchungen bewahrt bleiben wird. Nun, an diesen Treppen, die bei jeder Terrasse wie steinerne Knie umknicken, kehrten wir in die Welt der intellektuellen Beschränktheit zurück; das geschah immer dann, wenn aus Mangel an Flüssigkeit im Zytoplasma unserer Zellen die Gehirnmasse im Knochentopf austrocknete wie die gelatineartigen Quallen am Ufergeröll. Damals streckten sich die Treppen vor uns empor wie ein Glockenturm; die Terrassen wollten nie enden, und wir brauchten eine ganze Ewigkeit, um zur Spitze des senkrechten Turmes zu kriechen, auch deswegen, weil trotz der ausgedörrten Beine unsere Fußsohlen durch die Ödeme zu Klötzen aus weißem Fleisch geworden waren.

Mir war bewusst, dass die Zeit sich mit mir verschworen hatte, und so blieb ich in Betrachtung des hohen Grases auf der anderen Seite des Drahtzaunes stehen. Ich versuchte, mich in das Bild der gelb gewordenen Karstlandschaft zu versetzen, in der ich noch vor wenigen Tagen unterwegs gewesen war; aber im Vergleich zur Karstheide ist diese arme und lange Heumähne sinnlos in ihrem dumpfen Dasein. Sie ist unschuldig, das weiß ich, und trotzdem ergibt ihr Ausharren im stummen Wachsen keinen Sinn; sie war *vorher* hier, sie war *während* der ganzen Zeit hier, jetzt ist sie immer noch da. Und in diesem Augenblick ist sie wegen ihrer vermoderten und gelblich-grauen Unbeholfenheit die stumpfsinnige Verkörperung jeglichen Grases und aller Gräser dieser Welt. Die pflanzlichen Organismen bieten dem Menschen keine echte Nähe, sie sind taub gegen ihn, eingeschlossen ins Wachstum ihrer Halme. Wenn sich am Ende ihrer Stengel die Blütenkelche entfalten, tarnen sie mit deren vielfältiger Farbenfreude nur ihre eigene Blindheit. In diese Gedanken schleicht sich aber gleichzeitig das tröstliche Gefühl, dass ich allein bin. Die Gruppe mit dem Touristenführer befindet sich weit jenseits der Terrassen, der Eingang liegt weit oberhalb, so dass er schon ganz verdeckt ist. Ich weiß zwar genau, dass ich mit diesem eifersüchtigen Verlangen nach Einsamkeit nur meine Erinnerungen retten will, aber ich kann mich auch nicht der bitteren Erkenntnis verschließen, dass die Menschenmenge mit ihrer gleichmäßigen, langsamen Bewegung allzu oft – wenn auch auf anderer Ebene – das amorphe Vegetieren der unzähligen vergilbten Grashalme fortsetzt.

Ich habe gerade gesehen, wie Tola vor mir die Treppe hinuntersteigt und murrt, weil der knochige Tote auf der Leinenrinne der Trage weggerutscht ist und sein rasierter Schädel ihn in die Rippen stößt. Mir war es aber damals recht, dass mich der Verstorbene nicht berührte, ich trat mühselig von einem Fuß auf den anderen und hob dabei die Griffe, um zu vermeiden, dass sie mir in die Knie stießen. Jedesmal, wenn man einen nackten, mumifizierten Körper vom Strohbett auf das grobe, faltige Tuch der Trage umbetten musste, tat ich das einfach und natürlich; ich mochte es aber nicht, dass mich der Verstorbene berührte, wenn wir ihn den Hang hinuntertrugen. Das heißt, dass sich die lebendigen Zellen nicht gegen die toten Zellen wehren, sofern die Berührung bewusst geschieht und sie aus ihrer Tätigkeit, ihrem zentrifugalen Lebenstrieb hervorgeht; sie ertragen aber keine Eingriffe von außen, kein selbsttätiges Eindringen toten Gewebes in die lebendige und geschmeidige Zellmaterie. Aber das ist wohl keine besondere Erfahrung des Konzentrationslagers; im Alltagsleben gilt wahrscheinlich das Gleiche.

Ich frage mich nur, welche Bilder sich die um den Brunnen gescharten Besucher machen werden. Allein stark vergrößerte Fotografien, die in den Baracken hingen, Fotografien von einer Menge kahlrasierter Kugeln, abstehender Backenknochen und verrosteten Schlössern gleichender Kiefer könnten Bilder in die Fantasie der Besucher projizieren, die annähernd der damaligen Realität entsprechen. Und doch werden keine Lehrbilder je die Stimmung jenes Menschen wiedergeben können, der den Eindruck hat, sein Nachbar habe um einen halben Finger mehr gelbe Flüssigkeit in seine blecherne Schüssel eingeschenkt bekommen. Selbstverständlich könnte jemand die Augen mit jenem besonders starren Blick abbilden, der vom Hunger hervorgerufen wird; er könnte aber weder die Zuckungen der Mundhöhle noch die unwillkürlichen Regungen der Speiseröhre wiederaufleben lassen. Wie also sollte ein Bild die feinsten Nuancen des unsichtbaren inneren Kampfes darstellen, wo die anerzogenen Regeln der Kultur schon längst der unbegrenzten Tyrannei des Magenepithels unterlegen sind. Ich weiß nicht, welche Schleimhaut genau die Oberhand behält, vielleicht spielt das Gewebe der Speiseröhre die Hauptrolle, aber ich weiß, dass mir das Hündchen Žužko, das ich sonst mag, widerlich wird, wenn sein Maul zu sabbern anfängt, und es unruhig zu schlucken beginnt, während es genauso ungeduldig von einer Pfote auf die andere tritt. Ich schaue ihm dann in die Augen und sage mir, dass es irgendwie mit mir verwandt ist, auch wenn es auf seinen Hinterbeinen sitzt, wie ich auf dem neuesten Produkt der Karst-Möbelfabrik. Auf jeden Fall könnte nur eine Filmkamera das morgendliche Gedränge der gestreiften Uniformen im engen Bienenstock einfangen, wenn sie von den dreistöckigen Betten heruntersteigen und in den Waschraum drängeln, um ein Paar Holzschuhe mit noch vollständigem Stoffoberteil zu ergattern, damit das Schuhwerk nicht im Schnee, im Schlamm oder in den Pfützen stecken bleibt. Nur ein Film könnte die unbeugsame Hand einfangen, die gemäß den Abhärtungsvorschriften den kugelglatten Kopf des knochendürren Männchens unter den Wasserstrahl schiebt, um ihm später, wenn die befehlende Hand noch entschlossener sein Rückgrat biegen wird, die Rippenbögen wie einen Korb aus ausgetrockneten Weidenruten zu zerdrücken. Draußen herrscht inzwischen die kalte Morgendämmerung, so dass die Ausgangstür der schmalen Öffnung auf einen schwarzen Abgrund gleicht, in den man sich jeden Augenblick wird stürzen müssen. Dann die mittägliche vielköpfige Menschenmenge, die mit hundertfachem Trieb umherwimmelt und dabei jene zwischen den Holzwänden bebende Energie in die umgebende Welt steigen lässt, die ausgerechnet aus dem Warten auf den Schöpflöffel wässriger, aber doch warmer Lebensquelle hervorgeht. Und dann der Augenblick, in dem sämtliche kahlrasierten Schädel über den Holzlöffel gebeugt sind. Und genauso der zebragestreifte Ameisenhaufen, der abends schlafen geht, aber zuerst seine härene Kleidung zusammenbündeln muss, bevor er in die eisige Kammer mit den Strohbetten laufen kann; doch zuvor wird noch jeder Einzelne auf die Pritsche steigen, damit ihm jener, der in der linken Hand eine vergitterte Glühbirne hält, das Schambein untersucht. Haare gibt es sowieso keine mehr, da sie das Messer des Rasierers schon entfernt hat, aber an die Spitze eines nachwachsenden Haares hätte sich doch schon eine Lausnisse anheften können. So scheint der beleuchtete Penis einer neuartigen Anbetung zwischen den wimmelnden Körpern ausgesetzt zu sein, denen das Oberhemd bis zum Nabel reicht, während die haarlosen Köpfe, wer weiß warum, an Idioten erinnern. Aber nein, diese missmutige Beleuchtung der männlichen Scham weist kaum etwas von jener Ehrfurcht auf, die in Pompeji das Symbol der Fruchtbarkeit über die Haustür meißeln ließ; es ist lediglich eine Handlung, durch welche die Machthaber ihre Angst vor Läusen und Typhus einzugrenzen versuchen. Aus diesem Grund hat das Licht einen Spatzen im Nest überrascht, der verhungert ist, noch bevor er befiedert wurde, und sich jetzt leblos unter den Bewegungen der Hand regt, die die Anordnungen des Untersuchers durchführt. In der Tat, nur eine Filmkamera könnte solche Sequenzen getreu festhalten, könnte auf dem langen Kabel verweilen, dann am Kabel entlang bis zur Glühbirne und zu dem dürren Schambein gleiten, und gleichzeitig die rasierten Köpfe der Zweibeiner einfangen, die drängeln, um möglichst schnell in die kalte Gruft schlafen gehen zu können. Vielleicht ist es aber doch besser, dass es kein solches Filmauge gegeben hat, denn wer weiß, wie die heutigen Menschen auf den Haufen halb nackter Wesen schauen würden, die nacheinander auf die Pritsche steigen, während die anderen verschreckt staunen, weil sie nicht glauben können, dass der beleuchtete, kahle und verwelkte Vogel wirklich der Urheber sämtlicher Exemplare der zweibeinigen Rasse sei. Es ist fast besser, dass es keinen solchen Film gibt, weil die dürren Wesen mit dem nackten Schritt heute manch einem wie eine Schar dressierter Hunde erscheinen könnten, die der Herr leicht dazu abrichten konnte, einander – aufrecht mit den Hinterbeinen auf der Pritsche stehend – das Schambein zu beriechen. Die dichte Masse war noch gedrängter und durchmischter in der Zeit, als in den Baracken Quarantäne wegen Typhus verhängt wurde, der nicht länger eine weit entfernte Seuche war, sondern alltägliche Realität. Dann gab es keinen Morgen-, Mittags- oder Abendappell, kein langes morgendliches Stehen, nachdem die geordneten Reihen von den anderen Terrassen schon zum Steinbruch gegangen waren; die Beschäftigungslosigkeit wies jetzt nicht einmal mehr jene Regungen auf, die bei allem Dahinsiechen noch den Eindruck gewisser regelmäßiger Wellenbewegungen erweckte. Denn eigentlich war das geregelte Kommen und Gehen nur die faule Bewegung eines toten Meeres, das aber mit seinem rhythmischen Wellengang den vagen Eindruck einer zielstrebigen Beschäftigung hinterließ. Mit dem Gefangensein in der Quarantänezeit ging auch noch dieser letzte Schimmer einer planvollen Orientierung verloren. Sogar der Stacheldraht und der elektrische Strom in ihm rückten dann in weite Ferne und die Baracke wurde zur hölzernen Wohnstätte für Aussätzige auf einer Insel, die leise und für immer vom letzten Menschenschiff verlassen worden war. Auch wenn es grotesk erscheinen mag, muss ich doch meinem linken kleinen Finger dankbar dafür sein, dass ich jetzt jene Vergangenheit von neuem durchleben kann. Als kurz vor Anfang der Quarantäne der belgische Chirurg Bogaerts meine Handfläche mit einem dreifachen Einschnitt gestochen hatte, um den Eiterherd zu öffnen, gab das herausspritzende wässrige Blut ein recht trübes Zeugnis über die Widerstandskräfte des Organismus ab, den es durchfloss; und wenn deswegen die Wunde nicht heilen wollte, was natürlich ein schlechtes Zeichen war, so rettete mich der weiße Verband doch vor den aufmerksamen Augen, die nach arbeitsfähigen Nummern Ausschau hielten. Aus diesem Grund warf ich den Papierverband auch dann nicht weg, als ich es hätte tun können, sondern begann, ihn wie einen Schatz zu hüten, der umso wertvoller schien, als er zerbrechlich und der Vernichtung ausgesetzt war. Ich wiegte den Säugling in meinen Armen, der anfangs einen weißen, ziemlich runden Kopf hatte, und mit der Zeit immer kleiner und grauer wurde, bis er zum Schluss die Form einer verstaubten, verkrusteten Faust annahm. Aber auch so war er mir immer noch ein außergewöhnlicher Talisman, der die ungewogenen Blicke verlässlich abzuwenden vermochte. Schwerlich hat jemand so sorgsam und so lange einen Verband aus Krepp-Papier vor dem Zerfall bewahrt, schwerlich jemand dessen Gewebe so sorgsam gepflegt, das porös war wie Schaum und von Tag zu Tag mehr zerfiel.

Aber wenn uns die Quarantäne auch für eine gewisse Zeit vor der Angst vor dem Abtransport bewahrt hatte, so befreite sie mich nicht von der Sorge um das verbundene Köpfchen, das inzwischen von einem grauen, klebrigen Schmutzschild umgeben und geschützt wurde; am Ende der Sperrzeit würde das Aussortieren für die Arbeit weitergehen. Und der Typhus? Sicher, die Gefahr lauerte auf uns, aber ich glaube nicht, dass irgendjemand sie als einen Feind auffasste, der ihm nach dem Leben trachtete. Auch in diesem Fall begleitete uns unbewusst die Hoffnung, die Krankheit würde vorübergehen, ohne uns zu berühren. Denn solange uns die Krankheit nicht erfasst hatte, war sie immer noch etwas Unsichtbares und Ungreifbares, auch wenn jeder von uns schon gesehen hatte, wie die Konvois jener aussahen, die von den Arbeitskommandos zurückkehrten. Ihre Beine waren mit Papierfetzen von Zementsäcken umwickelt, die mit Draht festgehalten wurden; als die Krankenpfleger sie loswickelten, klafften einem eitrige, lange, an beiden Enden zugespitzte Wunden entgegen, die sich in der Mitte - vergilbten Palmblättern ähnlich - verbreiterten. Die Mehrheit konnte nicht aus eigener Kraft von den Lastwagen absteigen, und wenn man sie auf den Boden stellte, hockten oder lagen sie so lange, bis jemand ihre Skelette unter die Dusche schleppte; für jene, die nicht mehr atmeten, gab es die ein Meter lange Zange, die an der gelben Haut des Halses zupackte. (Ja, es wäre bestimmt nicht verkehrt, eine psychologische Studie über denjenigen anzufertigen, der sich eine solche Zange ausgedacht hatte, mit der man ein Skelett zuerst auf einen Haufen und dann zum eisernen Aufzug unter dem Ofen schleppen konnte.) Jeder hatte schon solche Rückkehrer gesehen; so war die Quarantäne die provisorische Zuflucht vor der Gefahr, ihnen ähnlich zu werden.

An einem Tag kam Doktor Jean in unseren Block, um denen, die es benötigten, den Verband zu wechseln. Bei meiner Hand hat Jean geschmunzelt, aber er hat sie trotzdem mit einem neuen Papierstreifen verbunden und mir so ermöglicht, das Versteckspiel mit meinem Schicksal weiter zu treiben. Unsere Begegnung wäre allerdings damit beendet gewesen, wäre Jean lediglich ein gewissenhafter Arzt und nicht auch ein kameradschaftlicher Mitgefangener gewesen; gleichzeitig ermöglichte mir die besondere Fähigkeit der Slowenen, sich in den Geist einer Fremdsprache einzufühlen, aus der Anonymität herauszutreten. Ich weiß nicht, ob diese Fähigkeit ein Zeichen für psychologischen Reichtum, für inneren Schwung und kaleidoskopische Vielfältigkeit unseres Geistes ist, oder nur eine wunderbare Flexibilität, die uns über Jahrhunderte hinweg erlaubt hat, uns dank der fortwährenden Gefügigkeit und Anpassungsfähigkeit reicher zu machen. Auf jeden Fall ähneln wir in dieser Hinsicht den Juden und Zigeunern, denn wie diese Völker trotzt auch unser Volk die ganze Geschichte hindurch der Assimilierung. So kam es, dass Jean aufgeschlossen war, auch wenn wir umdrängt waren und das Innere der Baracke tatsächlich an einen Zigeunerwagen erinnerte. Es passte ihm nicht ins Konzept, dass ich kein Italiener sein sollte, wenn ich doch jene Initiale im roten Dreieck trug. Ohne auf das Gedränge zu achten, verband er mich und hörte mir zu, als ich ihm vom Ende des Ersten Weltkriegs erzählte, vom Londoner Pakt, vom Küstenland. Das heißt, sagte er, dass ihr zu Hause die eigene Sprache sprecht. So ist es, Slowenisch. Das bedeutet, meinte er weiter, dass du einen Tschechen, einen Polen, einen Russen verstehst? Und obwohl ihn jemand von hinten anrempelte, verband mich Jean weiter. Und ich lächelte, als hätte Jean etwas entdeckt, was mir bis dahin nicht bewusst gewesen war. Denn wie lange war es schon her, seit ich in Libyen von den jungen Kroaten aus Istrien ihre singende Sprache gelernt hatte; auch der afrikanische Sand war schon längst Vergangenheit, und die zwei Jahre bei den gefangenen jugoslawischen Offizieren am Gardasee waren auch schon lange verflogen; nie war mir aber in den Sinn gekommen, mir könnte das alles im Kampf gegen den Tod von Nutzen sein. Jean war irgendwie festlich gestimmt (damals kannte ich seinen Namen noch nicht), er freute sich auch über mein Französisch und er drehte langsam am Verband, um zu erfahren, wie ich in Padua zwei Prüfungen in französischer Literatur abgelegt hatte, zuerst über Baudelaires ›Fleurs du mal‹, ein Jahr später über seine ›Poèmes en prose‹. Inzwischen waren wir in einer dichten zebraartig gestreiften Menge verfangen, und die Szene glich einer eiligen Beichte oder einem abgehackten Testament-Diktat, bei dem man jeden einzelnen Augenblick nutzen muss, bevor der Mund für immer verstummt. Jean interessierte sich aber zum Schluss auch noch für mein Deutsch. Leif, der norwegische Arzt und Revierchef der Krankenbaracken, beherrschte neben Englisch nur noch Deutsch. Auf Deutsch musste logischerweise alles Offizielle geschrieben werden, alles, was Kranke, Krankheiten und Tod betraf. Ob ich Deutsch schreiben könne, fragte mich Jean; erst da ging bei mir ein Licht auf, dass Jean vom freundschaftlichen Interesse für einen unbekannten Kameraden, der Französisch spricht, zum Bereich der Organisation übergegangen war. Und wahrscheinlich hat sich in diesem Moment etwas in mir geregt, als wäre eine Frühlingsknospe aufgegangen. Ich weiß es nicht genau, ich kann es mir jetzt nicht mehr so recht vorstellen. Wahrscheinlich habe ich nicht einmal an den Lehrer Kitter gedacht, oder an die schlechten Noten unter meinen deutschen Schulaufsätzen, die mir die Atmosphäre in Koper-Capodistria zusätzlich getrübt hatten. Heute weiß ich, dass ich auch Deutsch gut gelernt hätte, wenn es mir nicht instinktiv gegen den Sinn gegangen wäre; mein Gewebe, all meine Zellen waren dagegen gewesen. Aber ich kann Deutsch schreiben, Jean, sagte ich, besonders dann, wenn es darum geht, mit jenen zusammenzuarbeiten, die versuchen, uns vor dem Ofen zu retten! Am nächsten Tag hatte ich Jean natürlich schon wieder vergessen: Das Phantom hatte sich ebenso schnell verflüchtigt, wie es erschienen war; es war wie eine Luftblase, die aus dem verschlammten Boden eines vereinsamten Tümpels aufsteigt, um auf der grünlichen, unbeweglichen Oberfläche zu platzen. Außerdem glaubte ich nicht, dass der junge Franzose schon Arzt sei, ich hätte gewettet, dass er noch Medizinstudent war, der mit einer Notlüge versuchte, durch das Verderben zu kommen. Aber das Verderben war mit unserem Wesen schon so eng verschmolzen, dass wir uns wie Schlafwandler darin bewegten. Wie man einen Schlafwandler nicht wecken soll, wenn Gefahr besteht, dass er in die Leere stürzt, so haben wir in den seltenen Augenblicken, da in unserem Innern ein Bild aus der Welt der Lebenden aufstieg, schnell die Versuchung von uns gewiesen, noch bevor wir ihretwegen das Gleichgewicht verlieren konnten. Das war der Grund, warum mich eine Woche nach dem Besuch des Arztes, in der verdickten, wegen Typhus eingeschlossenen Menge, die in der Baracke wie in einer zugenagelten Kiste in amorphen, wellenähnlichen Bewegungen hin und her wogte, der Ausruf einer langen deutschen Nummer nicht aufweckte. Man hatte schon in der Jugend alle Illusionen aus unserem Bewusstsein verbannt und uns darauf getrimmt, nur noch radikaleres, apokalyptisches Unheil zu erwarten.

Wer schon als kleiner Schüler an der Bestürzung der unterdrückten Volksgemeinschaft teilhatte, die 1920 ohnmächtig zusehen musste, wie ihr Theater im Zentrum der Stadt Triest von den Flammen zerstört wurde, dem wurde jede Zukunftsvision für immer zerstört. Der blutrote Himmel über dem Hafen, die entfesselten Männer, die das imposante Gebäude mit Benzin übergossen hatten und anschließend um die gewaltige Brandstätte herumtanzten – all das hat sich im Geist des Knaben eingeprägt und ihn traumatisiert. Und das war sogar nur der Anfang gewesen, denn später wurde aus dem Knaben ein Schuldiger, ohne dass er gewusst hätte, gegen wen oder was er gesündigt haben sollte. Er konnte nicht begreifen, dass man ihn wegen der Sprache verurteilte, in der er seine Eltern liebte und die Welt zu entdecken begann. Die Ungeheuerlichkeit erreichte ihren Höhepunkt, als man Tausenden und Abertausenden die Vor- und Nachnamen änderte, jedoch nicht nur den Lebenden, sondern auch denjenigen, die schon auf dem Friedhof lagen. Dieses Aberkennen der Identität, das ein Vierteljahrhundert andauerte, fand seine äußerste Verwirklichung im Lager, wo man den Menschen zu einer bloßen Nummer reduzierte. Doch trotz der zahlreichen, sich wellenartig bewegenden Reihen aus weißlichen und bläulichen Streifen galt jene Folge verketteter deutscher Laute des Blockführers, die den tauben Luftraum aufwühlten, ausgerechnet mir. Ich hatte ein Gefühl, als würde jemand ein Rettungsseil in die Tiefe meines stummen Abgrunds herunterlassen: Das plötzliche Bewusstsein, ich könnte der verurteilten Gemeinschaft behilflich sein und mich damit selbst vor dem namenlosen Verderben retten, gab mir ein Gefühl des Glücks. Gleichzeitig aber war ich nüchtern und bescheiden, in der ruhigen Erwartung, das angebotene Seil würde lang genug sein, um tatsächlich den tiefen Grund zu erreichen, auf welchem ich mich befand. Ja, ich war bescheiden, aber das war keine Tugend. Es war nur eine Stimmung, die instinktiv entstanden war aus der ebenso instinktiven Gewissheit, dass die zerstörerischen Mächte unendlich stärker sind als der mikroskopische Keim in mir, der seinem Glauben an das Überleben gerne treu geblieben wäre. So trage ich jetzt tagtäglich die Erinnerung an jenen Vormittag in der Quarantäne bei mir, als sich der kleine Finger in dem Papierverband langsam bog, als wollte er sich an den Verband klammern, der ihn rettete. Und er blieb krumm im Winkel von neunzig Grad, um mich mit seiner Halbgeraden immer wieder auf sich aufmerksam zu machen. Natürlich hat er mich am Anfang gestört, da er beim Waschen im Ohr oder in der Nase hängen blieb; aber statt mich aufzuregen, habe ich ihn bei solchen Gelegenheiten freundlich gegrüßt, als wäre er ein von mir unabhängiges Wesen. Als ich später wieder in der alltäglichen Welt lebte, hat mich der gekrümmte Finger gestört; sagen wir, wenn mich eine liebe Person an der Hand fasste oder wenn ich in der Klasse die Hand ausstreckte und die Augen der Schüler am starren Fingerglied hängen blieben. Dann geschah es sogar, dass ich mich seiner fast schämte; wer weiß, warum mir bei dem kleinen Haken immer das Bild jenes Bösewichts erschien, der in den Vorkriegsfilmen auftrat und dessen verstümmeltes Handgelenk durch einen eisernen, scharf gespitzten Haken ersetzt war. Auf merkwürdige Weise vereinigte sich das Opfer mit dem Bild des Henkers aus der Kindheit, dessen krummes eisernes Gerät am Handgelenk irgendwie mit der Zange des Heizers verwandt war, der unsere Verstorbenen am Hals packte. So war ich oft nahe daran, einen befreundeten Chirurgen zu bitten, mit meinem Finger etwas zu tun; doch ich wurde davon immer wieder von dem Gedanken abgehalten, dass trotz der unschönen Bilder, die der kleine Finger in mir hervorruft, er gleichwohl auch den einzigen Haken darstellen kann, der den Bergsteiger an der überhängenden Wand vor der unendlichen Leere des Nichts bewahrt.

Eine weitere Treppe. Ungefähr hier stand die Baracke Nr. 6, wo sich am Anfang die Weberei befand; später wurden alle Baracken auf dieser Seite Teil des Reviers. Weberei. Aber was für sonderbare Weber waren wir doch! Es stimmt schon, dass von einer Schar entkräfteter Geschöpfe keine bessere Arbeit verlangt werden konnte, aber einen solchen Namen für eine solch trübsinnige Beschäftigung kann man nur in einer Welt erfinden, wo alle Werte dem finsteren Spott des ewigen Ofens ausgesetzt sind. Gummi- und Stoffreste häuften sich vor uns wie die Bündel bunten Trödels auf einem Stand in der Triester Altstadt. Auf im Holz befestigten Rasierklingen schnitten wir diese Abfälle zu dünnen Bändern, die wir dann zu eigenartigen dicken, mehrfarbigen Zöpfen flochten; daraus stellte wohl jemand klobige Ringe her, die an den Schiffsseiten angebracht wurden, um sie vor den Stößen gegen die steinernen Kais zu schützen. Die Augen, vom Hunger mit einem grauen Schleier verhängt, sahen aber nicht so weit, dass sie die Schiffssilhouetten hätten erblicken können, sie bückten sich über die zerschnittenen Fetzen wie über eine verworrene Schlangenbrut, die sich in einem trüben Nebel ohne Unterlass krümmt. Aus lauter Schwäche und weil man so lange ruhig dabei saß, würde der Kopf einnicken (vielleicht ist er es gerade eben), wenn aus der Tiefe des welken menschlichen Sacks nicht ständig Pulse und Zuckungen hochsteigen würden, die die müden Augenlider immer wieder aufwecken und hochziehen. Das geschieht besonders dann, wenn die Dämmerung des kalten Morgens sich in die vergessene Ferne der Vergangenheit zurückzieht und jenseits der Fensterscheiben das Licht einen etwas gemilderten Einfall der Atlantikwinde durch die gestreifte härene Kleidung verspricht; das ist nämlich die Zeit, wenn der junge, selbstgefällige Kapo das viereckige Kommissbrot in dünne Scheiben schneidet und anfängt, sich nach der Menge der sitzenden gebrochenen Striche umzuschauen. Wer weiß, vielleicht steht seine Langsamkeit in bewusstem Zusammenhang mit der Wachsamkeit der Mägen, die hinter dem Zaun gestreifter Jacken auf der Lauer sind; oder er gibt sich nur kindisch der selbstgefälligen Zufriedenheit hin, dass er die Preisträger auswählen kann, bei denen er sehr leicht eine kleine, schnelle, instinktive Dankbarkeit hervorrufen wird. Die kahlen Köpfe indes wissen nicht, ob sie sich aufrichten sollen, um besser gesehen und vielleicht auch bemerkt zu werden, oder ob sie sich lieber pflichtbewusst eifrig über die Schneide beugen sollen, um im Stillen, dafür aber nicht weniger intensiv zu hoffen, dass gerade der Fleiß belohnt wird, der nicht einmal in einer solch verführerischen Situation nachlässt. Es gibt aber auch Augen, die sich bewusst sind, dass die müden Lider gerade in dem Moment vom Schlaf überwältigt wurden, als der Kapo in ihre Richtung geschaut hatte, und die jetzt die dünnen Scheiben des Kommissbrotes verfolgen, bald mit raubgierigen Blicken oberhalb der dünnen Nasen, bald mit fieberhaft glühendem Betteln unter der erniedrigten Stirn. Und schließlich gibt es Augen, die soeben bemerkten, dass ihnen eine Bitte entfliehen wollte, die sie aber im letzten Moment zurückhalten konnten, um wieder dem mechanischen Kramen der Finger auf dem unebenen Brettchen zuzusehen. Dort fand ich mich eines Morgens neben Gabriele wieder, als wir uns, durchfroren vom langen Appell, in die Baracke drängten. Sein Kopf war groß und rund, sein Körper noch genauso beleibt wie damals, als wir in der Weberei versammelt waren, er war ganz anders als die Körper von Rekonvaleszenten und Schwächlingen. Aber dieser Unterschied überraschte nicht, führte doch die Ankunft vieler neuer Transporte dazu, dass es immer wieder Körper gab, die noch voller Kraft steckten. Nein, es war nicht sein Kopf, der meine Aufmerksamkeit durch seine Rundlichkeit geweckt hatte, mir kamen bloß seine Bewegungen irgendwie bekannt vor, als er sich halb fragend, halb besorgt zu mir wandte. Und noch bevor er zu sprechen anfing, wusste ich, dass ich einen solchen Mann mit seinen flinken Augen hinter den dicken Gläsern schon einmal in der Triester Straßenbahn oder mittags an der Kreuzung von Corso und Via Roma gesehen hatte. In den Gesichtszügen unserer Stadtbürger gibt es nämlich einige typische Merkmale, die man nicht genau beschreiben kann, die jedoch die besondere Eigenschaft haben, uns, wenn wir weit weg von zu Hause sind, die Silhouette einer vertrauten Straßenecke oder des alten Schildes am nächsten Milchgeschäft vor Augen zu rufen. Als hätte sich der Geburtsort in ein Gesicht eingeprägt und würde – sanft wie die Sommerhitze über dem Asphalt – auf den Wangen, in den Einkerbungen unterhalb der Nase, in den Mundwinkeln flimmern. Das Wort, das diesen Zügen entspringt, ist nicht ganz so überraschend, weil man es ahnt und erwartet, und doch ist es wunderbar wegen der Nähe, die es herbeizaubert. Die Nähe der Geburtsstadt war an diesem Ort jedoch sehr verschwommen, einem fahlen Blick ähnlich, den man von der Seite auf sich herabfallen spürt. Man versucht, sich ihm verstohlen, aber hartnäckig zu entziehen, denn die erste Bedingung für die minimale Möglichkeit zu überleben ist die strenge Verwerfung aller Bilder, die in das Reich des Bösen nicht hineingehören. Auch wer zum Schluss doch vom Tod begnadigt wurde, ist danach noch so sehr von ihm durchtränkt, dass er trotz der neuen Freiheit immer noch mit ihm verbunden ist. So verließ auch die Unterhaltung mit Gabriele nicht das Umfeld des Ofens und war mit dem Verdacht behaftet, dass unser Sitzen, das schon deswegen kräftigend wirkte, weil der Körper ruhte, ohne Kalorien abzugeben, nicht mehr lange dauern würde. Sein verwirrter Blick erwartete von mir irgendein ermunterndes Wort, da ich doch schon außerhalb des Lagers auf Arbeit gewesen und also in seinen Augen erfahren und eingeweiht war; gleichzeitig fand sich aber in seinem Blick die Verwirrung eines Menschen, der keine Kameraden hat, mit denen er sich zusammentun könnte, während er hinter mir eine Anzahl slowenischer Gefangener vermutete und ein konkretes, wenn auch leichtes Gefühl der Sicherheit verspürte, das aus der Zugehörigkeit zu einer Stammesgemeinschaft hervorgeht. Hier, wo wir die Grenzsteine des Lebens schon überschritten hatten, waren die slowenischen Menschen nicht mehr wegen ihrer Staatsangehörigkeit entzweit: Wir waren jetzt nicht nur einig in der Sprache, sondern auf Grund des Widerstandes gegen den Vernichter unseres Volkes auch vereint in dem Wunsch nach Strafe und gemeinsamer Rettung. Als Reaktion auf diese neuen Umstände sprach Gabriele von Demokratie und friedlichem Zusammenleben in unserem Küstenland, wobei seine Augen von mir zu den langen Bändern auf dem Tisch irrten und von dort wieder zu mir zurück, als zweifelten sie, ob ich den ungewohnten Worten glaubte. Ich muss gestehen, dass mir seine Offenbarung befremdlich erschien, und tatsächlich dachte ich, dass jene Ausdrücke der Brüderlichkeit höchstwahrscheinlich mit der singulären Umgebung zu erklären waren, in welcher sie ausgesprochen wurden; denn in der endgültigen Gleichheit von Hunger und Asche war es wirklich nicht möglich, auf starrsinnigen Vorurteilen zu beharren. Gerade deswegen schien es mir sonderbar unpassend, dass mich nach so vielen Jahren gemeinsamen Wohnens in denselben Straßen, am selben Ufer, ein Mitbürger, Mitglied der italienischen Elite, gerade hier zum ersten Mal menschlich anspricht, wo alles Menschliche in Frage gestellt wurde;

und obwohl mir bewusst war, dass die unabänderliche Gleichheit verurteilter Körper alle Schranken beseitigt hatte, widersetzte ich mich dem Gedanken, die gemeinsame Angst vor dem Ofen hätte dieser neuen Brüderlichkeit Pate gestanden. War doch Angst tatsächlich die Substanz unserer Volksgemeinschaft gewesen, die ganze Zeit seit dem Ende des Ersten Weltkriegs, seit jenen Tagen, als man die Bücher von den Regalen unserer Bibliotheken vor das Verdi-Denkmal warf und sich über die Flammen freute, die sie verschlangen. Danach wurde die Angst zu unserer täglichen Begleiterin, als die Theaterbühnen in den Stadtvororten sich in Kohlenglut verwandelten, als ein Faschist sogar auf den Prediger im Tempel am Kanal schoss, als ein Dorflehrer einem Mädchen die Lippen mit seinem Speichel besudelte, weil es so dreist gewesen war, in ihrer Muttersprache zu sprechen. War es angesichts solcher Vergangenheit nicht schon zu spät für diese freundlichen Worte in der Welt der Krematorien? Oder kann dir ein Italiener aus Triest nur dann näher kommen, wenn er selbst in Gefahr ist, vernichtet zu werden? Ich habe ihm von meinen Zweifeln natürlich nichts erzählt, ich war froh, dass es zu diesen Worten gekommen war, auch wenn ich sie sozusagen wegschob, als wollte ich sie jenem Leben vorbehalten, das sich unendlich weit weg von den verdammten Treppen abspielt. Und als wir wieder nebeneinander saßen, sprachen wir vom Hunger statt von Triest und drehten uns gemeinsam lautlos nach den dünnen Scheiben Kommissbrot, die sich bald in unsere Richtung näherten, bald von uns entfernten. Möglicherweise hatte aber in jenem Moment das vegetative Leben die Oberhand über die Kameradschaft gewonnen, die der gemeinsame Geburtsort dem Verhalten verleihen kann, und die ausgehungerten Zellen überschrien alles andere, so dass jeder von uns sah, wie sich das Kommissbrot ihm allein näherte, und wie ausgeschlossen es war, dass beide gleichzeitig belohnt werden könnten. Oh, nicht nur womöglich, ganz sicher behielten die Zellen die Oberhand; auch wenn es der Mensch nach außen nicht zeigt, weil er zu faul, zu stur, zu stolz oder zu fatalistisch ist, sperrt sein inneres Tier die Kiefer leise auseinander und spreizt die Krallen. Ich sehe aber Gabriele immer noch klar vor mir, wie er neben der Baracke über dem Krematorium steht, wo er wahrscheinlich wohnte. Das Lagerleben hat uns auseinander getrieben, eine Menschenmenge schob sich zwischen uns, so dass ich ihm nur noch ein Mal begegnet bin, in Dachau. Seine Augen schauten nicht mehr unruhig hin und her, er war zu entkräftet. Er saß oder hockte vor einer der Baracken auf der rechten Alleeseite. Er war sehr müde, aber noch bei vollem Bewusstsein, sein Hemd war offen, denn es war Herbst und gar nicht kalt; sein Blick war ruhig, aber eher abwesend. Ich weiß nicht mehr, auf wen er wartete, ob er überhaupt auf jemanden wartete, und auch nicht, wohin er wollte, wenn er überhaupt irgendwohin wollte. Es war zu der Zeit, als man uns von hier wegbrachte und wir in Papiersäcke eingehüllt schliefen, so dass es die ganze Nacht raschelte; dann sperrte man uns in den Quarantäneblock, den einige erstmals verließen, als man sie nach München brachte, damit sie den Schutt nach einem Bombenangriff wegschaufelten. So irrt Gabriele durch meine Erinnerungen wie eine verlorene Seele aus jenen Tagen des fieberhaften Umzugs; er ist der einsame Wanderer, der aus der endlosen zebragestreiften

Reihe heraustrat und sich einen Moment hinsetzte, um sich auf dem langen Weg in die Ewigkeit auszuruhen.

Jetzt bin ich ganz unten.

Zwei Baracken sind hier unversehrt geblieben; genauso wie die zwei oben am Eingang. In dieser hier war das Gefängnis, und so ähnelt die jetzige Stille, die die offene Tür umgibt, jener Stille, die diese Baracke umzingelte, als wir uns auf den oberen Terrassen bewegten und, ohne auf sie hinabzublicken, ihre Anwesenheit spürten. Wir hatten sie akzeptiert und gleichzeitig aus unseren Gedanken verbannt, genauso wie wir den Ofen akzeptiert und gleichzeitig verdrängt hatten, der ununterbrochen in der Baracke nebenan brannte. Ich stehe vor den offenen Zellen, vor dem hölzernen Pferd, auf das sich jener mit entblößtem Oberkörper hinlegen musste, dem der Ochsenziemer dann den Rücken zerfleischte. Ich spüre kein Mitleid mit ihm und ich bedaure ihn auch nicht wegen der Schläge, sondern bin ganz von jener erstarrten Stille durchdrungen, wie sie bei solchen Gelegenheiten die geordneten Reihen bis hin zu den obersten Terrassen einnahm. Jemand hatte sich irgendwohin verkrochen, um sich auszuruhen, sich irgendwo hingelegt, ohne zu merken, dass die gequälten Lider zufielen; deswegen durchsuchten aufgebrachte Männer die Holzpritschen und die Aborte, während die zähe Stille durch das Bellen eines von der plötzlichen Spannung beunruhigten Hundes zerrissen wurde. Niemand von uns, die wir mitten im toten Abend in dichten Reihen auf den Terrassen entlang des Abhangs standen, hatte dieses hölzerne Pferd vor Augen, auf dem jetzt ein Schild mit der Bezeichnung ›Chevalet à bastonnade‹ befestigt ist; wir dachten nicht so sehr an die Strafe, die den Unglücklichen treffen würde, vielmehr achteten wir auf den Augenblick, wenn er, für uns unsichtbar, beim plötzlichen Lärm der schweren Stiefel aufspringen und sich ganz allein in der hohlen Luft wiederfinden würde; getrennt von den schweigenden Reihen, die einer gestreiften Pyramide gleich zum Himmel emporstiegen. Wir hatten Angst wegen seines Getrenntseins von unseren geschlossenen Reihen, die auf Grund des Schweigens und Schreckens noch fester zusammengeknetet wurden. In der Beklommenheit, mit der wir ihn begleiteten, war aber auch bewusste, instinktive Absonderung von ihm, so dass wir ein bisschen erleichtert waren bei dem undeutlichen Eindruck, er wäre schon in eine der Zellen geführt worden, und in der gesammelten Stille wäre der Lauf der SS-Stiefel weder auf den Treppen links noch auf den Treppen rechts mehr zu hören. Wir begleiteten ihn im Geiste natürlich auch in diese Zellen, und wiederum dachten wir weder an seinen Hunger noch an die Hiebe, sondern an seine Abgeschiedenheit dort, nahe der Baracke mit dem Ofen, die sich diese am tiefsten gelegene Terrasse mit dem Gefängnis teilte.

Sie liegt wirklich am tiefsten, und jenseits des Stacheldrahts befindet sich schon die Wand aus Fichtenstämmen, aber auch jetzt habe ich ebenso wenig wie damals das Gefühl, vor einem Wald zu stehen. Und obwohl mir bewusst ist, dass ich ungerecht bin, gelingt es mir nicht, anders auf die Bäume zu schauen als auf mumifizierte Gegenstände, auf ein Szenarium geordneter, eingezäunter Ausgrabungen. Gleichzeitig bin ich mir bewusst, dass ich während meines ganzen Aufenthalts kein einziges Mal auf den Wald als Teil der freien Natur geschaut habe, vielmehr habe ich ihn an jenem Abend in meinen Gedanken vernichtet und eingeäschert, als man einhundert Elsässer brachte, um sie in die Zellen dieser Baracke einzupferchen. Unterhalb der Schornsteinhaube flackerten dann ununterbrochen rote Zungen in die Bergnacht. Es waren einige Männer und auch ein Priester darunter. Aber es waren hauptsächlich junge Frauen, die sicherlich ahnten, wohin man sie führte, denn es gab kaum einen Elsässer, der vom Beinhaus auf tausend Meter Höhe in seinen Bergen nicht gewusst hätte. Natürlich hatten es nur wenige gesehen, aber sie wussten von seiner Existenz, wussten, dass es auf Terrassen gebaut ist und dass auf der niedrigsten fortwährend der Schornstein raucht. Solche Sachen sprechen sich herum, dazu kam noch, dass auf dem toten Berghang Schäferhunde bellten. So ahnten auch sie, was geschah, als die Lastwagen anfingen, die steilen Serpentinen hochzufahren. Eine kleine Hoffnung hatten sie vielleicht, da die Alliierten schon in Belfort waren, und sie rechneten wahrscheinlich auch mit der Hilfe elsässischer Partisanen; aber in ihrem tiefsten Herzen, dort, wo der Mensch nur selten irrt, dort haben sie richtig gefühlt. Genauso wie wir, die wir aus den stillen Baracken heraus die Ankunft der Fahrzeuge beobachteten. Sie fuhren langsam hinunter, weil der Weg, der die abfallenden Terrassen begleitet, sehr steil ist; wir aber spürten, dass ihre Ankunft eine Veränderung ankündigte, die die Luft zum Vibrieren brachte. Die Erkenntnis, dass die Herren im Rückzug sind und nicht wissen, wohin mit den Gefangenen, die sie in den

Gefängnissen hielten, wirkte wie ein Lichtstrahl in jenen Augen, die sich an die finstere Dunkelheit gewöhnt hatten; wir waren beunruhigt, auch wenn unsere neue Beunruhigung in der Baracke gefangen war, die wie eine räderlose Lokomotive alle Tage Rauch und Feuer in den Gebirgshimmel stieß, während in der Nacht eine Feuerkrone um ihren Schornstein loderte wie die Flamme auf dem Schlot einer klandestinen Raffinerie. Man hatte sich in den langen Monaten an den Schornstein und an den Geruch gewöhnt, mit dem die Luft durchtränkt war, so dass man auf die Gäste aus der lebenden Welt wie aus einer sicheren Ecke schaute. Das betretene Gefühl der Geborgenheit, das von der Vertrautheit mit dem Verrecken kam, führte, zu einem plötzlichen Erwachen der stumpfen Abneigung gegen die Vernichtung lebendiger, geschmeidiger und blühender Körper. Es war die taube und regungslose Anspannung, die aus dem Bewusstsein der Ohnmächtigkeit hervorging und sich in der Ohnmächtigkeit verlor; es war die plötzlich aufgeweckte Männlichkeit, die bei der Offenbarung über das Ende des weiblichen Körpers mit dem Nichts in Berührung kam. Eros und Tod auf unwiederholbar grobe Weise vereint; denn wir waren in ausgedörrten Körpern und hölzernen Baracken eingeschlossene Junggesellen, die auf einmal zu Liebhabern erweckt wurden, denen im Moment des Aufwachens das Urteil ewigen Alleinseins verkündet wurde. Wir hatten das irrwitzige Gefühl, Wesen zu sein, deren Mütter noch vor der Empfängnis vom Feuer vernichtet worden waren; und die Sinnlosigkeit des menschlichen Daseins verschmolz mit der totgeborenen Männlichkeit vor dem Schornstein mit der blutigen Tulpe an der Spitze. Doch erstaunlicherweise wehrte sich das Bewusstsein gegen das zu tiefe Erlebnis der Sinnlosigkeit, um zu verhindern, dass sie den empfindlichen inneren Schutzschild gegen die Überflutung durch das Nichts durchdringt. Und weil das Bestreben, sich vor der unendlichen Leere zu bewahren, sinnlos war angesichts der evidenten Sinnlosigkeit, steigerte das Anklammern an das Überleben diese Sinnlosigkeit nur noch mehr; und das Schicksal jener Mädchenkörper verschärfte den schmerzlichen, ohnmächtigen Widerstand in den ausgemergelten Körpern der erschöpften Junggesellen zur Qual. Heute weiß ich, dass wir damals aus den Baracken hätten stürzen müssen, dass wir die Treppen hätten hinabrennen müssen, um scharenweise den Block zu überfallen, aus dem der SS-Mann ein Mädchen nach dem anderen in die zwanzig Meter entfernte Ofen-Baracke schleppte. Von den Wachtürmen rechts und links hätten die Maschinengewehre die gestreifte Masse durchsiebt, die großen Scheinwerfer hätten sie geblendet, doch wir hätten uns mit einem solchen Ende vor der Angst und der Erniedrigung gerettet, die sich im Innern unseres Wesens absetzten.

Das Denken aber war in jener hungrigen Menge ausgetrocknet, es war vom Saft, der zusammen mit der Ruhr aus dem Körper fließt, weggespült worden. Wenn nämlich die Haut zu Pergamentpapier wird und die Oberschenkel knöcheldick sind, dann werden die Gedankensplitter zu schwachen Funken einer leeren Batterie; zu gerade noch wahrnehmbarem Zittern, das hie und da aus der fortdauernden Besessenheit der ängstlichen Chromosomen aufsteigt; sie werden zu Luftblasen, die eine ganze Ewigkeit brauchen, um aus der Tiefe der dunklen Wasserschichten emporzusteigen, und zerplatzen, sobald sie die Oberfläche erreicht haben. Natürlich weiß ich, dass der Wald bei alledem unschuldig war, und dennoch habe ich ihm damals vorgeworfen, mit seiner Dichte dem Verderben Schutz zu bieten. Was ich in ihm verurteilt habe, war die Natur schlechthin, die in senkrechten Linien zur Sonne strebt und nicht von der Stelle weicht, wenn das Sonnenlicht jegliche Bedeutung verliert. Ich verspürte Abneigung gegen die Bäume, denn aus ihrer Dunkelheit hätten die so lang ersehnten Truppen hervortreten müssen, um den lautlosen Opfergang der elsässischen Mädchen zu verhindern. So übertrug ich damals meine ganze Ohnmacht auf den Wald; und jetzt steht er vor mir, stumm und starr, als wäre jede Verdammung mit ihm verwachsen oder verschmolzen.

Eine Gruppe nähert sich mit ihrem Reiseführer, ich begebe mich in die andere Richtung. Die Juli-Sonne brennt die ganze Zeit über, die Kieselsteine knirschen unter den Sandalen und erwecken in mir Bilder eines Parkwegs am Sonntag. Ich selbst weise solche Bilder natürlich von mir, und ich empfinde es als Ungerechtigkeit, dass die Besucher ihre Eindrücke in einer so angenehm warmen und ruhigen, fast verträumten Atmosphäre sammeln; sie müssten diese Ebene, die von einer hohen Wand dunkler Bäume gestützt wird, an Tagen betreten, an denen sich die Terrassen in der Gewalt von einbrechender Finsternis, Überflutungen und wilden Winden befinden. Auch wenn man Regentage nicht mit jenen Wintertagen vergleichen kann, an denen die Knochen wegen des Schnees noch steifer wurden, so dass sie über den schleifenden hölzernen Sohlen das Gleichgewicht verloren. Die weißen Treppen werden dann noch unbarmherziger. Der Blockaufseher aber schreit immer genauso besessen: ›Tempo, Tempo!‹, und treibt mit dem Gummiknüppel die stockdürren Gestalten aus den Baracken, dass sie die Treppe hinunterstürzen, wobei die nackten Knöchel vom Regenwasser aus den Pfützen bespritzt werden; Pfützen, durch die in der Dunkelheit Hunderte von Holzschuhen und bloßen Füßen, die die Schuhe verloren haben, platschen. Das gestreifte Zeug hängt dann beim Appell auf dem Rücken wie eine nasse Zeitung. Und trotzdem ist der feuchte Tod weniger gewaltsam, weniger gebieterisch als der frostige Tod, besonders wenn man wegen des Kampfes gegen Läuse und Typhus mitten in der Nacht ins Bad laufen muss. Das Rennen, die Treppe hinab, wärmt die Körper nicht, sondern überlässt sie noch unmittelbarer der Umarmung der Gebirgsluft, während das geräuschvolle Knallen der Holzschuhe auf den Steinen sich wie das Bersten von überspanntem Frost anhört. Hier, vor dieser düsteren Baracke, entkleidet sich die verworrene Herde hastig, während vom anderen Berghang, von jenseits des Stacheldrahts, Hundebellen zu hören ist, das abgehackt die Nacht zerschneidet, so dass schwarze Stücke Dunkelheit in den bodenlosen Abgrund des Nichts versinken. ›Tempo, Tempo!‹, treibt eine cholerische Stimme, das Bellen hinter der Böschung wird immer wütender, als hätten die Nasenlöcher einer mehrköpfigen Bestie gerade den Geruch der nackten Haut gewittert, den der Wind auf den Flügeln der Nacht hinüber trägt. Dabei ist die Tür zum Baderaum, trotz der Schreie des Blockaufsehers, noch geschlossen, so dass die Glühbirne über dem Eingang eine

Vielzahl von Schädeln und Rippenleitern beleuchtet, während die Hände hastig die Lumpen zu Bündeln zusammenpacken. Die stabförmigen, schlotternden Glieder hüpfen und treten hin und her, um dem Wind auszuweichen; wenn dann aber die Bündel mit den Schnüren zusammengebunden worden sind, die vorher die Hosen in der Taille festhielten, kratzen sich die dürren Gestalten ihre Unterarme und Schenkel, umarmen mit gekreuzten Armen die Schultern und pressen das Kinn an die gekreuzten Arme. Bald lösen sie sie aber schon wieder und legen ihre Hände auf den Bauch, auf die Brust und wieder auf den Bauch. Jemand hat sich hingehockt und umarmt die Knie, aber da der kalte Wind ihm in den Rücken bläst, ohne dass er sich abwenden könnte, um sich zu schützen, springt er hoch und bedeckt die Lendengegend mit den Handflächen; sein Körper verbiegt sich in der Dunkelheit wie Wäsche in den Händen einer unsichtbaren Wäscherin, und der kahle Kopf dreht sich ruckartig weg vom Wind. Die Tür ist immer noch zu, und im Wald meldet sich eine Eule, als wäre sie plötzlich aufgewacht in der verängstigten Fantasie eines Kindes, das sich ganz in das Märchen der Großmutter eingelebt hat. Der Boden ist mit Bündeln übersät und nackte, weiße Körper wachsen aus ihm heraus. Hie und da bückt sich plötzlich ein Körper, reißt ein Häufchen Lumpen an sich und drückt es auf die Haut; dann legt er es langsam und behutsam auf seinen Bauch, um den letzten Rückstrahl der von seiner Haut dem Jutegewebe abgegebenen Wärme einzufangen. Schließlich fassen die Hände das Bündel ganz fest und drücken es krampfhaft an den Oberkörper, der sich neigt und zu den Knien und Oberschenkeln beugt, wie der Torwart beim Fußball, wenn er den Ball gefangen hat und sich wie eine Raupe über ihn krümmt. Viele können aber gar nicht stehen, weil sie mit den Fetzen die letzte Kraft ausgezogen haben; sie hocken sich auf die Bündel. Die anderen, die mit geneigtem Kopf dastehen, die Hände am Körper, sind das knochige Beispiel, das stangenförmige Urbild, nach welchem sich alle richten sollten. Auf der krustenartigen Haut, welche die Rippen umhüllt, malt das Licht der Glühbirne über der Eingangstür unruhige Reflexe, während der kalte Wind mit seinen Fingern auf der Harfe der Menschenbrust ein leises Requiem spielt, das die Zähne der Wölfe unaufhörlich zerreißen. Aber plötzlich wird man von Menschengebell überfallen. ›Tempo! Tempo!‹ Denn die Tür hat sich jetzt geöffnet und warmer Dampf und mit ihm nackte Körper stoßen ins Freie. ›Tempo! Tempo!‹ Aber das Schreien ist überflüssig, denn die weiße, warme Wolke lockt unwiderstehlich die verschreckten Schatten, die von der Gebirgsnacht verscheucht wurden, jetzt aber im Nu den viereckigen Raum mit den tropfenden Duschen an der Decke füllen. Nichts regt sie auf, im Gegenteil, das Geschrei der Barbiere ist ihnen ein Willkommensgruß: Sie rufen die ankommende Herde zum jeweiligen Hocker und fuchteln mit dem Rasiermesser in der Luft, so dass das Licht der Glühbirnen auf den Messerschneiden leuchtet, als würden die Tropfen aus den Duschen auf dem glänzenden Stahl Funken sprühen. Mit Genugtuung bewegen die neuen Gäste ihre Körper in der Wärme, setzen sich auf die Hocker und beugen den Kopf unter die Haarschneidemaschinen, welche die einen halben Nagel hohe Haardecke entfernen. Oder sie stehen, und der Barbier, der zu ihren Knien hockt, steuert sehr geschickt sein

Rasiermesser in der Einbuchtung des ausgedörrten Schambeines. Und der brüllende Figaro rupft bald scherzhaft, bald zornig den welken Hahn, der noch gerupfter sein wird, bis die Zeit reif ist für seine Vernichtung im Ofen. Dann bewegt sich das Messer in den unfruchtbaren Achselhöhlen, während ein weiterer Regisseur einen großen Maurerpinsel in einen Eimer eintaucht und über die rasierten Schambeine streicht; und die Hände greifen sofort nach der brennenden Stelle und drücken, drücken, drücken, um das lodernde Feuer zu löschen. Dabei hüpft man, um durch die Bewegung etwas von der brennenden Energie abzugeben; der Barbier hat aber inzwischen das alte Skelett einfach auf den Hocker gesetzt, weil er mit ihm anders nicht zu Rande kommt. Los, Alter, redet er ihm zu, aber die Holzfigur schaukelt nach links und nach rechts, als würde sie jeden Moment auf dem nassen Zementboden zusammenbrechen, mit einem Geräusch wie ein Bündel Holz, das man vor dem Herd auf den Fußboden wirft. Verflucht, ärgert sich der Barbier und hält ihn am Glied fest, damit er nicht aus dem Gleichgewicht fällt; dabei streckt sich aber schwach der alte Darm. Als man ihn endlich auf den Estrich hinlegt, befinden sich dort schon andere auf dem Rücken. Denn jetzt strahlt Wasser von der Decke herab, und ein Körperwald hüpft unter dem heißen Regen und reibt sich die Ellenbogen mit einer harten Seife, die sich nach und nach auflöst, so dass auf dem Zementboden kleine gelbe Bäche fließen wie bei heftigem Sturzregen das mit Lehmerde gefärbte Regenwasser. Aber dem Körper ist es angenehm, dass ihn so zahlreiche warme Zungen lecken, die Erinnerung an die nächtliche Gebirgsluft verschwindet für einen Augenblick, und dem

Geist ist nicht bewusst, dass unter dem Baderaum ein Ofen steht, in den der Heizer Tag und Nacht menschliches Scheitholz hineinwirft. Aber selbst wenn die Körper daran dächten, dass der Heizer vielleicht schon in Kürze auch mit ihnen auf diese Weise das Wasser aufwärmen wird, wäre der aus der nassen Wärme strömende Genuss immer noch groß. Und sie seifen sich schnell ein, denn am Schambein brennt es nicht mehr; nur der Mund jener, die auf dem Zementboden rücklings liegen, öffnet sich in einem langsamen Rhythmus. Es ist so, als wenn sie die Luft durch die ganze Länge der stocksteifen Glieder hindurch von den Füßen aus einsaugen würden, die im Dampf verschwinden und sich bis zum letzten Ende der Welt zu strecken scheinen. Die heißen Tropfen fallen auf ihr Schluchzen herab und zerspringen auf den Glaspupillen und den aufgesperrten Zahnreihen. Aber die Hausordnung gilt auch für sie, deswegen kratzen diejenigen, die mit dem Waschen schon fertig sind, die schuppige Haut der Liegenden, als würden sie den rauen Fußboden schrubben oder die Oberfläche eines Stockfisches einseifen. Der gebeugte Körper hockt auf dem Zement neben dem ausgestreckten Körper, und das Wasser spritzt von dem kahlrasierten Schädel wie von einem Steinkopf inmitten eines römischen Brunnens, während unter dem liegenden Körper ein gelber Bach fließt. Die Körper, die an der Wand stehen, trocknen inzwischen die Feuchtigkeit von der Haut, und es sieht so aus, als würden sie mit den weißen Tüchern den Liegenden zum Abschied zuwinken, weil sie diesmal selbst noch nicht an der Reihe sind. Aber in Wirklichkeit denken sie an nichts anderes als an das Draußen, denn gerade ist die Tür aufgegangen und man muss ins Freie laufen, und auch die aggressiven Schreie ›Tempo, Tempo!‹ zerreißen schon wieder die Nacht. An der Tür packt also die Hand Hose und Jacke und Holzschuhe und Hemd, und der Körper schnellt die Treppe hinauf. ›Tempo, Tempo!‹, denn der Ochsenziemer zischt auf der gerade gewaschenen Haut, und nur die Erschöpften sind noch an der Tür und zittern beim Versuch, die Hose anzuziehen. ›Tempo, Tempo!‹, und doch bleibt man noch einen Augenblick in dem nebligen Raum und verlängert die Umarmung der Wärme, während aus den Duschen einzelne Tropfen wie die letzten Tropfen eines Lebenssaftes herunterfallen. Jemand schleift auf dem Zementboden einen stangenförmigen Körper, der aufgehört hat zu atmen; die Barbiere aber laden schon wieder schreiend die Neuankömmlinge ein, so dass man schließlich der Herde nachlaufen muss, die halb nackt die Treppe hinauftobt und die weggerutschten Holzschuhe jagt und die verlorene Hose aufhebt, um sie wieder unter den Arm zu stecken. Das Geschrei des Blockaufsehers meldet sich jetzt von weit unten, hier, bei dieser Baracke, da das zerstreute Rudel schon auf der ersten und zweiten und dritten Ebene ist, und manche sind ja noch weiter oben und werden schneller als die anderen die eigene Haut in den Schutz der Baracke auf der vierten Ebene retten können.

Im klaren Sonnenschein wirken solche Szenen jetzt unwirklich, und mir ist klar, dass unsere zerschlagenen Prozessionen für immer in die irreale Atmosphäre der Vergangenheit hinabgetaucht sind. Sie werden zu dichten Schatten im Unbewussten der Menschengemeinschaft, sie werden die Menschen zu ohnmächtigen Versuchen verführen, ein dumpfes

Schuldgefühl zu beruhigen; und vielleicht werden die Menschen zugleich, um den undeutlichen Vorwurf des Gewissens loszuwerden, in eine unkontrollierte, triebhaft sadistische Aggressivität getrieben. Es müsste den Touristenführern also gelingen, in der Fantasie der Besucher einige Sequenzen des einstigen Bösen aufleben zu lassen; und doch wäre auch dies eine verlorene Mühe, brauchte man doch Legionen von Fremdenführern, um alle europäischen Völker wachzurütteln.

So stehe ich vor der Baracke und überlege, dass sie einem Schuppen ähnelt, in dem Bauarbeiter, die eine Straße asphaltieren oder ein neues Gebäude bauen, ihr Werkzeug und kleinere Maschinen verwahren. Aber diese Vorstellung ist schon wieder dem Sommerlicht entsprungen. Als ich vor zwei Jahren hier war und der Zimmermann, der die morschen Bretter auf dieser Seite austauschte, die Lästigkeit dieser Arbeit beklagte, überkamen mich andere Gefühle. Sicher war es mir recht, dass die Franzosen das hölzerne Denkmal pflegen, doch gleichzeitig sträubte ich mich gegen diese weißen Flecken zwischen den geschwärzten, ausgewaschenen und verwitterten Brettern. Das lag nicht so sehr an der Farbe, denn ich wusste, dass der Mann die neuen Teile streichen und sie den alten anpassen würde; ich konnte einfach die Existenz jener Stücke frischen, eben erst gehobelten Holzes nicht ertragen. Es war so, als pfropfte man lebendige und saftige Zellen auf abgestorbene Fäule, als würde jemand gewaltsam versuchen, ein weißes Bein in eine Schicht plattgedrückter, schwarz gewordener Mumien zu transplantieren. Ich war für die Unantastbarkeit des Zerfalls.

Inzwischen freilich nimmt man die eingefügten neuen Teile nicht mehr als solche wahr, das Böse hat die neuen Zellen aufgefressen und sie mit seinem faulen Saft getränkt.

Die Kieselsteine knirschen wieder, als ich mich der bewaldeten Seite zuwende, wo sich der Eingang zum geheimnisvollsten Teil des niedrigen Baus befindet. Es liegt aber weder an den Steinchen noch an der Sonntagsatmosphäre, wenn mir der schwere Ofen kaum gruselig vorkommt. Wegen der weit geöffneten Tür ähnelt er einem dicken Fisch, einem gedrungenen, blinden Drachen, dem man ein Rollbrett davor gestellt hat, damit das Tablett mit dem Fressen schneller in den Schlund hineingleitet; doch unser Sterben vollzog sich weit weg vom eisernen Ungeheuer mit den geöffneten Backen, und außer den wenigen, die auf der Bahre herkamen, hatte keiner die Gelegenheit, ihn zu sehen. Ich selbst sehe ihn zum ersten Mal. Damals gingen Tola und ich lediglich in das Geschoss unterhalb des Ofens. Das schicksalhafte Verrinnen des Lebens war uns gleichwohl bis in unsere Zellkerne, in unser Mark, in die gläserne Feuchte unserer Augen bewusst. Der Hauch des Endes kam auch aus diesem mächtigen Rachen, ganz gewiss, aber vor allem stieg er aus der eisigen Tiefe herauf, wo unser Geist im Bewusstsein des endgültigen Gefangenseins sich aufgelöst hatte. Wenn sich schließlich der Körper vor dem Kopf dieses Metallwales befand, war er so dehydriert, dass er verkrüppeltem Reisigholz ähnelte. Dann war der Verstorbene schon eins mit seinen Geistern, und die weit geöffneten Augen am Ende seiner hölzernen Glieder starrten trotz der Flammen unbeweglich in die bereitstehende Falle, denn sie hatten sich schon längst in die grenzenlose Leere vertieft und waren dabei zu Glas erstarrt.

Dafür sind aber die Besucher vor dem weiten Maul umso mehr ergriffen. Sie stehen jetzt vor der Vernichtungsmaschine, die keinerlei Fantasieanstrengungen verlangt. Jeder kann sie sehen, ohne sich erst eine Vorstellung anhand der Beschreibung des Führers bilden zu müssen; er kann sogar das Eisen berühren, er kann versuchen, einen aus zwei dicken Schichten bestehenden Türflügel zu bewegen. Gerade deswegen warnt der Fremdenführer: »Geben Sie Acht, dass Sie nicht schmutzig werden, der Ofen ist geölt.« Und in der Tat glänzt er vor Öl und ähnelt einer pensionierten Maschine, die, herausgeputzt und feierlich hergerichtet, stolz auf ihre langjährige zuverlässige Tätigkeit ist. Ein Touristenschwarm hat mich erreicht, und ich ziehe mich zurück. Der Mann denkt sich nichts dabei, wenn er die Leute davor warnt, sich zu beschmutzen. Die Anwendung dieses Verbs aber, so korrekt sie auch ist, erweckt in mir eine Verstimmtheit, die mich von der Menge, die den Raum gefüllt hat, noch stärker fern hält. Irgendwo aber ist ein Lautsprecher angebracht, so dass mich die Worte des Fremdenführers verfolgen, auch wenn er immer noch vor dem Ofen steht. Doch er spricht ruhig, ohne Schwung und ohne den Wunsch, zu erschüttern und zu rühren, so dass ich mich seinen Erklärungen nicht versperre. »In dem großen vierkantigen Kessel, der auf dem Ofen angebracht ist«, erzählt er, »wurde das Wasser für das Bad aufgewärmt, das Sie jenseits des Glasfensters auf der rechten Seite sehen.« Die jungen Leute drängen sich vor das kleine Fenster, mir aber ist so, als würde über unsere Haut immer noch das Laugenwasser laufen, gelb gefärbt von der sandfarbenen Seife, und als würden die Körper der Erschöpften immer noch auf dem Zementboden liegen und in die heißen Wasserstrahlen schluchzen. Zugleich überlege ich, dass mir damals nicht bewusst war, womit der Wärter das Wasser erhitzte, und erneut spüre ich, dass sich meine Stimmung damals nicht geändert hätte, auch wenn ich es gewusst hätte. Wegen dieser Empfindungslosigkeit bin ich jetzt in der Menge der Sonntagsausflügler ein Gezeichneter, zugleich fühle ich aber, dass mich die Verstorbenen mit dem warmen Wasser, das sie mir schenkten, in ihre Bruderschaft aufgenommen haben, die heiliger ist als jegliche Bruderschaft religiösen Ursprungs. Die Stimme aus dem Lautsprecher erzählt, dass das lange, gebogene Gerät an der Wand vom Wärter gebraucht wurde, um die anfallende Asche auszugleichen, wenn er mit dem langen Schieber die glühenden Reste zusammenschob. »Die vier großen Haken, die aus dem Balken hinter dem Ofen hervorragen«, fährt er fort, »wurden für das heimliche Erhängen benutzt, während für das öffentliche Erhängen der Galgen bestimmt war, bei dem wir halten werden, wenn wir zum oberen Teil des Lagers zurückkehren.« So also. Und ich hatte immer gemeint, man würde sie an der Duschvorrichtung erhängen. Wahrscheinlich hatte das jemand im Vorbeigehen so gesagt, als Leif eine Gruppe junger polnischer Männer untersuchte, und ich habe das Bild mit der Dusche behalten. Erst jetzt wird mir aber klar, dass die Vorstellung mit den Duschen unsinnig war; nur Haken sind zu diesem Zweck fest genug. Ach was, damals ging es um das, was geschah, nicht um die technische Genauigkeit der Durchführung. Auf jeden Fall verhält es sich mit den Haken genauso wie vorhin mit dem Ofen; das gebogene schwarze Eisenstück ist kaum von Bedeutung, wenn man Tag und Nacht von der Angst geplagt wird beim Gedanken an das geheimnisvolle Ende in dieser Baracke. So hatte André lange gelitten, bis man uns im Herbst nach Dachau überführte, und auch dort fürchtete er immer wieder, es könnte ihn der Beweis für seine Aktionen in der Widerstandsbewegung einholen.

Jedes Mal, wenn man am Vormittag jemand die Treppe auf der Seite hinabführte, wo der Ofen steht, röchelte in uns eine taube Leere. André war aber noch bleicher als sonst und dachte gar nicht mehr daran, dass er ein guter und aufopfernder Arzt war, sondern stand ganz hilflos mitten in der Kälte, die von der untersten Terrasse herwehte. Als Arzt wusste er Bescheid, wenn ein SS-Mann eine Gruppe junger Männer zur Untersuchung mitbrachte. Entlassung. Was so viel wie Kündigung, Abschiebung, aber genauso gut Beurlaubung und schließlich Verabschiedung bedeuten konnte. Das war die richtige Bedeutung, Verabschiedung. Der Arzt musste bestätigen, dass die Gesundheit der Entlassenen gut ist. Die jungen Männer guckten natürlich mit starrem und gleichzeitig verlorenem Blick, aber der SS-Mann ärgerte sich über denjenigen, dem der Unterschenkel vom Knie abwärts fehlte: »Bist nicht gesund? Möchtest du nicht entlassen werden?« Leif bewegte dabei nervös die Hand mit dem Stethoskop; die makabre Komödie, vor der er machtlos war, widerte ihn an, aber er konnte sich nicht widersetzen, hatte man ihm doch nur befohlen, die jungen Männer zu untersuchen. Dafür war er doch Arzt. André mochte Leif nicht, aber er hätte auch weiter nichts machen können. Nur den Kameraden, die die Kartei der Rekonvaleszenten im Block Nr. 2 führten, gelang es gelegentlich, einen dieser Gezeichneten zu retten; aber sie riskierten Kopf und Kragen dabei, denn hätte man sie entdeckt, wären sie selbst am Vormittag die Treppe hinunter zu den Haken hinabgestiegen. Franz zum Beispiel, der lange und barmherzige Don Quichote aus Ljubljana, immer unruhig, höchst erfinderisch und von zählebigem Humor, schaffte es. Als der SS-Mann mit der Entlassungsliste kam, fing der fieberhafte Versuch an, wenigstens einen der Verurteilten zu retten, oder auch zwei natürlich, aber nur ausnahmsweise, denn wehe, man hätte irgendeinen Verdacht geschöpft. Es ging nämlich darum, dass man dem Toten, der im Waschraum auf dem Boden lag und darauf wartete, hinuntergetragen zu werden, anstelle seiner eigenen Nummer diejenige eines Verurteilten an die große Zehe band. Der gerettete junge Mann bekam einen neuen Namen und eine neue Nummer, aber man musste ihn so schnell wie nur möglich mit einem Arbeitstransport aus dem Lager schaffen. Es stimmt schon, dass solche Arbeitsgruppen ins Ungewisse gingen, aber dem Haken sind sie doch entkommen. Wenn der SS-Mann dann aber die Leute abholte, musste sich Franz die allergrößte Mühe geben, um sein Zittern zu beherrschen. Als er die Nummer des Jungen las, sagte er: »Gestorben«. Der SS-Mann fragte: »Wann?«. Um seine Aufregung zu verbergen, zeigte Franz die Aufstellung der Gestorbenen. »Hier sind alle Daten«, sagte er, und erst als der SS-Mann gegangen war, merkte er, dass ihn ein kalter Schauer überlief und das Oberhemd vor Nässe an ihm klebte. André wusste wahrscheinlich überhaupt nichts von dem erstaunlichen und gespenstischen Risiko, denn bei solchen Sachen ist es besser, die Linke weiß nicht, was die Rechte tut; das heißt, es durfte möglichst wenige Verschwörer geben, vielleicht nicht mehr als zwei. Aber auch wenn André es gewusst hätte, wäre es dasselbe gewesen, der Doktor war ja bekannt, und Franz hätte von ihm nicht sagen können: »Gestorben«. Die Leute, die sich jetzt zwischen dem Ofen und dem Hintergrund mit den Haken drängen, werden weder über die Laibacher Bohnenstange Franz noch über den französischen Arzt André je etwas erfahren, auch wenn es in diesem Moment rührend anmutet, wie sie in dieser Todesschmiede so verloren um sich blicken. Deswegen begebe ich mich in den Korridor, der durch den ganzen Block führt, und halte im ersten Raum an, aber schon gibt es ganze Gruppen um mich herum, die halb bestürzt, halb kindisch den Hals strecken, um die Asche in den rötlichen Tontöpfen zu erblicken. Diese waren selbstverständlich den deutschstämmigen Personen vorbehalten, aber sogar für sie galt dieses Vorrecht nur kurze Zeit. Bald verstreute man ihre Asche dort, wo man auch die Asche gewöhnlicher Europäer verstreute. Mein Blick ruht auf den kleinen Knochenbruchstücken, die fast grob gemahlen den Inhalt eines Topfes bilden, und als ich einen kleinen Knopf entdecke, der darunter gemischt ist, erzählt die Stimme des Touristenführers, wie viele Köpfe man rasieren musste, um ein Kilo Haare zu gewinnen, aus denen dann Stoff und Decken hergestellt wurden.

Das bringt jedoch meine Erinnerung durcheinander, weswegen ich mich langsam durch die Menge in Richtung Ausgang bewege; seine ruhige Stimme folgt mir aber beständig, auch wenn er sich immer noch beim Ofen aufhält. »Hier ist der Raum«, sagt er durch den Lautsprecher, »der für die Exekutionen bestimmt war, der Fußboden ist etwas geneigt, wie Sie sehen, damit das Blut der Opfer leichter abfließen konnte. Im September 1944 sind in diesem Raum einhundertacht elsässische Widerstandskämpfer umgekommen.« Ja, er spricht von dem neunzigjährigen Alten und von jenen jungen Frauen. Und ich versuche, mich zum Ausgang durchzuzwängen, denn jetzt stört mich die Menge, seine Stimme stört mich, aber als ich mich zwischen den Leuten zu der Öffnung durchschlage, die zum nächsten Raum führt, ist er schon wieder bei mir mit seinen Erklärungen. »Hier ist, wie Sie sehen, der Seziertisch; auf ihm führte ein Professor der Straßburger Universität Vivisektionen und bakteriologische Tests durch. Er kam, um den Zustand jener Deportierten zu überwachen, die in der Gaskammer unterschiedliche Dosen Gas bekommen hatten und von denen deswegen die einen kürzer, die anderen länger dahinstarben.«

Ich bin im Freien. Und ich gestehe, dass ich mich lieber vor dem Ofen aufhalte als bei dem Tisch aus vergilbten Fliesen, auf welchem, wie mir scheint, immer noch Gummihandschuhe liegen, die eine kultivierte Hand wieder anziehen wird. Der Ofen ist trotz all seiner Grobheit immerhin sauber, der Heizer, der ihn bedient, ist eigentlich der Totengräber. Er mag zurückgeblieben, muss aber nicht unbedingt auch grausam sein. Bei solch gründlichem Hang zum Töten, bei solch respektloser Wollust an fremdem Leid und fremdem Blut braucht die Menschheit auch eine entsprechende

Anzahl Totengräber; ein Beruf also wie alle anderen. Inzwischen aber hat die Hand im roten Handschuh die vergilbten Fliesen mit einer verbrecherischen Stimmung umhüllt, die immer noch über dem einsamen, kalten Tisch mitten im Raum liegt. Und ich gehe um die Baracke herum und frage mich, was ich wohl möchte. Ich wünschte mir, die Zeit bliebe stehen, der Nachmittag verginge nicht, sondern verlängerte sich ins Unendliche; gleichzeitig weiß ich aber, dass der Nachmittag eigentlich ungehindert andauert und dass es noch lange ist bis zum Abend. Die Leute halten sich im Innern der Baracke auf, so dass der Raum jetzt verwaist ist; die Treppen links und rechts steigen schwerfällig zur ersten Terrasse und zum weißblauen Himmel hinauf. Und es ist richtig so, denn ich wünsche mir keine Unterhaltung, kein Gespräch und keine Leute. Und doch weiß ich, dass ich gerade auf ihr unterdrücktes Aufschreien gelauscht habe, im voraus darauf bedacht, mich sowohl gegen Seufzer und Kopfnicken wie auch gegen ruhiges und nüchternes Beobachten zu wehren. Vorher hatte eine weibliche Stimme in der Menge gefragt: »Qu'est-ce que c'est ça?«, und eine männliche Stimme hatte geantwortet: »Le four.« Worauf die weibliche Stimme sagte: »Les pauvres.« Rundherum gab es Leute, die sich auf die Zehenspitzen stellten, um die Asche und die kleinen Knochen in den Töpfen zu sehen. Ich aber konnte und konnte nicht verstehen, wie jemand vor einem so gewaltigen Ofen fragen konnte, was das sei; obgleich mich diese Bequemlichkeit auch beruhigte, weil sie mir bestätigte, mit welch hoffnungsloser Trägheit das menschliche Gewissen erwacht. Das heißt, dass ich eine gewisse Genugtuung empfand bei der Feststellung, dass unsere Lagerwelt nicht mitteilbar ist, auch wenn ich nicht behaupten kann, dass mich diese Erkenntnis besänftigt hätte. Er hatte gesagt: »Der Ofen.« Und sie: »Die Armen.« So kurze Fragen und ebenso kurze Antworten könnten lapidar, könnten mit einem gedrängten, unausgesprochenen Sinn erfüllt sein; so aber hörte sich die Bemerkung wie die Klage einer Frau an, die gesehen hat, wie eine Katze unter die Räder eines Autos kommt. Natürlich bin ich ungerecht, denn ihre Frage vor dem weit geöffneten Mund der eisernen Sphinx war nur eine Verlegenheitsfrage, war die Flucht vor der Angst, das metallene Maul könnte ihr näher kommen. Ich bin ungerecht, weil ich nicht daran denke, dass das Böse all diesen Menschen nicht so vertraut und alltäglich ist wie mir. Sie haben davon keine anschauliche Erinnerung. Doch vielleicht sind inzwischen meine Füße gerade deswegen so unruhig, weil mir die versunkenen Bilder in der Erinnerung zu flach erscheinen. Vermutlich werde ich mich von diesem Ort entfernen müssen, damit sie sich in mir bewegen können wie die Algen beim Wellengang der Wasserschichten; hier gibt es jetzt nurmehr die bloßen Gegenstände, weil die Schatten der Verstorbenen weit von ihnen entfernt sind. Vielleicht kehren sie hierher zurück, wenn der Berg von der Dunkelheit umhüllt wird. Vielleicht versammeln sie sich, wenn die Terrassen mit Schnee bedeckt werden. Dann sind sie allein, und als Erstes legen sie die Dahinsterbenden auf die verschneite Lagerstätte wie früher, dann stellen sie sich in Reih und Glied, warten aber nicht auf den gestiefelten Mann, der sie durchzählen wird, sondern entschlüsseln aufmerksam und in völliger Ruhe die Meldungen, die die Wellen aus der rauschenden lebendigen Welt zu ihnen tragen.

Der Kellerraum unter dem Ofen ist ein Lagerraum, der mit einem rudimentären schwarzen Aufzug aus Eisen ausgestattet ist. Das ist die Natzweiler Totenkammer. Und ich sehe, wie ich mit Tola Ivo auf der Bahre trage, ich sehe die schwarzen Stäbe und das grobe graue Leinen der Trage. Ivo haben wir dann hochgehoben und auf den Haufen gelegt. In dem Moment fiel mir ein, dass die lange Zange sich um seinen Hals legen würde, wenn ihn der Totengräber aus dem Haufen wegschaffen würde. Denn er lag auf dem Haufen zwischen dürren Rippen, hohlen Hüften, spitzen Wangenknochen und kahlen Schädeln. Allein sein Gesicht war rasiert, weil ich irgendwo eine Gillette-Klinge aufgestöbert und ihm mit großer Mühe die hohlen Wangen geschabt hatte, um ihn wenigstens auf diese Weise mit den Gepflogenheiten unseres Volkes zu ehren. So war sein Gesicht mit den in gelbe Haut gehüllten Knochen wie verjüngt, und es rief mir nach, ich solle es nicht so ganz allein unter Fremden lassen, wo wir doch fast die ganze Zeit, seit der Betonzelle unter dem Oberdan-Platz, zusammen gewesen waren. Und es rief auch später nach mir, als ich mit Anatol die leere Bahre die Treppe hinauftrug; in der Mitte des groben Leinens gab es einen bräunlichen Fleck, den vor wer weiß wie viel Monaten wer weiß welcher Verstorbene hinterlassen hatte. Ich hörte seinen leisen Vorwurf, ich hätte ihn betrogen, als ich ihm beteuerte, die Krankheit würde ihn nicht mitnehmen, als ich ihm wiederholt zuredete, er solle solche Gedanken einfach von sich weisen. Ich sah ihn, wie er hoffnungslos beleidigt war, weil ich immer heiter zu ihm kam, mich auf seine Lagerstätte setzte und mich mit ihm wie mit einem Kranken unterhielt, der nach langer Krankheit nur ausruhen soll.

Stumm folgte ich Tola und hielt die Tragestange hoch, denn ich war kleiner als er und achtete darauf, dass die Stange nicht gegen die Treppensteine schlug. Aber auch wenn sie dagegen geschlagen hätte, hätte Tola an jenem Tag nicht einmal im Scherz genörgelt; gleichwohl wollte ich nicht, dass sie dagegen schlägt und sich metallisch ins Bewusstsein ruft. Nein, Tola wäre nicht stehen geblieben und hätte angesichts des Toten nicht kameradschaftlich auf die Mutter des Zaren geflucht, denn er wusste, dass ich gerade von einem Landsmann Abschied genommen hatte, und für ihn als russischen Burschen war ein Landsmann etwas Heiliges. Ich fühlte mich, als hätte ich meinen Vater begraben. Ich spürte meine Ohnmacht und Hilflosigkeit, und gleichzeitig wurde mir jene ursprüngliche Verbundenheit bewusst, die man im Innersten beim Anblick des kalten Körpers desjenigen erlebt, der einen gezeugt hatte. Als hätte der Maulwurf die Wurzel durchbissen, mit der ich mich hier, auf diesen verderblichen Terrassen, im Stillen mit den Terrassen auf dem Hang am Meer verbunden hatte; und ich war auch deswegen im Innersten getroffen, weil ich tatsächlich bis zuletzt gehofft hatte, Ivo könnte trotz allem davonkommen. Ich hatte ihm gewünscht, er könnte es; ich hatte es ihm von ganzem Herzen gewünscht, auch deswegen, weil er mit seinem ruhigen Lächeln und seinem Charakter ein so engmaschiges Netz herzlicher Verbundenheit zwischen uns beiden gesponnen hatte. Wegen seiner menschlichen Erscheinung hatte ich es ihm gewünscht, in meiner Naivität aber glaubte ich, mein Wunsch würde auch deswegen in Erfüllung gehen, weil ihm meine Fürsorge und Zuneigung zuteil wurden. Auch Leif war sich meiner Niederlage bewusst, und er belehrte mich väterlich (was ungewöhnlich war), dass Ivo auch im normalen Leben unterlegen wäre. Mag sein, dass das stimmte, aber Leif Poulson, mein Chef, war dabei wie immer leicht überheblich, wenn es sich nicht um seine norwegischen Leute handelte. Aus diesem Grund dachte ich, vermutlich ungerechterweise, dass Leif für einen anderen Kranken doch irgendwo Sulfonamide gefunden hätte; natürlich nicht jetzt, als sich die Krankheit schon verschlimmert hatte, aber gleich am Anfang, als Ivo erkrankt war. Ich weiß, Eubazin und Prontosil, wie sie die Ärzte erhielten, waren in zwei Tagen zu Ende; wenn Leif es aber gewollt hätte, hätte er eine Dosis Sulfonamid besorgen können. Ich hätte auf ihn einreden, mich um Ivo kümmern müssen. Doch damals hatte ich nicht an Sulfonamide gedacht, denn am Anfang wusste nicht einmal Leif, was Ivo fehlt; als aber Leif die Nieren erwähnte, war der Krankheitsverlauf schon so fortgeschritten, dass Ivo sichtbar dahinsiechte. Ich weiß es nicht, ich weiß es wirklich nicht, aber vielleicht war es tatsächlich so, dass nicht einmal Sulfonamide geholfen hätten. Vielleicht handelte es sich um eine tuberkulöse Infektion, Leif sprach nicht mit mir darüber, ich war in der inneren KZ-Politik zu unbedeutend. Jetzt aber, wo ich das alles weiß, erscheint mir Ivo nicht mehr, sein Gesicht ist verschwunden, der Lagerraum und die Zange sind immer noch da, als hätten sie weder mit mir noch mit Ivo etwas zu tun. Ich bin allein. Im Schatten, der warm ist, weil drüben die Baracken stehen und an seinem rechten Rand die Juli-Sonne scheint. Erst als ich mich verlegen umdrehe, merke ich, dass zwischen Ivo und mir meine leichten Sandalen stehen, die sommerliche Hose, der Kugelschreiber, mit dem ich auf die Schnelle die

Namen dessen, was ich sehe, notiere, der Fiat 600, der vor dem Ausgang auf mich wartet und mit dem ich in Rojan oft an dem Lager vorbeifahre, wo Ivo Kohle verkauft hatte. So weiß ich auch, dass ich allem Weltlichen entsagen und die Holzschuhe unserer Armut anziehen müsste, wenn ich seiner Kameradschaft wieder würdig werden wollte. Dann würde Ivo aufhören, unsichtbar zu sein, und er würde mir nicht verübeln, dass ich an die Küste von Triest zurückkehren werde; er würde von meiner Treue wohl nicht verlangen, dass ich mich der braun gebrannten Haut der Badenden nicht erfreuen dürfte und der Musik des Geplätschers unter den Klippen von Barkovlje entsagen sollte.

Zu jener Zeit pflegte ich schon Tomaž im Block Nr. 2 zu besuchen. Eigentlich habe ich ihn kennen gelernt, als ich gerade wegen Ivo auf der Suche nach Leif war. Der Sommer war herrlich, wenn auch nicht für uns; beim Hinabsteigen der Treppen blieb das Auge dennoch manchmal im entfernten Tal hängen, das tief eingeschnitten war und, wie eben jetzt, in der Sonne lag. Die Wärme flimmerte über der friedlichen Welt weit unter uns, und unsere Pupillen beobachteten sie, als schauten sie durch die Linsen eines umgedrehten Fernglases. Wir befanden uns weit über der bewachsenen Schlucht, aber in uns entstand keines der Gefühle, die sonst ein Mensch verspürt, wenn er vom Gipfel aus das Gesamtbild eines Talgrundes bewundert. Wir waren nicht auf den Gipfel gestellt worden, um uns den menschlichen Wohnstätten verbunden zu fühlen – uns sollte vielmehr deutlich vor Augen geführt werden, wie endgültig unsere Trennung von ihnen war. Nichtsdestoweniger konnte im Sommer ein flüchtiger Blick nach unten erleichternd wirken, denn auf dem Grund der Enge leuchtete weiß das Dreieck eines niedrigen Gebäudes. Es war Teil einer einsamen Villa oder eines verlassenen Sanatoriums, aus welchem, so schien es uns, die Kranken schon längst abtransportiert worden waren, damit sie beim Anblick unserer Gruft nicht den letzten Glauben an das Leben verlören. Es war ein Gegenstand inmitten des Luftkreises, es war der Steven eines weißen Schiffes, unwirklich in der Schlucht zwischen den Bergen, aber gleichzeitig auch ein Symbol für Aufbruch und Fahrt. Und siehe, auf einmal erschien auf dem Steven jenes Luftschiffes eine kleine Flagge mit dem roten Kreuz im weißen Feld. Das bedeutete nicht nur, dass es in dem niedrigen Gebäude inmitten der Berge Leute gab, sondern auch, dass diese Leute plötzlich Angst bekommen hatten. Es war wie ein Lichtblitz, der durch das trübe Bewusstsein eines bewusstlosen, aber erwachenden Körpers schießt. Sie haben Angst vor den Alliierten, die sich Belfort nähern. Sie haben Angst vor den Schwärmen alliierter Flugzeuge. Wir zuckten, ganz ähnlich wie der Fisch auf dem Trockenen zuckt, bevor er krampfartig aufspringt, um den Rand des rettenden Wassers zu erreichen. Irgendwo in unserem Innersten spross ein Hoffnungskeim, den wir wahrnahmen, an den aber manch einer nicht denken wollte, aus Angst, er könnte ihm mit seinen verwundeten, zerfallenen Gedanken schaden. Denn die Terrassen auf dem Hang waren immer dieselben Weinberge des Todes, und die Weinlese fand unabhängig von der Jahreszeit statt. Die Träger beförderten die Ernte des Todes immer auf dieselbe Weise zur niedrigsten Terrasse, woher dann eine leichte Wolke emporstieg, um sich langsam über die geteerten Dächer der Baracken zu verbreiten. Der Sommer war jedoch eine gnädige Zeit, so dass vor den Blöcken, wo die Arbeitsunfähigen untergebracht waren, die Körper auf den wenigen Bänken Platz nehmen konnten, wobei sich das Holz der Knochen in das Holz des Sitzes stemmte. Die Übrigen legten sich in den Staub. Gewiss auch deswegen, weil es nur wenige Bänke gab, aber die Körper streckten sich vor allem aus Müdigkeit hin, aus unendlicher Erschöpfung. Wenn der Mensch auf diese Weise Kopf, Brustkorb, Bauch und Beine gegen die Erde drückt, meint er wie im Rausch, dass er zum letzten Mal die Härte der Erdkugel erweichen und durch diesen instinktiven Druck etwas Lebenskraft aus ihr ertrotzen wird; aber gleich darauf übermannt ihn die Müdigkeit und er spürt, wie er dem Boden seine letzte erbärmliche Zärtlichkeit übergibt. Aber es gibt auch Momente, in denen der vom Rauch ausgehende Geruch unsichtbar Macht über die ausgestreckten Glieder gewinnt. Trotz des Wunsches nach endloser Ruhe, widersetzt sich das Bewusstsein. Man verteidigt sich dann mit allen verbliebenen Kräften gegen den Geruch nach angebranntem Talg. Man macht den Mund zu und atmet durch die Nase aus, als könnte man so die vernichtende Giftgaswolke überlisten. Lange kann man aber nicht mit dem Kopf zucken, es hilft auch nicht, wenn man den Tod aufmerksam ausatmet, sofern man ihn danach, wenn auch in kurzen, abgehackten Abständen, doch wieder einatmen muss. Es ist daher am besten, wenn man jeden Gedanken von sich weist, die Lungen passen sich dann selbsttätig der ins Unendliche reichenden Wellenlänge der Vernichtung an. Auch wenn ein plötzlicher Luftzug über den Berghang hinwegwehte, würde das den unveränderlichen Todesrhythmus nicht ändern, allein im Magen, in den Knochen, im Schädel würde sich jene Leere ausbreiten, die vom schweren Geruch benommen ist und sich in einer nebligen Narkose wiegt. Das ist genau jener Abgang durch Nacht und Nebel, den man mit zwei roten Anfangsbuchstaben auf Rücken und Hosenbeine von Norwegern, Holländern und Franzosen gezeichnet hat. *N.N. – Nacht und Nebel.* Die Nacht allein reicht nicht aus. Auch bei Sonnenlicht muss man durch die doppelte Nacht die Treppe hinunterlaufen zum unterirdischen Lagerplatz, hierher unter den Ofen. So hat die kleine Flagge im Tal wie ein Blitzstrahl durch Nacht und Nebel aufgezuckt. Deswegen suchte ich so hastig nach Leif. Ich wusste, dass er für Ivo nichts machen kann, der angefangen hatte, zu fantasieren und Bildfetzen aus Triest mit dieser abwegigen Welt zu vermischen, so dass für mich Ferne und Nähe gleichermaßen abstrakt wurden. Aber gerade wegen der Veränderungen, die jene kleine Flagge ankündigte, schien mir sein Ende in einem solchen Moment unzulässig, ungerecht und widersinnig. Wer weiß, in der Aufregung, die sich in mir eingeschlichen hatte, dachte ich wahrscheinlich, oder hoffte ich wenigstens, Leif würde auf Grund der frohen Nachricht und durch sie inspiriert, etwas Rettendes für Ivo erfinden, ein Medikament hervorholen, das er bis dahin für außerordentliche Fälle versteckt gehalten hatte, aber jetzt, unter veränderten Umständen, einsetzen würde. Leif war inzwischen aber bestimmt im Block Nr. 11 und überbrachte seinen Norwegern das gerade entdeckte Stück weißen Stoffes vom Mast im Tal; dabei wirkte er kaum aufgeregt, als Nordländer zeigte er seine inneren Regungen nicht. Nur in den Augen flackerte ein

Licht, das auf den Kreis um ihn ausstrahlte, besonders auf die alte lange Gestalt, den erfahrenen Seemann aus skandinavischen Romanen. Dieser hatte keine zerzausten grauen Haare, sein Kopf war glatt, der Mund ohne Pfeife, und obwohl er ein Matrose ohne Fjorde war, hatte es den Anschein, als hätte er den Gedanken, sich erneut einzuschiffen, noch nicht endgültig aufgegeben. Und Leif selbst ähnelte trotz seiner weißen Haare und seinem glänzenden Stethoskop, das auf der gestreiften Jacke leuchtete, mit seiner aufrechten und hoch gewachsenen Figur eher einem norwegischen Kapitän als einem Arzt. Leif stellte die unverletzbare und stolze Männlichkeit dar, und auch wenn seine nüchterne Ruhe bei dem einen oder anderen vielleicht Neid hervorrief, so wirkte sein Anblick trotzdem wie eine Injektion von Widerstand. So zum Beispiel an jenem Abend, als man nach dem Appell den Körper eines jungen Mannes ins Revier brachte und ihn auf den schmalen Operationstisch aus Blech legte. Den erstarrten und regungslosen Körper, den man zuvor, als auf den Terrassen noch Schnee lag, nach dem Abendappell direkt in den Lagerraum unter dem Ofen getragen hatte. Ein Toter, dachte ich bei mir, und genauso dachte der Krankenpfleger an Leifs Seite, Leif aber war still und, wie immer, aufrecht. Er knöpfte die schmutzige gestreifte Jacke auf, riss das Hemd über der Brust auf und begann, die Stethoskopmuschel auf der Herzseite des Oberkörpers hin und her zu bewegen. Es sah nicht so aus, als würde irgendein Lebenszucken durch das Zelluloid und die vernickelten Röhrchen zu seinen Ohren dringen. Doch er sagte, wie für sich allein: man muss es versuchen; verlagerte würdig sein Gewicht von einem Bein auf das andere und schlug einer Ampulle Coramin die Spitze ab; die Arme des Jungen hingen leblos vom Tisch herunter. Dann hielt er in der Rechten die Spritzennadel, während er mit dem linken Zeige- und Mittelfinger die Brust abtastete, den Abstand zwischen Rippe und Rippe maß, und die Nadel ins Herz stieß. Für einen Arzt im Krankenhaus ist so etwas sicherlich nichts Besonderes, aber wenn inmitten des stillen Dahinsterbens ein Körper anfängt, mit den Händen herumzuschlagen, nach Luft zu ringen und den Brustkorb zu krümmen, meint man, die Auferstehung des Lazarus zu erleben. Denn der junge Mann lebte tatsächlich. Natürlich hatte er einen starren Blick und schluchzte, aber er lächelte bescheiden, als Leif an seine Liegestätte trat. Er lächelte so undeutlich, als könnte er sich nicht erinnern, wann und warum ihn Leif wieder zurück ins Licht geholt hatte, aber er lächelte doch. Nein, Ivo konnte man auf diese Weise nicht mehr helfen, man konnte ihm in keiner Weise mehr helfen. Und ich konnte auch Leif nicht finden. Und dann erzählte mir der norwegische Krankenpfleger von Tomaž. ›Kamerad Jugoslav‹, sagte er, was bedeutete, dass es sich um einen Slowenen von der Küste handelte. Wo alles bis zum Äußersten vereinfacht worden ist, erübrigt sich jede lange Erklärung. Und auch wenn er im roten Dreieck auf der Brust ein großes »I« trägt, weil er nun als italienischer Staatsbürger gefangengehalten wurde, wird ein Slowene immer wieder beteuern, ein Jugoslawe zu sein, um so auf einfachst mögliche Weise seine Umgebung dazu zu bringen, seinen Einwänden zuzuhören. Natürlich weigern sich Herz und Verstand, als Italiener im Land des Todes vernichtet zu werden, nachdem ihn der italienische Staat seit Ende des Ersten Weltkriegs auf heimischem Boden zu vernichten getrachtet hatte. Zu dieser prinzipiellen Begründung muss man noch die Geringschätzung und Verachtung dazuzählen, die den Italienern im Lager zuteil wurden. Die anderen Nationalitäten identifizierten sie unwillkürlich mit dem Faschismus, aber Verachtung und Hass entsprangen hauptsächlich dem furchtbaren Ärger der Deutschen über jenes Volk, das, wie schon im Ersten Weltkrieg, erneut zum Verräter wurde. Im erbarmungslosen Überlebenskampf haben all jene im Lager sich diese deutsche Verachtung zu Eigen gemacht, die irgendwie Macht über die namenlose Menge hatten; wobei der Unterschied zwischen dem nördlichen, kühlen und zurückhaltenden Charakter und der mediterranen Empfindsamkeit und Gesprächigkeit eine große Rolle spielte. So zeigte sogar Leif, obwohl Norweger und Arzt, bei einem italienischen Menschen sein Missfallen, was oftmals an Ungerechtigkeit grenzte. Es schien, als wäre für ihn ein Italiener unweigerlich ein Faulenzer, der mit weinerlicher Redseligkeit versuchte, mitleidige Gewogenheit zu erreichen; als aufrechte und stolze Gestalt spürte Leif sogar physische Abneigung gegenüber kleinwüchsigen Personen, die zu viel Gebrauch von Mimik und Gestik machten. So weigerten sich sowohl der küstenländische Slowene wie auch der Kroate aus Istrien, das Schicksal jener Leute zu teilen, in deren Staat sie gegen ihren eigenen Willen eingegliedert worden waren. Die Berührung des Todes ließ allerdings alle auferlegten Bezeichnungen verschwinden, so dass sich auch der norwegische Krankenpfleger nach der von Tomaž angegebenen Bezeichnung richtete, wurden doch die Karteieintragungen sowieso nur bei der Ankunft auf der Terrasse mit dem Ofen berücksichtigt. Dann gab es anstelle der Nummer wieder den entsprechenden Namen und Vornamen vom Kärtchen im Büro. Aber Tomaž dachte nie daran. Tomaž war anders als alle, die ich zuvor und danach traf; wegen der lebendigen Unruhe in seinen Augen, wegen der lebhaften und überbordenden Gesprächigkeit, wegen seines unfassbaren kindlichen Glaubens. Ein Reichtum, den man nicht zügeln oder einengen wollte oder konnte. Ein Gemütszustand, der weder das Bedürfnis noch die Möglichkeit hatte, auch nur geringfügig nüchterner zu werden; und doch blieb er immer besonnen wie bei der ersten Begegnung. Dem Krankenpfleger hatte er ja gesagt, dass er aus Triest sei, woher soll auch ein norwegischer Junge Sečovlje kennen!

Ist es nicht so? Bestimmt ist er von den Fünfzigern nicht mehr weit entfernt, aber er schmunzelt und hält die gestreckten Arme parallel zum Körper wie das Söhnchen, dem man versprochen hat, dass es aufstehen darf, wenn es brav ist. All die Tage liegt er so neben dem Fenster, über sich die Dielen der oberen Liegestätte; das Stroh fällt durch die Spalten auf seinen Überzug. Den ganzen Tag liegt er auf dem Rücken, mit den Fingern schiebt er das vermoderte Stroh beiseite, und wegen der Dielen über seinem Kopf und wegen des aufgeschwemmten Körpers sieht es so aus, als befände er sich in einer Kiste. Im Wabenbau von Block Nr. 2 gibt es gleichfalls Eiterbeulen unter den Bezügen, sodass die Luft verseucht riecht, als würden Berg und Wald verrotten, als würde das Herz des Berges selbst verwesen. Aber dessen ungeachtet befinden sich seine Augen inmitten der Kristalle der heimischen Salinen, und als er vom Triester

Canale, vom Börsenplatz, vom Platz am Ponterosso spricht, blinzelt er sogar mit einem Auge wie der Fischer, der in die sonnenbestrahlten Wolken blickt. Er freut sich, dass ich mich von seinem Spiel einfangen lasse, und ist ganz aufgeregt wegen des unerwarteten Besuches, wobei mir nicht klar ist, ob er ahnt, wie übermütig er in dieser vergifteten Atmosphäre ist, wie ohne Anker, ohne Kompass auf grenzenlosem Meer. Und genauso sieht er aus, als er sich aufdeckt, sich freundlich auf den von der Wassersucht geschwollenen Körper klopft, sich scherzhaft mit einer schwangeren Frau vergleicht und sagt, dass das alles vergehen wird, dann aber den gequollenen Teig wieder zudeckt; in seinen Augen weht die kleine weiße Fahne, die im Tal erschienen ist. Nun ja, auch bei den anderen regten sich öfters Lebensfunken, seit die Flugzeuge so zahlreich kamen. Die Ochsenziemer fielen weiterhin auf die Schultern, auf die knochigen Arme, auf die kahlen Schädel, aber als das Geschrei aufhörte und die gestreiften Lappen die Baracken füllten, richteten sich die Augen aus der Halbdämmerung auch weitab von den Fenstern zum Himmel. Die Körper, die gebückt waren oder hockten und den Hals streckten, waren dürr, die Augäpfel aber feucht; zu zweit, eng gedrängt, harrten sie nach den silbernen, im weißlichen Wolkennetz versteckten Schuppen. Ein unbekanntes Zittern im Brustkorb erwiderte das Schwirren im Himmel; dieser innere Widerhall war noch deutlicher in der Nacht, wenn der Körper ausgestreckt dalag. Das dumpfe und bösartige Dröhnen der himmlischen Wespen wurde vom Bellen der nicht zu beruhigenden Schäferhunde begleitet. Dann ging es los. Es waren Worte aus dem Halbschlaf, aus dem Körper, dem bewusst war, dass er sich auf der obersten der dreistöckigen Liegestätten befindet, und der zugleich wahrnahm, dass er inmitten hungriger Zellen döst. Doch schon näherte sich ein neuer Schwarm, und die Erde mit dem Geruch nach angebranntem Fleisch und verbrannten Knochen war völlig abgestorben, während das Leben bis unter die Wolken aufgestiegen war, zu den Insekten aus Stahl, die die Nacht täuschten. In München werden sie jetzt aus den Betten springen!, sagte eine Stimme, die wach war, auch wenn die Worte gemurmelt wurden, spöttisch zürnend, als hätte das hölzerne Bettgestell geknirscht. Ein eigenartiges Zittern, die kleine weiße Flagge flatterte durch den waagerechten Körper hindurch. Und die hungrigen Glieder drehten sich um, drückten die Decke an sich heran, der Hals schluckte genüsslich den spärlichen Speichel hinunter, wie nach einem Schluckauf, das Ohr hörte aber kein Hundegeheul mehr auf dem Buckel des schwarzen Berges. Sicher, auch bei den anderen war der Gedanke aufgeleuchtet, hell wie silberne Schwärme im Sonnenlicht, aber der Funke versiegte in der dicken Aschenschicht. Bei Tomaž jedoch nicht, seine Verspieltheit ging nicht verloren, weil er sie die ganze Zeit schützte und pflegte und mich ununterbrochen mit ihr umgarnte. Er erzählte von der Brücke, die er zusammen mit seinem Sohn in die Luft gesprengt hatte, um die deutsche Kolonne aufzuhalten, und er hielt mich mit seinen hellen Pupillen gefangen, nicht wie ein Hypnotiseur, der mich bezwingen will, sondern wie ein Hellseher, der möchte, dass auch ich unbezwingbar werde. Unbezwingbar, damit ich in meinem Triester Haus den Rotwein aus Istrien entgegennehmen kann, den er mir vorbeibringen wird. Ein Fass. Zwei Fässer. Wenn ich jetzt schon den roten Saft schlürfen könnte, wünschte er – er würde sofort gesund werden. Direkt vor den Hauseingang werde er ihn mir fahren, beteuerte er, und schaute gelassen auf die vielen Liegestätten, als würde er sie nicht kennen. Und doch gab es ein Gestöhne neben ihm, unter der Decke, irgendwo ein unterdrücktes Gurgeln, woanders Augen am Ende eines karierten Stoffes, halb bittend, halb rebellisch. Zwei unbewegliche Glaskugeln. In dem Moment verschwand eine Trage mit einem zugedeckten Körper aus dem Raum. Tomaž schaute ihr nach und sagte: Die ganze Zeit trägt man sie hinaus. Im selben Atemzug beteuerte er, dass er ganz bestimmt genesen würde, wenn er sich mit Wein voll laufen lassen könnte. Zwei Fässer will er mir bringen. Und er spielte dabei nichts vor, sprach ohne Zwang, seine Lebenskraft war so groß, dass er aus der Dunkelheit Heiterkeit schöpfte. Und er freute sich, dass sein Sohn in die Berge geflohen war, und es sah so aus, als wäre jetzt seine ganze Unbändigkeit konzentriert und gleichzeitig aufgelöst für mich, für diesen neuen Sohn, den er mit dem Licht seiner Augen zählebig und unverwundbar machen würde. Ich gestehe, dass ich ihn nicht verstand und immer noch nicht verstehe. Es sagt sich leicht, dass seine lebhaften Augen mit ihrer Verspieltheit und Schalkhaftigkeit den Tod überlisten wollten, dass sich Tomaž auf istrischen Boden verpflanzte und wie eine Rebe den Heil bringenden Saft aufsaugte; es sagt sich leicht, dass er mit seiner Redseligkeit alle verborgenen Zweifel und Bilder überdeckte, die wie Missbildungen um ihn herum und in ihm wimmelten. Aber wieso hat er sich kein einziges Mal versprochen, nie nachgegeben, sondern immer sein Gleichgewicht beibehalten, wieso ist er immer an der Oberfläche geblieben? Womöglich war er tatsächlich ein so ausgezeichneter Schauspieler, wie ich nie einem zweiten begegnen werde. Ein Schauspieler, der im Wettkampf mit dem Tod keinen einzigen Augenblick ausruht, nie die Maske abnimmt, sondern sich mit der neuen Rolle so sehr identifiziert, dass es keinen Sinn hat, von einer Maske zu sprechen. Nicht einmal nachts? Ich weiß es nicht. Damals habe ich nicht daran gedacht, in der Nacht zu ihm zu gehen, aber höchstwahrscheinlich wäre ich wieder auf zwei lächelnde Augen gestoßen, die auf mich warteten. Für ihn galt tatsächlich kein Widerspruch, keine einzige Bemerkung ließ er zu. So war es auch damals, als wir anfingen, uns auf die Abreise vorzubereiten. Ich überlegte, wie wir all die Tomaž auf die Lastwagen laden würden, dann in die Viehwaggons, so dass die Terrassen ohne Gebell und ohne Rauch bleiben würden; ich überlegte, wie wir dann all diese Tomaž vor den höheren Minaretten der neuen Religion wieder entladen würden. Ich war in Sorge um ihn, dessen Körper zu schwer war, als dass er der Freiheit hätte entgegenlaufen können; deswegen schwieg ich. Er war stattdessen noch gesprächiger als sonst. Er sagte, dass wir doch in Dachau näher an Zuhause sein würden. Und ich war ärgerlich und entrüstet, wie vorher, als man flüsterte, dass die Partisanen aus den Vogesen das Lager überfallen und uns befreien würden, ebenso wie ich zurückhaltend war, als man voraussagte, dass uns die Fallschirmspringer retten würden. Aber ich konnte meinen Unmut nicht an Tomaž auslassen; so schwieg ich. Ich sah ihn schon unter den istrischen Reben und nicht mehr unter uns weilen. Aber das ist nicht richtig, dachte ich bei mir, dass du gleichzeitig hier bist und dort, in der lebendigen Welt,

Tomaž, das ist nicht richtig. Der Tod erlaubt so etwas nicht. Es ist nicht recht, Tomaž, dass du jetzt in den Salinen von Sečovlje bist, dass du in der guten Stube die Schubfächer der schweren Kommode herausziehst und das frische Leinen der rauen Bettlaken riechst. Es ist nicht recht. Und ich wandte mich ab, damit ich ihm nicht nachlaufe, damit ich das Eselchen nicht höre, das gerade hinter dem Haus iaht, noch die Kälbin, wie sie den Hals an der Futterraufe reibt. Er aber hörte dem lauten Glucksen des roten Weins im Keller zu. Buttenträger roten Weins. Fässer, Rotwein-Überschwemmung. Die Überschwemmung, in der wir bald beide baden und schwimmen würden. Du darfst nicht, Tomaž, denn gerade geht eine Trage an den Liegestätten vorbei, der Tod ist eine böse, eifersüchtige Frau, Tomaž. Mein Schweigen ließ diesen unglaublichen Menschen tatsächlich einen Moment aufhorchen, aber nur deswegen, weil er besorgt war, mich womöglich irgendwie beleidigt zu haben; als ich mich aber herausredete, ich hätte überlegt, wie wir alles Mögliche und Unmögliche tun sollten, um nicht in die Krematorien-Welt zu gelangen, lebte er wieder auf. Er rieb sich die Hände wie ein gutmütiger Hausherr, der trotz seiner Krankheit ein wichtiges Gespräch mit seinem Nachbarn zu Ende geführt hat. In Dachau werden wir doch näher an zu Hause sein, Mensch!, rief er. Und er wollte, dass ich ihm meine Adresse aufschreibe, aber er nörgelte, als ich ein Blatt aus dem Notizblock riss. Nein, auf die Diele über seinem Kopf solle ich sie ihm schreiben, damit er sie die ganze Zeit vor Augen hat. Und noch während ich lange, stangenförmige Buchstaben zeichnete, als würde ich die Mole San Carlo und beide Glockentürme der griechischen Kirche zeichnen, brummte er mir ins Ohr, er würde mir den Wein bringen. So dass ich zum Schluss tatsächlich das Geräusch des Karren auf der ruhigen Straße hörte und die tänzelnden Räder an den Wägelchen der Milchfrauen aus Šmarje oder Koštabona, die gerade vom Dampfer aus Koper an Land gegangen sind.

Und doch spürte ich noch stärker, dass ich auf dem hölzernen Rand der Liegestätte sitze und somit seine Schulter berühre, ich spürte, dass sich Tomaž mehr über meine Nähe als über die Adresse auf der Diele freute; vielleicht war es ihm, als würde ihn sein Sohn berühren, denn in mir zuckte das Gefühl auf, ich hätte meinen unvergesslichen Vater berührt. Aber ich weiß es nicht. Es ist schwer, über Gefühle zu erzählen, die man beim eigenen Vater nicht erlebt hat; es ist schwer, diese väterliche Kameradschaft zu erklären, diesen Anflug kameradschaftlicher Vaterschaft. Ich weiß nicht, ich weiß es nicht. Ich weiß aber, dass seine Augen danach zufrieden funkelten, dass sie eine Weile ruhig und getröstet waren, dass er aber bald wieder gezwinkert hat, und zwar mit dem rechten Auge, wobei er mit dem Kopf zu der Diele hindeutete. Ich werde sie auswendig lernen, sagte er. Der Appellplatz in Dachau war aber dann an jenem Morgen ein riesiger Müllplatz, unzählige Schaufeln schippten durch die Waschraumfenster Papier, nasse Lappen, abgetretene Holzschuhe und beschmutzte zebragestreifte Bündel hinaus. So schlängelten sich zwischen den Strohsäcken, die den großflächigen Fußboden bedeckten, ausgewickelte Papierverpackungen, dazwischen lagen abgenutzte Holzlöffel und ein einsames Messerchen, das Menschen aus vorgeschichtlichen Zeiten geschmiedet hatten. Und Strohsäcke mit nassen Flecken, leer, ohne die Gusskörper, die die Vertiefung in ihnen hinterlassen hatten. Und Strohsäcke mit nackten Körpern. Wunden an den Waden, große weibliche Genitalien mit angeschwollenen, harten Lippen. Viertelmeterbreite faule Lippen. Und weiter Plunder. Wieder Holzschuhe. Wieder Haufen feuchter, verstaubter, verunreinigter Haut von Zebras, die von der Seuche vernichtet wurden. Nebenan Körper, die noch bei Kräften sind und sich auf den Strohsäcken entkleiden, gleich Hüllen aus Krepp-Papier, das sich wie der Faden der unersättlichen Parzen entrollt. Die knochige Hand will den Holzlöffel nicht loslassen, um die letzte Verbindung mit dem Dasein nicht zu unterbrechen. Krampfhaft halten die Finger den Holzlöffel fest, während sich die hölzernen Rippen unter der schuppigen Haut strecken. Diese Körper wurden nicht auf die linke Seite getragen, sie kamen in die Baracke; am Rande aber gab es eine lange Reihe leerer Liegestätten, von wo man die verstorbenen Hiobsgestalten schon weggetragen hatte, damit sie nicht zerfielen unter der glühenden Kugel, die in der Luft hängt, ohne das geringste Anzeichen dafür, dass sie herunterfallen und aufhören könnte, all diese Dinge zu bestrahlen. In der Enge zwischen zwei Baracken gab es aber wieder Ruhe und Ordnung. Der Arzt mit Brille und Gummihandschuhen an den Händen hat in der Baracke einen Körper aufgeschnitten. Das Wasser fließt auf den steinernen Tisch und spült ihn kaum hörbar aus. Der Mann im weißen Kittel spricht Tschechisch und muss für jeden Einzelnen die Todesursache feststellen, er arbeitet geschickt und beeilt sich fast, als brauchte er nicht lange in den Gedärmen herumzustochern, als wüsste er im Voraus, was los ist. Aber er beeilt sich auch deswegen, weil die Körper kein Ende nehmen. So näht er, sticht mit der dicken Nadel und schlingt einen dicken Zopf hinein vom Schambein bis zum Unterkiefer. Er heftet sehr schnell zusammen, und es sieht so aus, als hätte er schon in aller Frühe angefangen, denn entlang der Baracke liegt bereits eine lange Reihe Körper auf dem Rücken, wie immer mit auseinander klaffenden Kiefern, gelben Zähnen, flachen Bäuchen. Ein Einziger ist aufgedunsen und weiß. ›Dein Kamerad Jugoslav‹, sagt der norwegische Krankenpfleger wieder, aber ich beobachte die Bretter der Barackenwand hinter seinem Kopf. Sie waren wie die Dielen über seinem Kopf, nur breiter. Anstelle der Trage, die an den hölzernen Liegestätten vorbei gehen würde, wartet auf ihn ein Schubkarren mit einer langgestreckten Zinkwanne. Daneben befindet sich ein Deckel, der genauso aussieht wie die Zinkwanne. Aber ich musste doch in seine Augen am Ende des Zopfes schauen, der mitten durch seinen Körper verlief. Sie starrten in den leeren Himmel, und mir schien, als würden sie jeden Moment lächeln. Na, siehst du, was man mir für einen Zopf geflochten hat, wird er sagen. Ich weiß nicht. Ich weiß es wirklich nicht. Ich habe an nichts gedacht, ich habe nur gesehen, wie seine Augen auch noch im Viehwaggon der Dunkelheit widerstrebten. Wie in den anderen Waggons krabbelten auch in seinem verschlossenen Wagen die weniger kranken und hungrigen Körper Tag und Nacht, aber besonders nachts. Sie krabbelten über seinen Körper, sie stiegen ihm auf den Nacken und auf den Bauch, sein Blick aber versuchte die ganze Zeit, die Dunkelheit zu durchdringen, um sie wegzudenken und bedeutungslos zu machen. Oder vielleicht war in jenem Moment ein sonniger Vormittag über der verschlossenen Kiste, als ein Sonnenstrahl die Waggondecke erleuchtete und die Bretter über seinem Kopf bestrahlte, während die Räder die Schienenstöße skandierten: fast daheim, fast daheim, fast daheim. So starrten seine traumversunkenen Augen, und er bemerkte es nicht, als man die Bretter entfernte, um sie durch diese Kuppel von sinnlosem Himmelblau zu ersetzen, die sich über seinem weisen, väterlichen Kopf wölbte.

Ich weiß nicht, ob ich seiner gedachte an jenem Morgen, als wir uns von dort auf den Weg machten und ich an der obersten Stufe anhielt, um mir für einen Augenblick, nur ganz kurz, die Terrassen anzuschauen, die sich den Hang hinab reihten. Sie waren leer, und die Baracken schienen verwandelt, auch wenn sie wie immer zu zweit auf jeder Terrasse standen. Es war die Ruhe, das war das Neue, das sich in den September-Sonnenstrahlen unsichtbar erwärmte und durch das die Berge ringsherum mit jedem Moment mehr ihr echtes, wahres, eigentliches Bild in der versiegenden Luft des Verreckens wiederzufinden schienen. Genauso würde der dunkle Fichtenwald langsam aufwachen, dieser dunkelgrüne Wandschirm, der den Bunker und die Baracke mit dem Ofen verdeckt, und ebenso würde sich weit unten im Tal die weiße Fahne mit dem roten Kreuz ändern, die auf dem weißen Gebäude aufgeblüht war und die Ankunft der Alliierten aus Belfort angekündigt hatte. Wegen der Stille auf den Terrassen war sie schon längst zum vergessenen Winken einer weißen Hand in der unglaublich weit entfernten Welt der Menschen geworden. Ja, die Stille. Aber die Stille hatte auch schon all die Monate zuvor das Hinuntergleiten des Lebens bis zu dieser extremen Grenze begleitet, und noch tiefere Stille schwamm mit dem Rauch nach oben. Doch die jetzige Stille war ein Schweigen ohne Menschen, weil die hölzernen Wohnstätten verwaist waren, bis auf die unterste Baracke über dem Bunker, aus der man die Letzten gerade auf den Lastwagen trug. Die Stille und die herbstliche Ruhe ließen sich gemeinsam auf der Schädelstätte des Berges nieder, und der Gedanke, der sich eine ganze Ewigkeit vor der Vernichtung versteckt gehalten hatte, wachte jetzt auf und lugte wie das Mäulchen einer Eidechse aus ihrem Loch im Fels. Selbstverständlich habe ich den Gedanken von mir gewiesen, ich schüttelte ihn ab, um mich - aus Gewohnheit - zu wehren, und trotzdem hatte er sich für einen Moment eingeschlichen. Was wird mit den Terrassen passieren, wenn der letzte Lastwagen abgefahren ist? Wird der Wald rauschen, und wird es im Frühling unbarmherzig gießen, wird im Winter der Schnee die Treppen zudecken, die in den Hang eingehauen sind? Wird im Sommer die Sonne genauso aufgehen, wie sie sonst in den Bergen aufgeht? Und im Herbst? Ja, im Herbst, so wie jetzt? Und die Tausenden Holzschuhe, die im Schnee standen, als der Appell unendliche Stunden dauerte? Und der Briefträger aus Padriče, den man zum Appell tragen musste, weil er immer noch atmete, während ihm die gestreifte Hose bis zu den Fersen hinuntergerutscht war, und man ihn genau in diesem Zustand in den Schnee legte, als der SS-Mann die Reihen zählte? Was wird aus ihm, den man, als das Zählen zu Ende war, hochhob und hinunterbrachte, dorthin, wo sich jetzt die Besucher umschauen? Und die Regengüsse auf die kahlen Köpfe, auf die Augen mit dem starren Blick, die aber vom Hunger noch nicht ausgesaugt sind und bis zum Schluss ausharren werden, weil sie der dicke Knochen vor der Dürre schützt, die all die anderen Zellen zuerst verbrennt? Was wird aus den Augen, die wegen der ihnen eigenen Frische die größte aller Umbarmherzigkeiten sind und sich erst ganz zum Schluss inmitten des knochigen Kontinents in zwei trübe Seen verwandeln? Wird davon gar keine Spur mehr bleiben, wenn in ein oder zwei Stunden die Treppen vollkommen verlassen sein werden? All diese Fragen waren ein erster Versuch, in die Zukunft hinüberzuspringen, während das Bild der Treppen mich wie ein Trugbild verwunschener altertümlicher mexikanischer Ruinen gefangen hielt. Aber die Arbeit verlangte, dass ich mich zur Baracke hinunterbegab, und so wurde ich nüchtern und trat von einem Fuß auf den anderen. Dann erblickte ich diejenigen, die nicht auf unsere Hilfe warteten, sondern ganz allein die Strohsäcke verließen. Sie gaben keinen Laut von sich wie auch sonst den ganzen Tag über nicht, während sie in der Baracke lagen; sie störten die Stille nicht, die sich in van Goghs berstender Kugel hoch über dem Berg sonnte. Vielleicht hat sie gerade die plötzliche Stille von den Liegestätten aufstehen lassen, so dass sie in die Sonne kamen, dünne Erscheinungen, die nicht einmal das Geräusch der eigenen nackten Füße mehr hörten. Sie waren nackt, das Hemd reichte bis zum hohlen Schambein, und als sie über die schmale Terrasse wanderten, fuchtelten sie mit den Armen, um das Gleichgewicht zu halten, erblindete Vögel, denen man das Gefieder abgesengt hatte, so dass ihnen nur noch ein Netz braun gewordener Knöchelchen übrig geblieben war. So waren sie bis zu den Treppen entlanggetappt und fingen an, sich den Hang hinaufzugraben, um sich mit letzten Kräften vor dem Abgrund zu retten, wo ihnen die Flammen sämtliche Zellen des Körpers weggebrannt hätten. Und sie bückten sich über die Treppen und krabbelten auf allen vieren, knöcherne Wassermücken, angesengte Spinnen mit x-förmigen Hintern. So kam es zu einer langsamen Bewegung, als wäre es die allerletzte Bewegung der hölzernen Glieder. Danach kam das unendliche Ausruhen, dem das Schweigen der Sonne günstig war, aber gleichzeitig kam das ausgebreitete, dürre Wesen irgendwie doch zur Erkenntnis, dass die Sonnenkugel eine verräterische Zeugin ist, die auch den letzten Lebenstropfen noch aussaugen wird. So streckten sich plötzlich die steifen Glieder froschartig bis zur nächsten Treppe, und das Schalentier haftete breitbeinig an ihr. Und wiederum ruhte es eine ganze Ewigkeit aus, während über ihm das nächste schon auf die höhere Terrasse kroch, und weiter oben noch eines, eine ganze Reihe von Kriechtieren, die von Zeit zu Zeit ihre kahlen Schildkrötenköpfe hochhoben bei der Anstrengung, aus dem Königreich der Dunkelheit wegzukriechen. In jenem Moment ist wohl Tola mit der Trage auf den Schultern an mir vorbeigelaufen. ›Davaj!‹, rief er fast mürrisch, weil ich auf der Stelle trat, als ruhte ich mich aus, während er selbst ein unermüdlicher Arbeiter war, wie früher im Leben an der Dreschmaschine der Kolchose. Ich gehe ja schon, sagte ich, und überlegte, die Treppe am rechten Rand hinunterzulaufen, um jenen Kriechtieren nicht zu begegnen, denen der Instinkt nicht erlaubte, auf die Träger zu warten. Vom Weg jenseits der Baracken hörte man ein lang gedehntes Gequietsche, das die Stille in rhythmischen Abständen durchstach. Dieser Wellengang war scharf und bedrohlich, auch weil er von einem Weg herüberkam, der sonst immer einsam war. Der Stacheldraht war gleich daneben, und früher hätte sich ihm keiner ohne Grund genähert, jetzt aber schien es, als erhöbe sich tief im Boden eine winselnde Klage, die mühselig und langsam den Hang hinaufsteigt. Sie rief ein Gefühl hervor, als hätte sich plötzlich auf die zweifach verwaisten Triften ein Verderben niedergelassen, das unbekannt und schon deswegen noch packender als die Lohe über dem Schornstein war. Als aber gleich darauf das Rad eines Schubkarrens erschien, ließ der Schauer etwas nach, auch wenn die Enthüllung des Geheimnisses keineswegs tröstlich war. Hinter der Baracke kam dann der ganze Schubkarren hervor. Und noch einer. Jemandem musste es eingefallen sein, die Schubkarren anstelle der nicht ausreichenden Tragen zu benutzen. Sie krochen wie ein Aufzug müder Arbeiter, die aus dem unendlich tiefen Bauch der Erde zurückkamen. Ein Aufzug von Bergarbeitern, die ihre Krampen und Schaufeln in die Schubkarren gelegt hatten, nur dass sich anstelle der Werkzeuge aus den dreieckigen Kisten die Glieder gerade ausgegrabener Störche herausstreckten. Nur ein Skelett trägt noch sein Hemd, weswegen der dazugehörige Schubkarren noch eigenartiger erscheint. Die enthaarten Vogelköpfe schwingen hin und her, und ihr Mund klafft wie vorher auf dem Strohsack, als wollten sie irgendwelche unsichtbaren Mücken fangen, ohne dass es ihnen gelänge, weil sie auf Grund der Erschütterungen zu sehr schwanken. Man hat den Eindruck, das Gequietsche der Achsen wäre der Grund für ihr Pendeln, und zugleich scheint es, als würde die Klage der trockenen Achsen unmittelbar dem Gewirr der Vogel-Brustkörbe entsteigen, während die Beine rechts und links vom Rad baumeln, die Hände aber schlaff auf dem verstaubten Weg rudern. Nein, ich weiß nicht, was ich mir damals gedacht habe, wahrscheinlich, dass man sie nicht mehr lange werde tragen müssen, da jemand auf die Idee mit dem Schubkarren gekommen war, aber wahrscheinlich auch, dass in einer Stunde, wenn wir nicht mehr hier sein sollten, eine verräterische Stille den Berg bedecken würde. Auf diesen Terrassen wird ja kein Abdruck zurückbleiben, kein Nachbild in der Luft, die Stille wird alles verschweigen, wie ein Taubstummer wird sie alles für sich behalten, auch diesen Aufzug, der jetzt hinter der Baracke verschwunden ist, auch dieses Gequietsche, das dem immer weiter entfernten Kreischen eines verrosteten Spießes ähnelt.

So kann ich nicht sagen, dass ich in jenem Moment an Tomaž gedacht hätte, war doch seine Baracke schon am Vormittag geräumt worden, während wir die Reise nach München noch vor uns hatten. Es war unsere erste Erfahrung mit solchen Transporten; hätten die Körper auf den Liegestätten in den Baracken die dichte Masse von Körpern in den schweren Wagen sehen können, wären sie wahrscheinlich nicht mit solcher Mühe der Sonne entgegengekrochen. Aber nein, das stimmt ja gar nicht, denn solange sie am Leben sind, widersetzen sich die Zellkerne dem Angriff des Verderbens und versuchen, sich durch die Flucht zu retten, auch wenn das Ganze nur ein geschlossener Kreis ist. Nun, im Nachhinein war jener Transport von all denen, deren Zeuge ich späterhin werden sollte, nach Lagermaßstäben noch der harmloseste. Wir hatten sogar Musik als Begleitung. Und beide Türen waren abmontiert, so dass sich im Rahmen der großen Öffnungen die ganze Zeit die vergessenen Bilder der Herbstfelder abwechselten, die an uns vorbeiflogen. Die Räder ratterten, die Geschwindigkeit war eine neue, unverständliche Kategorie, die plötzlich an die Stelle der gesetzlich festgelegten Unbeweglichkeit trat, so dass wir trotz nüchterner Gedanken und Gespräche in Wirklichkeit benommen und geistesabwesend waren. Ich saß in der Ecke mit Albert, und wir konnten einander kaum verstehen, weil uns die Musikanten übertönten. Paul mit der Trompete. Pierre mit der Geige. Und der Akkordeonspieler. Als wäre der Krieg zu Ende, als würde man uns in Richtung Heimat fahren. Näher an Zuhause! So behauptete auch Albert, wir seien am Anfang vom Ende, ich aber widersprach ihm, wie ich es auch Tomaž gegenüber getan hätte, wäre er gesund gewesen. Weißt du, wohin man uns bringt?, fragte ich ihn. Das störte ihn aber überhaupt nicht, denn wenn die Alliierten schon in Belfort sind, müssen sie uns ja woandershin bringen. In Ordnung, sagte ich ihm, doch diese Räder, die jetzt so rattern, bringen uns immer weiter weg von den Alliierten, und außerdem gibt es in Dachau viel gewaltigere Schlunde für die Waggons Knochen, die wir mitführen. Was?, fragte er jetzt, weil Paul so wild in die Trompete geblasen hatte, dass uns ein eiskalter Spritzer streifte. Große Öfen gibt es dort, sagte ich, aber er zuckte mit den Achseln, denn wir hätten auf unserem Berg ja auch weiterheizen müssen. Albert hatte ein breites Gesicht, ein Gesicht, das Zuversicht ausstrahlte, aber diese Eigenschaft hatte sich in unserer Welt mit der Zeit ziemlich abgenutzt, so dass ich ihm unfreundlich erwiderte, er sei auch im Sommer optimistisch gewesen, er hätte schon im Juli mit seinen Vorhersagen nicht Recht behalten. Sein rundes Gesicht gab nicht auf, es ähnelte einem gezeichneten Vollmond, der sich seines gutherzigen Lächelns nicht bewusst ist. Die sind doch jetzt in Belfort, mein Herz, sagte er schelmisch; ich war froh, als Daniel nach ihm rief. Dann brauchte ich nicht meine Stimme zu erheben, um ihm zu antworten. Er kündigte jede Woche von neuem das Kriegsende an, als ginge es um einen Kinderspaß, ein gemütliches Spiel. Als aber mein Blick auf Paul haften blieb, hatte ich den Eindruck, dass er dasselbe wie Albert glaubte; er wölbte die Lippen an der Trompete, wie ein blonder Engel mit abgeschnittenen Haaren auf einem sonderbaren Bild – und glaubte. Genauso sein Bruder Pierre. Genauso der Akkordeonspieler. In der Tat spielten sie wie verrückt, so dass sie aus dem fliehenden Wagen Töne auf die September-Felder streuten wie berstende Samen, die aber nie aufkeimen würden. Sie spielten und spielten ohne Unterlass. Auch Pierre auf seiner Geige, obwohl die Geige an sich so feinfühlig und sanft ist, dass sie von der Trompete und dem Akkordeon leicht übertönt wird. Auch vom Charakter her war Paul von den Dreien der zartere, der mildere; ihm war schon auf den Terrassen die Verstimmtheit seiner Geige angesichts der stillen Begleitung des unermüdlichen Schornsteins bewusst gewesen. Hier aber war es anders, hier machten nicht nur sie Musik; sammelte sich doch offiziell am Abend, bevor das Bellen der Wolfshunde sich in die Bergnacht einbiss, ein richtiges kleines Orchester, das eigentlich nur für sich selbst spielte, denn in den Baracken legten sich die Körper schnell hin, um im betäubenden Schlaf das lebhafte Verlangen des hungrigen Gewebes auszulöschen. Nur wenn zufällig gerade dann eine Trage die Treppe hinunter vorbeiging, bekam der knöchrige Verstorbene ein paar Takte Mozart als Begleitung hinterher. Anstelle des Bogens über der Violine pressten sich bald zwei lange krumme Zähne über seinen Hals. Sobald der eiserne Reifen sich unter dem gelben Kinn geschlossen hatte, zog der Heizer daran, bis der Schädel darüber sank und einnickte. Wegen des gebrochenen Halses war das Skelett dann noch länger, besonders wenn es ein norwegisches Skelett war, denn französische und slowenische Leute sind für gewöhnlich keine langen Latten. Tschechische und russische auch nicht, Holländer indes schon. Natürlich ist so ein Orchester auf einer solchen Bergterrasse seltsam, aber auch jenes im offenen Waggon war es nicht minder, angesichts der Ladung, die der Zug beförderte. Deswegen heulte ja Paul so sehr mit seiner Trompete. Er saß in der Öffnung, so dass seine Beine ins Leere baumelten, er schwang die Trompete nach links und nach rechts und hob sie empor, als wollte er einen Pfeil in den Himmel schießen. Dort gab es die rote Tulpe über dem Schornstein nicht, und die Geschwindigkeit allein reizte und erregte, ohne irgendetwas zu versprechen; ein zweckloses und verschwommenes Bild der Zukunft ist aber immer noch aufmunternder als das unfehlbare Fortbestehen im hermetischen Königreich des Nichts. Ich weiß nicht. Ich weiß es nicht. Und wie damals, als die Rede von den Partisanen war, konnte ich mich auch jetzt nicht von meiner Skepsis befreien. Wahrscheinlich hat mich der Schatten des Bösen in der Kindheit so nachhaltig gestreift, dass ein so schwacher Hoffnungsstrahl nicht ins innerste Bewusstsein einzudringen vermochte. Ich habe womöglich überlegt, dass wir wiederum abladen müssten und dabei größere Schwierigkeiten zu bewältigen haben würden, denn weder jene, die mit dem Schubkarren transportiert worden waren, noch die einsamen Kriecher würden sich bewegen können. Ich betrachtete André, der in der anderen Ecke mit Doktor Senet und anderen Ärzten und Krankenpflegern stand, und stellte mir vor, wie viele schreckliche Stunden er wohl hatte erleiden müssen, als der SS-Mann die jungen Männer zu den Haken hinter dem Ofen brachte. Er sah sich selbst in jeder Gruppe, die man abführte. Jetzt hörte er Senet zu, aber es war ihm anzusehen, dass er mit seinen Gedanken ganz woanders war, als überlegte er, ob er es glauben sollte oder nicht, dass mit dem Umzug die Kartei durcheinander kommen könnte. Paul benahm sich fortdauernd närrisch, obwohl sein Verhalten einigermaßen verständlich war, wo doch die Felder sich vor ihm wellten und die Farben gegen seine hängenden Füße plätscherten, während bei Pierre sich die Strahlen zu einem Lichtnetz auf seinen Saiten verwoben. Die wissen doch, wohin wir fahren, sagte ich mir damals, gerade deswegen benimmt sich Paul so, weil er es weiß. Und als würde er auf meine Gedanken antworten, blies er die Backen noch mehr auf, tanzte mit den Händen und streckte die Trompete gegen die Sonne, um ihr Licht mit einem stählernen Schrei endgültig abzuschießen. Die zwei SS-Männer an der Tür zuckten zusammen und drückten ihre Gewehre fester an sich, Doktor Senet aber unterbrach kurz seine Erzählung und drehte seinen würdevollen, weißhaarigen, rasierten Kopf in Richtung Tür.

Die Abreise aus Harzungen geriet auf eine ganz andere Weise zur Qual, als wir uns plötzlich inmitten der leeren Baracken und der Stille befanden, welche die Kopfsteinpflasterwege zwischen den Baracken umfing. Als wären wir in einem abgelegenen Dorf zurückgeblieben, das man geräumt hat, bevor es von der Lava überflutet wird. Doch stand die April-Sonne (anstelle der jetzigen September-Sonne) gewissermaßen rosenrot in der durchsichtigen Luft, nur dass sie immer noch glänzte, auch in den Glasscheiben über dem hölzernen Turm mit Wache und Maschinengewehr. Man hätte aber auch diesen Widerschein übersehen, hätten nicht im Hintergrund, über Neuhausen, die Flammen am Himmel gestanden, so dass uns schon seit vierundzwanzig Stunden eine apokalyptische Atmosphäre umgab. Allein mit sechshundert Kranken in zwei Baracken des Reviers, während alles, was sich nur irgendwie bewegen konnte, schon wer weiß wohin gegangen war. Wir waren wie immer die Letzten, und wir trugen die Verstorbenen nicht mehr in den Verschlag hinter der Baracke. Nie mehr wird sie jemand nach Dora fahren, und man musste sie begraben; deswegen grub Vaska, zusammen mit dem Gehilfen aus der zweiten Baracke, eine Grube auf dem Anger zwischen den Baracken. Auf dem Turm über ihm scherzte der Soldat. Er hob die Glasscheibe vor dem Maschinengewehr an und versuchte uns etwas Unverständliches begreiflich zu machen, wie jemand, der sich in seiner Abgeschiedenheit der menschlichen Sprache entwöhnt hat. Vaska beachtete ihn nicht, grub ganz durchschwitzt tief in der Grube weiter, und so ganz nebenbei schändete sein russischer Spruch die Mutter des Schwätzers. So ließ der Wächter dort oben auf der Turmspitze die Scheibe wieder herunter und war gut gelaunt, als hätte sich der Gräber über seinen Einfall gefreut. Vielleicht hatten das menschenleere Lager und das nahende Ende des Reiches auch in ihm dort oben im gläsernen Wachhaus einen Funken tragischen Humors erweckt, aber Vaska hatte keine Zeit für ihn, er war zu sehr beschäftigt. Wir waren alle beschäftigt, denn wir, ein Dutzend Leute mit so vielen Invaliden, von denen die Hälfte die Liegestätten nicht verlassen konnte, wussten nicht, womit wir zuerst anfangen sollten. Wir trugen sie samt Strohsack in den Flur, so dass man sie leicht zum Lastwagen abtransportieren konnte, als dieser vor dem Eingang der Baracke anhielt. Sie lagen an beiden Seiten des Flures nebeneinander, aber auch hintereinander, so dass in der Mitte nur ein schmaler Weg frei blieb. Die mit Eiterbeulen kamen zuerst dran; sie warteten geduldig und folgten uns mit den Augen, als wir den weißblau karierten Bezug vorbeitrugen, den sie mit Papierbinden vollgestopft hatten, so dass er wie ein großer trächtiger Fisch aussah. Als diese Kranken abtransportiert waren, trugen wir die anderen hinaus, die nicht neugierig waren, sondern mit bis auf die Knochen eingefallenen Gesichtern zwischen dem lumpigen Plunder auf dem Fußboden lagen; manche jammerten, um so die Aufmerksamkeit von uns Krankenpflegern auf sich zu lenken. So benehmen sich im Leben siechende Alte, die immer meinen, in der Schublade des Nachtkästchens etwas Wichtiges vergessen zu haben. Sie hoben sich auf die Ellbogen und baten jeden, der vorbeikam, er möge sie erhören. Aber niemand hatte Zeit für sie, denn das Schlimme hatte schon begonnen. All jene Strohsäcke lagen noch auf dem Boden, und der Lastwagen mit Anhänger sollte noch zwei Mal kommen. Aber es sei besser, nicht daran zu denken, sagte man sich, wo es doch noch so viel anderes zu tun gibt. Dann gab einer auf dem Strohsack seinen Geist auf, und der Arzt sagte mir, ich solle Vaska rufen und darauf achten, dass er ihn ordentlich eingräbt. Gut, sagte ich, aber der kleine Tscheche in meinem Zimmer war schon ganz am Ende; dann holte ich Vaska und wir trugen den Körper zum Anger, wo die Grube schon ziemlich tief war. Vaska fing an, ihn mit den Grasschollen zu bedecken, ich aber dachte daran, wie der Arzt in mein Zimmer gekommen war. Vaska murrte etwas über den Toten, und der Wächter auf dem Turm war durch die Scheiben zu sehen, ganz rot vom Brand am Himmel über Nordhausen, und ich dachte immer noch an den Arzt, der mit dem Handtuch in der Hand in mein Zimmer eingetreten war. Ich empfand es als unpassend, daran zu denken, aber ich konnte nicht anders. In dem Moment sagte Vaska, der mit der Schippe die Erde aushob, er sei hungrig. Wenn du willst, dass ich grabe, musst du mir Brot bringen, sagte er. Und es war mir recht, ins Zimmer gehen zu müssen, um das Brot zu holen, das von den Toten übrig geblieben war. Gleich bringe ich's dir, sagte ich, und eilte zur Baracke, aber vor dem Eingang zügelte ich meine Schritte. Ich befürchtete, die Entdeckung werde zu schaurig sein, und ich wollte abwarten, dass sich vollende, was gerade geschah. Denn ich dachte, dass der Arzt selbst am besten wisse, was ihm seine Berufsethik vorschreibt. Es ist vielleicht ganz recht, dass man dem Körper den Abgang erleichtert, besonders wenn er wie der kleine Tscheche nur von Zeit zu Zeit die Lippen öffnet und sie krümmt wie ein Fisch auf dem Trockenen, dem das Meer überhaupt nichts mehr bedeutet. So dachte ich bei mir und näherte mich langsam der Tür, um das Brot für Vaska zu holen, aber als ich auf die Klinke drückte, öffnete sich die Tür nur einen schmalen Spalt, weil ein Fuß sie von innen sofort blockierte. Es war der Krankenpfleger, der mich aufforderte, kurz zu warten; mir war es gar nicht recht, nicht in mein Zimmer hineingelassen zu werden, aber gleichzeitig war es mir unangenehm, dass der Arzt und der Krankenpfleger nun schließen konnten, dass ich Bescheid wußte. Ich zögerte, mich gegen die Tür zu stemmen, weil mir nicht klar war, ob Marcel nicht doch sehr klug handelte. Wäre es nicht besser, der Kleine würde unter der Schicht weicher Erde liegen, die Vaska ausgegraben hat, als unter der Bürde von Strohsäcken und Körpern auf dem Lastwagen zu enden? So entfernte ich mich langsam von der Tür, und die Kranken auf dem Boden murmelten etwas auf ihren schmutzigen Liegestätten, was ich aber nicht verstand. Als der Arzt aus dem Zimmer kam, sagte er, dass auch der Kleine den Geist aufgegeben habe und dass man Vaska holen solle. Ich hätte ihm am liebsten gesagt, dass ich wisse, was er und der Krankenpfleger in meinem Zimmer getan hatten, stattdessen lief ich zum Kleinen, um ihm noch irgendwie zu helfen. Glücklicherweise hob sich die korbähnliche Brust immer noch, und er schluchzte durch die geschwollenen Lippen, so dass ich aufatmete, aber zugleich trat mir Schweiß auf die Stirn, als ich mich bückte und die Wange des kleinen Tschechen berührte. Er schluchzte immer noch, hatte jetzt jedoch einen blassroten Fleck um den Hals herum, der vorher nicht da war. Mitten im Frühling brannte sein junger Körper aus, mir aber war die Dauer seines Verglühens ein unerwarteter

Trost; als könnte sie mich vom grausigen Zweifel der möglichen Mittäterschaft bei einem Mord erlösen. In mir war immer noch das Bewusstsein von Schuld, weil ich ein passiver, unentschlossener Zeuge gewesen war; angesichts des Mundes, der sich jetzt in einem immer langsameren Rhythmus öffnete. Auf der anderen Seite überlegte ich, dass es sich doch um einen guten Menschen handeln müsse, wenn er einem schon ausgetrockneten Körper zur Ruhe zu kommen hilft. Ich war innerlich gespalten, ich konnte den Charakter des Arztes nicht akzeptieren. Ich ahnte, dass er es getan hatte, um die Zahl derer zu reduzieren, die man auf den Lastwagen würde tragen müssen, also nicht aus Zuneigung, sondern aus organisatorischer Berechnung. Der ausströmende Atem des Kleinen beruhigte mich, denn wäre der Arzt in seiner Absicht erfolgreich gewesen, hätte sich mir der Zweifel über das Ende des Jungen eingesenkt und wäre mit ihm ewig geworden. Doch ich war wankelmütig und habe keinen Weg gefunden, mich dem Arzt zu widersetzen. Ich war unentschlossen wie immer, wenn ich von etwas nicht überzeugt bin. Denn es gab kaum einen Zweifel, dass der Arzt Recht hatte. Und mir widerstrebte nicht die Tat als solche, sondern der Arzt. Wäre zum Beispiel André dort gewesen, hätte es sich anders abgespielt. André hätte es mir gesagt, er hätte nicht heimlich gehandelt. So rächte ich mich an dem Arzt, indem ich ihm auf dem Flur zurief: »Der Kleine atmet noch!« Da ich es ihm aber sagte, als wir zwischen den Strohmatten gingen, hat er mich vielleicht gar nicht richtig verstanden, außerdem war mein Tonfall wahrscheinlich gar nicht so scharf – eine Schwäche, die die Rache vereitelte. Ich weiß es nicht. Aber wer achtet schon auf die Intonation eines im Vorbeigehen ausgesprochenen Satzes, wenn gerade der Lastwagen vor dem Eingang hält und die dürren Ellbogen sich vom Boden erheben? Im Zusammenraffen sämtlicher Energien der ausgemergelten Zellen fanden die Körper die allerletzte Kraft, um mit den knochigen Stöcken ihrer Beine einherzutaumeln, neben Vaska, Pierre und mir, die sie hinausführten. Dazwischen war die Luft mit Ruhr und Eiter durchtränkt, die die Papierbinden verfärbt hatten. Das war eigentlich nichts Neues, ungewöhnlich war nur, dass wir Krankenpfleger so laut waren. Wir versuchten, uns gegenseitig aufzumuntern, weil wir nur wenige waren; so griff derjenige, der kräftiger war, die Strohmatte in der Mitte, um sie samt der länglichen Knochen in ihr vom Boden aufzuheben, ein anderer indes zog den Strohsack hinter sich her. Jene, die sie auf dem Lastwagen ordneten, legten sie zuerst der Reihe nach auf den Boden nebeneinander, dann stapelten sie schnell auf die erste Schicht die zweite. Denn man musste sich beeilen. So war nicht genug Zeit, um den Blick auf jene wimmelnden Lagen zu werfen, man musste sogar den Plan des Schichtens aufgeben und die Körper einfach von den Strohsäcken über die hölzerne Kante kippen. Man musste sie ja mitnehmen, wo sie doch immer noch atmeten. Nur einer erlosch noch, und Vaska trug ihn hinter die Baracke. Der kleine Tscheche ist ganz unten, und über ihm liegt ein ganzer Berg Körper, überlegte ich und war auf den Arzt etwas weniger böse. Das war aber auch nur ein Gedankenblitz: wir luden gerade den Überzug mit den Binden auf das Ganze, als die Wächter die Wagen umkreisten und zu schreien anfingen. Der Fahrer hupte unentwegt, ganz ungeduldig, da wir nur noch auf

Vaska und den anderen warteten, der mit ihm hinter die Baracke gegangen war. So kletterten wir auf den Anhänger, am vorderen Rand, wo noch etwas Platz war. Inzwischen waren auch Vaska und sein Helfer zurückgekommen, und sie befestigten an den Seiten des Wagens zwei in der Mitte mit Draht bespannte Tragen aus grünem Holz, so dass der Lastwagen wie ein Feuerwehrwagen mit Leitern aussah. Dann fuhren wir endlich los, und oben auf dem Turm klirrte die Scheibe, weil der Wächter sie offenbar einfach mit dem Gewehrkolben zertrümmerte. Der Lastwagen fuhr auf die Straße und durch den Wald in Richtung des Feuers, das die alliierten Flugzeuge entfacht hatten. Nordhausen. Dort war Mladen erkrankt, überlegte ich, ohne auf die Klagen im Lastwagen zu achten. Inzwischen war es Nacht geworden, und ich konnte nichts vor mir sehen, obwohl ich mich an der Vorderseite des Anhängers befand. Ich konnte die ineinander gemengten Schichten unter mir nicht sehen, aber das Gestöhne stieg stoßweise auf, als käme es von unterhalb der Räder, die mit ihrem Rattern den Wagen schüttelten. Sie schüttelten ihn wie eine große Schüssel voll Stöhnen. Es ähnelte der zitternden Stimme, die man erzeugt, wenn man beim Singen oder Schreien mit der flachen Hand an den offenen Mund schlägt. Nur dass es jetzt ein dichtes Netz solcher Stimmen gab und ich mich nur auf das Dröhnen des Motors konzentrieren wollte; ich horchte nur auf die Unterredung der Krankenpfleger, damit mich die Welle des zerbröckelten Klagechors nicht überwältigte. Im Geist konnte ich aber sehen, dass alle sich bewegen wie auf einer verrückten Dreschmaschine, manche Körper mit dem Hemd nur bis zum Nabel, manche mit gestreifter Jacke, wie sie die

Füße zum Mund drücken, die flossenähnlichen knochigen Hintern zum Kinn, schräg eingekeilt mit den Händen im Schritt, und stockartige Beine, die sich durch die verknotete Masse hinauf- oder hinunterbohren. Das anhaltende Murmeln wird fortwährend von den Stößen zerhackt, so dass der Lastwagen wie ein Lebewesen in der Dunkelheit vor Kälte erzittert in allen seinen rhythmisch stöhnenden Schrauben. Und wiederum versuchte ich, meine Gedanken auf den Wald zu konzentrieren, der wie ein schwarzer Schatten die Straße begleitete, und ich zwang mich, das letzte Geheimnis der deutschen Erde zu begreifen; die Erschütterungen des Fahrzeugs vereinigten in jenem Moment die Hände und Beine zu einem einzigen Körper mit unzähligen weißen Augen und einem einzigen Mund. Dieser ächzte, als wäre er an einer Sprungfeder hängen geblieben, und vereinte sich dann wieder mit dem Dröhnen des Motors. Noch bevor er sich wieder meldete, waren meine Gedanken in die Nacht entflohen, es hätte aber nichts geholfen, hätte ich mir nicht unwillkürlich das Halstuch unter dem Kinn zurechtgerückt. So blieb ich in Gedanken bei ihm, dem das Halstuch einst gehört hatte. Die Erinnerung an Mladen freilich war nicht viel anders als das, was unsichtbar und laut in der Dunkelheit vor mir war. In Dachau wollte Mladen das Sezieren nicht sehen, in Dora schauten wir zu, wie ihm das Messer das Herz zerstückelte. Nein, ich sollte nicht an Mladen denken, sagte ich mir, auch nicht daran, dass ich sein Halstuch trage, während man ihn auf den Haufen getragen hatte, der in Dora auf dem Hügel brannte. So dachte ich wieder an den kleinen Tschechen. Es sind bestimmt dreißig Körper über ihm, und in seinem Hals gibt es keinen Schluckauf mehr.

Und sicher wäre es besser, er ruhte in der Erde. Der Arzt hatte sachlich und umsichtig gehandelt, während ich von meiner Gefühlsseligkeit übermannt worden war, überlegte ich. Aber ich war vor allem gegen die Willkür des Vorgangs, umso mehr, als auch der Krankenpfleger dabei gewesen war; in seinen Bewegungen gab es eine Art herrischer Rücksichtslosigkeit. Es passt dazu, dass es ihnen nicht gelungen ist; trotz aller ärztlichen Sachkenntnisse wusste der Arzt nicht, dass mit einem ausgedörrten Körper die Sache nicht so leicht durchzuführen ist wie mit einem normal genährten und runden Hals. Es ist nicht einfach, einen schon halb zu Holz gewordenen Körper vollständig zu vernichten. Ich dachte wirklich an alles Mögliche, um die Klagewellen nicht mehr zu hören, denn man muss den Tod immer wieder wegdenken, wenn man nicht will, dass er sich ins Knochenmark einnistet. Aus dem instinktiven Drang nach Selbsterhaltung hörte ich der Unterhaltung der Krankenpfleger hinter mir zu. Sie überlegten, dass wir alle am Bahnhof würden zusammenbleiben müssen, um das Innere eines Viehwaggons als Notambulanz einzurichten. Auch Janoš nickte dazu. Nun, es war nichts Besonderes, wenn er diese kluge Überlegung bejahte und seine Stimme dabei so kameradschaftlich klang; wahrscheinlich hatten wir ihn vorhin zu Unrecht dafür verurteilt, dass er grob zu den Kranken sei, als er sie verband. Gewiss sollten wir alle zusammenbleiben, wenn wir uns retten wollten, und sonst noch jemandem helfen, sich zu retten. Später, auf dem Bahnhof, war es aber nicht leicht, zusammenzubleiben, da uns das Geschrei von überallher überfiel. In Harzungen hatten wir uns das Schreien schon abgewöhnt, dort lief alles lautlos. Nein, nein, wir regten uns nicht mehr auf wegen der Schreie, ist es doch am Ende immer so, dass das deutsche Wesen fortwährend ein zum Schreien bereites Gesicht parat hat, als würde es jeden Moment aus Furcht vor einem unsichtbaren Verfolger losbrüllen.

Man muss sich daran gewöhnen, dann ist es nicht so schlimm. Nun, damals brüllten sie, weil der Zug auf uns wartete. Die Taschenlampen flackerten längs und quer, als wir die Bündel und Körper vom Lastwagen herunterzogen. Wir streckten die Hände in die Dunkelheit und zogen die Körper über den Rand auf die Tragen aus Draht, aber sie rutschten an den Tragen vorbei, und so mancher von uns stand plötzlich auf einem solchen knöchrigen Gestell, als er das, was ihm gerade in die Hände kam, vom Lastwagen herunterzog. Wir eilten alle fieberhaft durch die Nacht mit ihrer blutroten Kuppel, als aber hin und wieder ein Lichtstreifen aufblitzte, konnte man sehen, wie die Körper einfach kopfüber vom Fahrzeug gezogen wurden, so dass sie meistens aus den Händen auf das Gleis glitten, und der Träger, wenn er sich bückte, um den Körper zum Zug zu schleppen, vom Strohsack zugedeckt wurde, der vom Lastwagen auf ihn herabfiel. Die Wächter schlugen inzwischen unentwegt mit den Ochsenziemern, verteilten Fußtritte und eilten vom Lastwagen zum Zug und vom Zug zum Lastwagen zurück. Es war nicht leicht, zusammenzubleiben: alles drängte sich den Zug entlang, und mit den aufblitzenden Lichtstreifen aus den Taschenlampen war es schlimmer, als wenn es einfach nur stockdunkel gewesen wäre. In der Tat mussten wir Ruhe bewahren, als man uns bei all dem Geschrei in die Waggons schob, um uns im nächsten Augenblick, als der Anfall vorüber war, wieder aussteigen und in jenen Waggon einsteigen zu lassen, in dem sich bereits die anderen Krankenpfleger befanden. So konnten wir schließlich doch noch alle Verbandsbündel in unseren Waggon tragen. Wie immer im Leben musste man auch damals wissen, was man wollte, man musste einen Plan haben, nach dem man dann trotz Panik und Irrsinn handelte. Es ist sicherlich nicht leicht, unter verworrenen Menschenmengen zu kämpfen, wo man einmal von einem Lichtstrahl getroffen wird, einmal von einer Hundepeitsche, während irgendwo ein zum Schreien bereiter Mund nur darauf wartete, sich wieder an einem zu entladen. Dabei sind eigentlich jene Körper am unglücklichsten, die den Bahnsteig entlanggeschleift werden. Sie werden an den Händen oder an den Beinen unter dem Lastwagen durch die Dunkelheit und durch die Lichtstreifen hervorgezogen, und es ist ein Glück, wenn sie schon unempfindlich und kalt und ganz flach sind in ihren Hemden, die kaum bis zur Hüfte reichen. Aber manche sind schlaffer und weicher, so dass sie sich verknäueln, wenn sich der, der sie an den Knöcheln festhält und hinter sich herzieht, in der Eile einen Weg durch das Gedränge rennender Schatten bahnt. Wer imstande war, in einem solchen Chaos zu laufen und eine Ambulanz im Viehwaggon zu planen, der hatte eine bei weitem größere Chance zu überleben; er konnte ohne weiteres das verrückte Geschrei überhören und die Schläge wegstecken.

Wie lange hat jene Reise gedauert? Sechs Tage? Sieben? Die Zeit hatte ja schon längst jenen Wert verloren, den ihr das Kreisen und sich Kreuzen der Himmelskörper verleiht. Das

Ende der Nacht bedeutete nur, dass wir uns wieder sehen würden; die Sonne, die sich früh zeigte, beleuchtete nun die lange Reihe stillstehender oder sich bewegender Waggons. Sie bildeten eine unüberschaubare Kette offener Kisten mit aufrecht stehender Ladung, die nur vom deutschen Himmel überdacht war. Ein Konvoi, der zuerst in eine Richtung fuhr, dann lange stillstand, um anschließend wieder in die andere Richtung zu fahren, dann wieder einen halben Tag stand und wartete. So geschah es zwischen den Wiesen, wo wir einen ganzen Nachmittag und eine ganze Nacht lang unter der Leitung von Janoš einhundertsechzig Reste begruben. Eine ganz neue Arbeit, denn nach langer Zeit kam es das erste Mal dazu (die paar Ausnahmen bei der Abfahrt aus Harzungen ausgenommen), dass unsere Skelette nicht im Ofen landeten. Die ersten zwei Waggons hinter der Lokomotive dienten als Totenkammer. Die Bestattung aber, eine an sich kaum aufmunternde Tat, war gleichwohl eine Art Bürgschaft dafür, dass die entfernte Welt der Lebenden doch näher kam, wenn auch hauptsächlich in unserer Erinnerung. Und es gab keine Baracken und keinen Stacheldraht, sondern nur die Wiese, vom zweideutigen Licht der April-Sonne erhellt, das ganz anders als das kalte Licht über dem Seziertisch war. So schien es wenigstens, denn obwohl fünfundzwanzig oder dreißig Waggons schon seit einer ganzen Woche keine Lebensmittelversorgung bekommen hatten, weswegen die zwei Waggons hinter der Lokomotive sich sehr schnell füllten, konnte man Trost darin finden, dass die freie Natur und die Sonne wieder echt und unbegrenzt waren. Diese Veränderung dürfte auch Janoš gespürt haben, da er trotz der nächtlichen Arbeit frisch und gewandt vom

Waggon heruntersprang, als wäre aus unserer verdorbenen Materie ein Funke Leben entsprungen und hätte sich in ihm personifiziert. So stand auch ich wegen der morgendlichen Helligkeit und wegen Janoš auf, auch wenn ich lieber unter der Decke in der Ecke des geschlossenen Waggons geblieben wäre. Trotz des Gedränges und Gestoßes hatten wir uns doch einen geschlossenen Waggon gewählt. »Hilf mir«, sagte Janoš, denn vor dem Waggon stand ein kleiner Pole, der mit der linken Handfläche die graue rechte Hand hinhielt, während Janoš sie untersuchte. Dünn, fünfzehnjährig, mit geschorenem Kopf, ganz blass und grün, weil er seit fünf Tagen und sechs Nächten nichts gegessen hatte. Als vorhin die SS-Männer geschossen hatten, war es deswegen, weil die ausgedorrten Menschen aus unseren Waggons zu jenem Waggon geeilt waren, der auf dem nächsten Gleis allein und verlassen stand und voller Kartoffeln war. Der Kleine war dabei gewesen, und eine Kugel hatte ihm die Elle durchbohrt. Du Luder, schau, wie schmutzig du bist, ärgerte sich Janoš, als wäre auf der Welt sofort wieder alles in Ordnung, wenn die durchschossene Hand sauber wäre. Er füllte ein Nierenschälchen mit einer desinfizierenden Flüssigkeit und gab es mir zu halten. Schau, was für ein Schmierfink du bist, brummte er dabei, der Kleine aber zitterte, grau und blau, mit spitz abstehendem Kinn. Gott weiß, ob irgendwo noch seine Mutter lebt, überlegte ich, aber es ist besser, deine Mutter sieht dich jetzt nicht, sagte ich ihm im Stillen, und war zugleich froh, dass wir so geistesgegenwärtig gewesen waren, all jene Behälter, Fläschchen und nötigen Werkzeuge mitzunehmen. Aber auch Janoš gefiel mir, weil er ganz anders war als im Lager, er sah gar nicht mehr so aufgeblasen aus, seine Stiefel, die vorher den schlechten Eindruck unterstrichen hatten, machten ihn jetzt (wo keiner von uns Soldatenstiefel trug) noch kräftiger und unbändiger. Wer weiß, wie er zu dem Schuhwerk gekommen war, seine KZ-Vergangenheit war bestimmt sehr bunt, war aber jetzt ganz ohne Bedeutung, so väterlich, wie er zu dem Kleinen murmelte. Als aber der Unterscharführer mit seinem schmalen, finsteren Gesicht vorbeiging, veränderte sich Janoš ganz plötzlich. Ruckartig drehte er sich um und rief ihm zu, er möchte näher kommen und sich die Elle anschauen. »So früh schon bei der Arbeit«, sagte das dürre Gesicht tückisch lächelnd. »Schweinerei«, meinte Janoš, »wegen zwei Kartoffeln, wo sie doch schon seit fünf Tagen nichts gekaut haben.« Der Unterscharführer warnte ihn, er solle sich in Acht nehmen, war aber auch etwas verlegen, weil er auf einen solchen Angriff nicht vorbereitet war; zum Teil aber auch deswegen, weil im Verhältnis der SS-Männer zu den Krankenpflegern immer auch ein wenig Achtung im Spiel war; als könnten sie nicht begreifen, dass wir uns um solche Kranke kümmerten, wie sie die Welt der Krematorien erschaffen hatte. Warum lässt man sie aus den Waggons, wenn man dann auf sie schießt, schrie Janoš noch, als der SS-Mann schon weiterging und schmunzelnd abwinkte. Das nahe Ende lag schon in der Luft, und vielleicht gefiel es dem Mann instinktiv, dass zwischen all den Körpern, die mit ihrem leisen Tod seine Erde verdammten, einer laut urteilte. Oder, wer weiß, vielleicht war in seinem Grinsen das verletzte Gesicht von einem, der das Schießen der Gewehre vor der Mauer schon hört, an der er selber steht. Wenn ihm das nicht wehtut, sagte Janoš, ist er fertig, und desinfizierte dabei behutsam die Hand wie bei einem kleineren Bruder, einem lieben Sohn seiner fernen Heimat. Der Kleine zuckte mit keiner Wimper; in ihm waren weder Gefühle noch Gedanken, wenn man ihm aber rohe Kartoffeln zum Essen gäbe, würde er vielleicht auf den durchlöcherten Unterarm schauen. Er bestand aus zwei Teilen wie der Dreschklöppel, der sich wegen der ledernen Verbindung in alle Richtungen bewegen kann. Janoš verband ihn mit einem Band weißen Papiers mit der gleichen Liebe, mit der die Mutter ihren Säugling wickelt. Nein, so etwas hätte ich nicht von ihm erwartet, dachte ich, als wir den Kleinen in den Waggon hoben und Janoš auf die Armen einschrie, die auf dem Boden lagen und sich gegen den Kleinen mit dem Vorwand wehrten, dass er die Ruhr habe. Was für Ruhr!, schrie er. In der Tat, ich kannte nur die eine Hälfte dieses Menschen und hatte danach geurteilt, überlegte ich, als ich mich wieder hinlegte und in die Decke einwickelte, da mich die Beine nicht mehr tragen wollten und mir kalt war. Aber Janoš sollte sich als noch unglaublicher erweisen. Er brachte von irgendwoher ein Papier mit schwarzer Schmiere und fing an sich die Stiefel zu polieren. Ein Mensch muss stark und humorvoll sein, um inmitten des Verderbens es derart zu verspotten. Es glich einer Ohrfeige ins Gesicht des Todes, einer Flucht aus seiner allmächtigen Umarmung. Es war eine Heldentat, wie man sie sich schon lange abgewöhnt hatte. Wohin?, rief ihm ein Krankenpfleger nach. Zur Inspektion? Aber Janoš murmelte etwas und lächelte, während er die gestreifte Jacke in der Taille zurechtzog. Es war ein unklarer, undeutlicher, konzentrierter Übermut, aber es sah so aus, als würde er damit für den ganzen Transport ein

Stückchen Sonne retten, ein Stückchen echter Sonne, nicht jenes kalte Auge, das über dem Zug wie das Auge eines Ertrunkenen hing. Ich deckte mich bis über den Kopf zu, und bald dachte ich nicht mehr an Janoš. Man konnte seinen kleinen Polen hören, wie er in der gegenüberliegenden Ecke unter der kurzen Decke schlotterte, und ein unterdrücktes Jammern neben der offenen Tür. Dort standen zwei SS-Männer und kauten zwei gummiartige Würstchen; sie schnitten kleine regelmäßige Stückchen davon ab, und bestimmt starrten irgendwo unter einer Decke zwei Augen hervor auf ihre Scheibchen. Der eine war ein Rekrut, dessen Uniform steif vom Körper abstand, der andere trug eine Brille und war im Zivilleben bestimmt Briefträger. Sie fühlten sich gar nicht wohl unter uns, kein Zweifel, denn man merkte, dass sie neu im Dienst waren; außerdem stank es nach Ruhr, und dem einen oder anderen gurgelte es laut in der Brust. Wenn er aushustete, erleichterte er sich in die Decke, und als man ihn später in den Waggon hinter der Lokomotive in der Decke eingewickelt trug, war ein Ende der Decke immer noch in der verkrampften Faust gefangen. So führten die beiden mechanisch und gedankenlos die Stückchen Kommissbrot und Wurst in den Mund, und vielleicht spürten auch sie in einer verborgenen Zone ihres Bewusstseins, dass die Zeit sich zu Kot und Eiter verwässerte. Alberne Zeugen, dachte ich unter der Decke und lauschte auf das Geräusch unter dem Waggon; es war das Scheuern eines dürren Körpers, der sich an das Rad lehnte. Die meisten konnten nicht mehr in die Hocke gehen, und so standen sie mit geknicktem Kopf unter dem Waggon. Ich hörte, wie sie sich mit den Händen an das Metall des Rades klammerten und wie der kahle Schädel den Waggonboden berührte; und weil ich an die Hose dachte, die sich an den Knöcheln zusammengerafft hatte, ohne dass man sie mit den Händen erreichen könnte, überhörte ich, was jemand, der vor der Tür stand, dem SS-Mann sagte. Wer?, fragte auch der Rekrut, aber der Briefträger sagte schon wieder, das geht nicht. Ich schaute unter der Decke hervor und sah, dass das Briefträgergesicht aufrichtig bestürzt war, die Wurst in seiner Hand eine Serpentine aus hellrosigem Fleisch, denn die Stimme des Gefangenen an der Tür erzählte noch schnell, wie Janoš geschrien hatte, man sollte wegen ein paar Kartoffeln nicht schießen, und noch weiter schrie, als er schon getroffen war und am Boden lag. Ja, im Lager hatten wir ihn schief angesehen, jetzt aber wusste ich, dass das daher gekommen war, weil eine unbändige Kraft von ihm ausging. Ein Mensch, der so voll Lebenskraft ist, nimmt die Umklammerung des Stacheldrahts ganz anders wahr. Wir hatten ihm sogar vorgeworfen, dass er sich manchmal im Sommer hinter der Baracke sonnte; wir hatten den Eindruck, er verspotte und beschäme die austrocknenden Körper. Ich sagte mir, die Nachricht sei übertrieben. Janoš wird jeden Moment herkommen und fragen, wie es dem Kleinen gehe. Gerade Janoš?, fragte der Briefträger noch zwei Mal, als jener an der Tür von einer Kugel im Kopf erzählte, ich aber auf die Decke von Janoš gleich neben mir schaute, denn Janoš hatte die ganze Zeit neben mir gelegen. Wer weiß, warum er mir gegenüber so kameradschaftlich gewesen war. Womöglich deswegen, weil ich ständig hüstelte, wahrscheinlich aber auch deswegen, weil wir die einzigen slawischen Krankenpfleger waren. Ich weiß es nicht, aber als wir irgendwo aus einem zerbombten Zug einen alten eisernen Ofen in unseren Waggon brachten, kochte er in einer angeschlagenen Konservendose ein paar Brotkrümel und irgendein Gras und brachte mir etwas ›Suppe‹. Dann sagte jemand, dass man ihn vorbeitrage, und auch die SS-Männer streckten achtungsvoll den Kopf durch die Öffnung. Zuerst kamen zwei in gestreiften Anzügen, die in einer Decke etwas trugen, die Waggons entlang, doch weder Kopf noch Stiefel waren zu sehen. Der Körper aber war kurz, und es war bestimmt seiner. Ich sah auch noch den Mann mit der Maschinenpistole, der dem bescheidenen Leichenzug folgte; dann legte ich mich wieder hin und deckte mich bis über den Kopf zu. Die April-Luft war beißend kalt, und ich spürte, wie mir die Kälte durch die Zellen ins Innere drang. Natürlich dachte ich daran, dass die zwei Waggons an der Lokomotive leer waren, da man in der Nacht, unter Janoš' Aufsicht, alle Toten begraben hatte, so dass er jetzt alleine dort liegen musste; aber ich wollte noch fester daran denken, dass mir kalt war und dass ich wahrscheinlich wieder Blut spucken würde. Auch wenn ich zugedeckt war, konnte ich natürlich die Suppen-Dose unweit von meinem Kopfende sehen, aber ich folgte lieber dem Geräusch unter dem Waggon, wo der kahle Kopf wieder gegen den hölzernen Boden wetzte. Die Zeit verging unendlich langsam, und es dauerte noch eine ganze Ewigkeit, bis wir den letzten Bahnhof erreichten. Celle. Als der Zug auf dem Gleis anhielt, das auf allen Bahnhöfen wegen der Lastzüge erhöht ist, eilten meine Gedanken der hoffnungslosen Lage zum Trotz für einen Moment zu den Gleisen im Triester Freihafen, von wo eines Tages, lange vor der Morgendämmerung, genau solche Viehwaggons weggefahren waren. Während aber damals ein bis dahin unbekanntes Geheule gegen die Türen des Warenlagers hallte, war es jetzt ringsumher still. Es war Mittag, und über dem Land hing eine lähmende Stimmung, als hätte ein giftiges Gas alle Lebenskeime vernichtet. Selbst die Wächter wurden zu Automaten, dem Hauch des Nichts gehorsam, der sich mit allen unbeweglichen Dingen verband. Sie schrien gar nicht, so dass das langsame Rutschen der Körper aus den Waggons hie und da nur vom Aufschrei derjenigen begleitet wurde, die ihre Glieder aus den halbdunklen Ecken nicht loslösen konnten, weil sie zu schwach waren, um die Knochen als Bewegungshebel zu benutzen. Die hoffnungslose Stille hatte die bis dahin lauten Wächter erlahmen lassen und mit ihrem unheilvollen Flüstern in den noch nicht vernichteten Wesen ein deutlicheres Zittern erweckt vor der kosmischen Einsamkeit der letzten Stunde. Ich hätte die scharfen, barschen Bitten erhören müssen, und noch eher jene, die nur andeutungsweise in der Bewegung der Augen sichtbar wurden, die unruhig unsere Gesten beobachteten. Obwohl knöchrig, konnte ein liegender Körper nicht laufen, ich müsste ihn tragen, es würde nicht genügen, ihn zu stützen. Ich hatte aber nicht genügend Kraft, um ihn zu tragen; außerdem war die Kolonne dabei, sich einzureihen, und mein Ohr musste hart bleiben, damit die Rufe, wie die Wellen von der felsigen Küste, von ihm abprallten. Aber trotz allem widersetzte sich mein Gewissen inmitten der verstaubten Lumpen, so dass ich zurückging, um den einen zu ermuntern, der auf allen vieren aus dem Wagen gekommen war und nun an der Öffnung saß, mit weit geöffneten Augen, in denen sich die furchtbare Reglosigkeit der Luft verdichtet hatte. Vielleicht war meine Zurückhaltung aber nicht nur vom Bewusstsein der eigenen Schwäche bedingt, sondern ebenso von der unterschwelligen Angst, ich könnte wegen des entkräfteten Körpers auch selbst zurückbleiben und mich mit ihm noch aussichtsloser dem Verderben aussetzen. Wer kann das wissen. Wer kann schon wissen, inwieweit er schon vom Charakter her ein Egoist ist, in welchem Maße sein Egoismus vom angegriffenen Organismus abhängt. Die Wächter behaupteten unterdessen, dass alle, die in der langen Reihe der Waggons lagen, von Lastwagen abgeholt würden, aber wie sollte man ihnen glauben, ohne Geschrei wirkten die Wächter fast schon unwirklich. So bewegte sich die auseinander gezogene Herde kaum merklich, sie zersetzte sich, fiel auseinander und hinterließ im Straßengraben die ausgedörrte, unbrauchbare Materie. Doch niemand gab ihnen den Gnadenschuss, die Wächter zuckten bloß mit den Achseln; als wäre ihnen im Verborgenen aufgegangen, dass ein Gewehr- oder Pistolenschuss in der ausgehöhlten Luft unter der blassen, zum Tode verurteilten April-Sonne wertlos sein würde. Der Zerfall vollzog sich jetzt nicht mehr nur in den zwei Waggons hinter der Lokomotive und nicht nur in den Vogelknöcheln, die unterwegs ihre Holzschuhe verloren, sondern auch in den einsamen Soldaten, die auf den niedrigen Hügeln herumstreiften und faul, fast träumend, verlassenen Pferden aus der Ferne folgten. Solche verwilderten, freien und traumwandlerisch umherirrenden Pferde gehören wahrscheinlich, trotz Stahl und Panzerdivisionen, noch immer zum stummen Bild des Zusammenbruchs. So waren wir, die Gefangenen, die bisher die Züge des Nichts in Gestalt eines wandernden Skeletts wie in einem Spiegel sahen, in den weiten Kreis der endgültig auseinander fallenden Erde einbezogen worden. Anstatt jedoch die letzten Ängste in uns zu schüren, wirkte dieses Erlebnis fast wie eine Erleichterung auf uns und verlieh unseren taumelnden Beinen einen Funken Kraft. Die Belgier, die vorhin den Prokurator aus Antwerpen bei sich zurückbehielten, hoben jetzt den dürren Leib auf ihre Schultern, so dass er wie Gandhis ausgehungerter Körper auf der beweglichen Holzbrücke reiste. Die Prozession wirbelte mit ihren Holzsohlen beharrlich den Staub auf, ohne auf irgendeinen Wunderheiler zu warten, und sie bewegte sich nach dem Gesetz der Ausdauer im stumpfen Bewusstsein, dass sie dank der Bewegung immer noch im Reich der Lebenden war. Der hartnäckige Instinkt wurde von einem Schwarm alliierter Flieger bestätigt, der tief über den Hügeln und den irrenden Pferden flog. Das unerwartete Dröhnen der Stahlvögel schien zuerst ein stechender Stoß des Echos vom unwiderruflichen Ende zu sein, im nächsten Moment ein Erdbebenkrampf der beschossenen Erde, auf die das Zepter des zornentbrannten Demiurgen eingeschlagen hatte. Wegen der Schwärme, die einander folgten, bemerkten wir fast nicht den Hof, auf den wir gelangt waren, besonders deswegen nicht, weil die Wächter jetzt wieder zu Gesetzgebern der Angst geworden waren und wir auf dem unebenen und staubigen Boden hocken und uns hinlegen mussten. Die Benzinzapfsäule stand auf der linken Seite, neben ihr eine größere Anzahl Benzinfässer. Das bedeutete wohl, dass wir uns nicht vor dem Eingang zu einer neuen Stellung mit dem ewigen Ofen befanden, sondern vor der verlassenen Kaserne für motorisierte Einheiten. Als mein Körper im gelben Staub dalag, durchfuhr mein zweifelndes Bewusstsein das Bild einer Bombe, die sich vom fliegenden Metallrumpf löst und stolze Flammen aus den Benzinfässern schlagen lässt; gleichzeitig aber versicherte mir der immer wachsame Verstand leise, dass die Flieger die verwaisten streifigen Flecken ganz genau sehen würden, die wie Aasreste verseuchter Zebras den Boden bedeckten. Doch der Körper vertraut letztlich noch am meisten der Erde und möchte sich am liebsten eine Wiege in ihrem gelben Bauch graben. Einen Moment lang schien es mir, als verspürte ich den Hauch einer Antwort auf meinen aufmunternden, flehenden Druck. Aber als das Donnern aufhörte und die gestreiften Häufchen anfingen, vom Boden aufzustehen, verloren die Gruppen ihre abwesende Sammlung und wurden zu einer Menge verstreuter Zigeuner ohne Wagen und ohne Feuer, die wie Hunde die Nähe der Menschensiedlung witterte, auch wenn diese aus zweistöckigen Militärgebäuden bestand, die auf der zerfahrenen Fläche in ziemlich großen Abständen aufeinander folgten. Wir eilten, um sie zu besetzen, als würden die Gebäude schon deswegen Sicherheit garantieren, weil sie aus Stein gebaut waren; eine Sicherheit, die wir nicht einmal ahnungsweise kannten, seitdem unser Schicksal sich zwischen den Brettern der Holzbaracken, und seit letzter Woche in den Brettern der Viehwaggons verfangen hatte. So begannen die Körper, die es noch vermochten, im Sturm die leeren Räume zu füllen und nach den Türpfosten zu greifen, wie fieberkranke Schiffbrüchige nach dem Festland greifen. Das Rennen auf den wieder gefundenen Treppen war laut, genauso wie das Drängen und die raubgierige Inbesitznahme der verlassenen Liegestätten oder das Wühlen in den leeren

Schubladen und das Umstoßen unbrauchbarer Koffer. Eine unsinnige Begierde brach aus in jenen Wesen, die nicht mehr wussten, was persönliches Eigentum ist, so dass sogar der Hunger, den ein ganzwöchiges Fasten vermehrt hatte, in den Hintergrund trat. Und wieder waren es gerade wir Krankenpfleger, die bei dem ganzen hastigen Durcheinander einen bestimmten Plan verfolgten; genauso wie beim Verlassen von Harzungen, wie später am Bahnhof und all die Tage im Zug. Ja, vielleicht war bei dieser Erfindungsgabe der wichtigste Beweggrund der Selbsterhaltungstrieb, der jedoch in keinem Verhältnis zu dem Gesetz des Stärkeren stand. Es war nur eine Tat der Vernunft, eines der Gebäude zum Krankenhaus zu bestimmen, oder besser gesagt, zum Zufluchtsort für die Ausgemergelten und Gezeichneten. Es ist nämlich nicht gesagt, dass die Sorge um den Nächsten aus egoistischer Berechnung erfolgen muss. Genauso wenig aus freundschaftlicher Gewogenheit, wenigstens nicht bewusst. Es kann eine organische Not wie die Atmung sein, oder die Parthenogenese von Gedanken; und wenn sie schon so eng mit dem Selbsterhaltungstrieb verbunden ist, dann deswegen, weil die Arbeit für die Mitmenschen vor allem ein Mittel ist, das vor sich selbst zu fliehen erlaubt, und dies umso mehr, wenn man sich mitten in einem Verderben befindet, das wie eine unabwendbare Flut anschwillt.

So zum Beispiel, indem man nicht auf die Nachricht hereinfiel, die von einem hungrigen Versucher verbreitet wurde: dass man uns alle mit einem Eintopf vernichten würde, dem auf mittelalterliche Weise Gift beigemengt sei. Wenn man einer solchen Nachricht nicht aufsaß, dann nicht so sehr wegen der Feststellung, dass es absolut unmöglich wäre, ausreichend Näpfe zusammenzubringen, um die trotz so vieler Toter noch zahlreiche Menschenmenge zu füttern, sondern hauptsächlich auf Grund einer ganzen Reihe von Tätigkeiten, in die man sich mit seinem Organisationsgeist verstrickt hatte: so zum Beispiel das Tragen und Ziehen der zweistöckigen Strohlager aus dem einen in den anderen Raum, die Suche und gleichzeitige Verteidigung der gefundenen Strohsäcke, die Unterteilung der Räumlichkeiten in Abteilungen für Ausschläge, Ruhr, Ödeme, Rotlauf sowie für die dürre Mumie, die unbeweglich im Flur stand, vom Gedränge unberührt, da ihre Porzellan-Pupillen keine Bilder mehr in sich aufnehmen konnten. Dann musste man die Körper verteilen und dafür sorgen, dass sie passend lagen. Denn das Liegen, die Unbeweglichkeit war noch immer das wirksamste Mittel gegen die Infizierung mit dem Tod. Und auch dann, wenn der Körper unwiderruflich angegriffen war, bildete die waagerechte Lage den einzigen Ersatz für die fehlenden Medikamente. Schließlich ist das Liegen die geeignetste Lage, um sanft in die Umarmung der Leere hineinzugleiten, umso mehr, wenn die Säfte der Muskeln ausgetrocknet sind und die Venen wie dürre, für den Schmerz undurchlässige Weinranken aussehen. Es ging also um die planmäßige Anordnung der Holzwaben in den Räumen, die innerhalb einiger Stunden zu zweckmäßigen Zellen im verwilderten Gewusel wurden, fast wie wasserdichte Abteilungen eines aufgelaufenen Bootes. Diese Lichtungen waren in der allgemeinen anarchischen Atmosphäre Oasen der Ruhe; denn im Übrigen herrschte wieder die Dialektik der Not und der leeren Hände. Dabei ging es nicht so sehr um das Essen, auch wenn manche auf den Liegestätten die Augen nach mir drehten wie die Jungen der Waldschnepfe. Und besonders jene, die an Rotlauf erkrankt waren, ähnelten mit ihren von wulstigen Blasen heruntergedrückten Augen wahrhaftig den noch blinden Schnepfenjungen. Es ging nicht so sehr darum, wie man das Fasten unterbrechen könne, sondern um den Mangel an allem Zubehör, das unentbehrlich ist, wenn man das Krankenritual überhaupt beginnen will. Neben Papierverband, Rivanol und Alkohol waren die großen Traubenzuckerampullen alles, was uns zur Verfügung stand. Wer weiß, warum es so viel Traubenzuckerlösung in der SS-Ambulanz in Harzungen gab. Wir hatten zwar auch Zwei-Kubikzentimeter-Ampullen Coramin, doch bei Rotlauf und Ruhr kann man mit Coramin nicht im Geringsten helfen. So konnte allein das Thermometer eine Krankenhausatmosphäre erzeugen und zwischen den notdürftigen Liegestätten und den Krankenpflegern ein unsichtbares Netz knüpfen, voller Stille und ernsthafter Sammlung, bis die Dämmerung durch die Fenster hereinkroch. Aber bis dahin war alles schon endgültig verteilt, sogar die ersten zwei Körper waren an der Seitenwand hingelegt. Sie lagen rechtwinklig zur Wand, und als ich mich an das Fenster meiner ›Abteilung‹ lehnte und sie unter mir hatte, überlegte ich, dass sie am Ende ihrer Odyssee wenigstens erreicht hatten, dass ihre Knochen mit gestreiftem Sackgewebe bedeckt sind und dass ihre pergamentartige Haut sich ganz bestimmt nicht im Feuer winden, sondern morgen von irgendjemandem der Erde übergeben werden würde. Ja, bevor es Nacht wurde, war alles in Reih und Glied, so dass, vom Stöhnen und Flehen abgesehen, in dem Gebäude Ruhe und Ordnung herrschte, was man von den anderen Gebäuden nicht behaupten konnte, aus denen man von ferne undeutliche Lärm- und Polterwellen vernahm. Durch die Nacht wurde zwar der Kampf um die Strohlager und die Suche nach Essbarem nicht gebändigt, aber doch so stark abgeschwächt, dass die Luft vom Donner der fernen Welt durchsetzt wurde, wo allem Anschein nach gerade Himmel und Erde zusammenstießen. Der unsichtbare Horizont war zuerst ein Ring, dann eine auseinander gezogene Linie rollenden Bebens. Das sollten Zeichen der sich nähernden Rettung sein, der die Dunkelheit das Aussehen einer ungeheuren Walze verlieh; bei Tageslicht entfernte sie sich und stieg empor, so dass es aussah, als hätte das Erdbebengepauke auf die andere, von uns am entferntesten liegende Seite der Welt hinübergewechselt. Sicher, man hat uns nicht vergiftet, aber unter der bewegten Oberfläche der zahlreichen Aktivitäten glommen Zweifel und Unruhe. Schließlich waren wir in Bergen-Belsen, und obwohl sich das Lager irgendwo im Hintergrund befand, war unser Gebiet auf Grund dieser Nähe eine Domäne der Vernichtung, so dass es ungewöhnlich gewesen wäre, wenn es gerade uns verschonen würde. Die Menge aber spürte den Zerfall und war infolge des Hungers gereizt wie ein verwundetes Raubtier. Trotz der einjährigen Kämpfe mit dem Verrecken erlebte unsere Gemeinschaft damals die ersten Fälle von Kannibalismus. Bis dahin war das Wegfließen des Lebens unhörbar gewesen, die Vernichtung mit Stille umhüllt, jetzt aber gab es weder Baracken noch Ordnung, noch die spärlichen Rationen Menage, die das Sinken der Lebenskraft unmerklich werden ließen, jetzt wurde die Stille der endgültigen Ebbe vom Getöse unterbrochen, das den aufgepeitschten Wellengang des Meeres begleitet. So war es auch an jenem Vormittag, als trotz Verbot (wozu eigentlich ein solches Verbot?) eine Gruppe gerade in der gemauerten Laube nach Wasser suchte, die gegenüber von unserem Krankenhaus-Gebäude stand. Ich sah sie, als ich mich dem Fenster näherte, um nachzusehen, wie lang die Reihe derer schon war, die entlang der Mauer lagen. Zwei Jungs waren gerade in das niedrige Gebäude eingetreten, während die anderen auseinander liefen, als sie den Wächter erblickten, der an der Ecke erschienen war. Es handelte sich um einen jungen Burschen mit länglichem Gesicht und schwarzen Augen, eine Hopfenstange in SS-Uniform. Er sagte nichts, schrie nicht, er fluchte nur halblaut, als er das Gewehr entsicherte und den Ersten, der mit dem Wasserkrug herauskam, anschoss. Der Körper torkelte, sank gleichzeitig in sich zusammen und blieb im Wasser liegen, das aus dem Krug herausschwappte, als dieser im Hof auf den Boden schlug. Dann schoss der Junge nochmals, zog den Ladehebel an, ärgerte sich wie zum Spaß, als er ihn langsam wieder herunterdrückte. Er schoss auf jenen, der den Krug hatte fallen lassen, und, weil getroffen, nur auf dem rechten Bein hüpfte. Der Junge grinste wegen des Hüpfens und drückte wiederum ohne Hast den Ladehebel herunter. Danach konnte ich nicht mehr sehen, wie es dem Davonlaufenden erging, weil die ›Krankenhaus‹-Ecke die Sicht versperrte; aus der Genugtuung des Jungen aber, als er das Gewehr auf die Schulter schwang, hätte man so oder so schließen können. Die ganze Zeit hatte er sich auf eine irgendwie dämliche Weise gefreut, so dass man annehmen konnte, er wäre auch zufrieden gewesen, wenn ihm der Hüpfende entkommen wäre. Dann aber fing er an, neben dem Körper, der unbeweglich im verschütteten Wasser neben dem umgestoßenen Krug lag, lauthals zu schimpfen, und ich konnte seinen Worten entnehmen, dass er eigentlich ein kroatischer Ustascha war. Größer als die Betroffenheit bei dieser Entdeckung, tiefer als die innere Aushöhlung beim Klang der brüderlichen slawischen Wörter in einer solchen Situation, war in jenem Moment die Überraschung über den Wagemut der gestreiften Leute. Die Tatsache, dass der Widerstand, der schon längst ausgestorben schien, doch noch existierte, diese Tatsache war trotz der schwierigen Lage der entscheidende Beweis, dass die Welt der Krematorien zu Ende ging. Die Erkenntnis dieser unglaublichen Tatsache war vielleicht auch der Grund dafür, dass der Verstand des balkanischen Wächters wie das Wasser aus dem Krug zu seinen Füßen herausrann. Nun, man musste zur Arbeit zurück, um sich Gedanken und Gefühle aus dem Sinn zu schlagen. Eigentlich hatte ich auch etwas Nützliches zu tun, denn von irgendwoher hatte man Sulfonamid-Tabletten gebracht. Wer weiß, wo die unruhigen Finger sie aufgelesen hatten; zweifelsohne in einer Tierarzt-Praxis, denn sie waren so groß wie der Boden eines Trinkglases, so dass man sie vierteln musste, und trotzdem hatten die Kranken immer noch Schwierigkeiten beim Herunterschlucken. Zum Teil natürlich auch deshalb, weil sie kantig waren, aber auch wenn man ein Dreieck zerdrückt hatte, war es noch lange nicht gesagt, dass der Kranke mit den rosaroten Schnecken um die Augen das Pulver leichter geschluckt hätte als ein kantiges Stückchen. Das alles aber war nebensächlich, ich war froh, das Sulfonamid zu haben, denn ihm war es zu verdanken, wenn das Ritual sowohl für die Kranken wie auch für mich weiter ging, und ich war den Pferden dankbar, dass sie ohne Sulfatiazol auskamen, wenn sie sich für das große Reich opferten oder auf den Hügeln auf der Suche nach dem verlorenen Ziel umherirrten. Sicherlich war es fraglich, inwieweit es den ausgestreckten Körpern helfen würde, da ein Sulfonamid keine Nahrung für das dehydrierte Protoplasma ist. Die Reihe entlang der Mauer wurde immer länger, unser Gebäude war zu klein für alle, obwohl man auch schon den Dachboden mit den Körpern vollgestopft hatte. Ich ging tatsächlich auf den Dachboden, auch wenn ich nicht weiß, warum eigentlich. Vielleicht aus Eifer, noch jemanden mit Ruhr oder Rotlauf zu finden, vielleicht um mit etwas Neuem die wilde und unbestimmte Atmosphäre zu durchbrechen, wahrscheinlich aber vor allem aus dem eigentümlichen Bedürfnis heraus, das den Gefangenen den Ort seiner Gefangenschaft begehen lässt. Das war freilich kein Dachboden im herkömmlichen Sinn, auf dem alle möglichen geheimnisvollen Dinge zusammengetragen werden, die unterschiedlichsten altertümlichen Gegenstände, die von Spinnweben überzogen sind. Dort gab es nur dicke und schwere Balken, die ein ganzes Stockwerk hoch vom Fußboden emporragten, ein leerer Raum, dessen Höhe und Breite durch nichts gerechtfertigt waren. Die gestreiften Leute lagen unter den mächtigen schrägen Balken auf dem Boden in alle Richtungen ineinander verkeilt, so dass die Streifen der zerknitterten Kleidung wie verschlungene Hirnwindungen aussahen. Stimmen erhoben sich in dem Gewirr von Fetzen und Streifen wie schlaffe Luftblasen, die sich aus der wimmelnden, verwesenden Materie lösten. Deswegen stand das Dachfenster offen. Die Luft, die hereinkam, verdünnte die dichten Miasma-Schichten, während die Körper, um dem Luftzug zu entgehen, instinktiv mit den letzten Bewegungen in einen Halbkreis um das Fenster gerutscht waren. Nur einer lag direkt unter dem Fenster, einsam in der stechenden Luft, weggeschwemmt vom verdammten, aber geschlossenen menschlichen Ufer, mitten im Meer des Nichts, auf den Brettern wie auf einer verlassenen Insel, unbeweglich in seiner ausgestreckten Dürre. Mehr noch vielleicht als der Trieb, ihn irgendwohin an einen windsicheren Ort zu schleppen, weg von der exponierten Lichtung, wo ihn ein ungeduldiger Träger hingelegt hatte, beunruhigte mich die Form der gestreckten Gliedmaßen, ihre sonderbare Stellung. Ein Körper ändert doch nicht seine Züge, wenn er aufhört, senkrecht zu stehen, auch dann nicht, wenn kein Fleisch mehr seine Kurven und Rundungen füllt. Die eckige Holzkugel, die dem Holzgestell aufgesetzt war, kam mir irgendwie bekannt vor, als wäre sie trotz der hervorstehenden Gesichtsknochen noch immer der Kopf jenes jungen Schäfers, der mir Stadtkind auf Špilars Wiese eine Pfeife aus Haselholz geschnitzt hatte; oder der rasierte Kopf des Cousins, der, angeblich um freigelassen zu werden, von einem SS-Mann weggeführt wurde, von dem man aber nie mehr etwas hörte. Ich habe noch an so manchen Kopf gedacht, bis ich darauf kam, dass es der Kopf von Ivanček war. Und dann entdeckte ich auch seine hellen, kreisenden Augen, die mich suchten. Natürlich hatte sich in ihnen, wie im letzten Stadium üblich, die ganze noch übrig gebliebene Feuchtigkeit des Körpers angesammelt, und sie funkelten im Widerschein des letzten Lichtschimmers. Immer noch bewahrten sie dabei die Schüchternheit eines jungen Burschen, dem man die kindlichen Abenteuergeschichten durch unvorhersehbare Bilder aus der Todesfabrik ersetzt hatte. Und während mich seine Pupillen umfingen, als wollten sie sich nicht nur aus der Umklammerung der Angst lösen, sondern auch die ganze unbewusste Wut des Körpers und der Zellen an mir loswerden, sah ich sein fragendes und gutes Lächeln von damals, als er aus Harzungen weggegangen war. Denn alles, was sich noch irgendwie bewegen konnte, musste zu Fuß zum Bahnhof; und gerade in dem Moment, als man Hals über Kopf aus der von der Ost- und der Westfront verursachten Zange fliehen musste, ausgerechnet in jenem Moment erreichte Ivanček, wer weiß über welche Umwege, ein Paket aus einem slowenischen Dorf. Lauter goldener Zwieback, sagte er und hielt die Verpackung auf dem Schoß, wie eine junge, noch unerfahrene Mutter ihr Neugeborenes. Als wäre es der Familie daheim gelungen, dem jungen Sohn am anderen Ende der Welt im entscheidenden Moment zu Hilfe zu eilen, dort, wo lebendige Leute schon unfühlbare Schatten sind. Seine Augen strahlten so etwas wie Erleuchtung aus, und er kam mit seinem Zwieback zu mir, wohl deswegen, weil ich ihm öfters die Suppe gegeben hatte, die von den Verstorbenen übrig geblieben war, wofür er mir aus den Stollen Holzstücke für den Ofen brachte. Er versteckte das Holz an der Brust unter der Jacke, damit es die Wache nicht bemerkte. An jenem Nachmittag aber füllte er die Jacke mit dem Zwieback und schnürte den lappigen Überzieher eng in der Taille, so dass die grau-blauen Streifen wie bei einem höckerigen Tier hervortraten und anschwollen. So verabschiedete er sich guten Mutes; doch gleichzeitig löste sich die Hoffnung hin und wieder stückchenweise in dem Zweifel auf, der in den bescheidenen, kindlichen Augen erschien; dann tätschelte er wieder seinen formlosen Buckel und schützte ihn mit den Händen, als wäre er sich der Heiligkeit der Wegzehrung bewusst, die ihm die Heimaterde für den Weg der langen und endgültigen Prüfung geschickt hatte. Jetzt aber war er auf dem Dachboden, allein. Du, Ivan, versuchte ich ihn aufzumuntern, mit einer Stimme, wie sie mühelos entspannt bei solchen Leuten klingt, die sich einbilden, den Rücken frei zu haben und mit den Füßen auf festem Boden zu stehen. Doch, doch, in meiner Anrede gab es einen fröhlichen Beiklang, der aber auch etwas verlegen war, irgendwie gehemmt und ausgehöhlt, so dass ihn seine Augen berechtigterweise zurückwiesen. Oder war es nur mein Eindruck, dass mich seine zerbrochene Jugend anklagte, weil mein Körper senkrecht war und weil ich auf den Beinen stand. Ich weiß es nicht. Ich sah auch nicht in seine Augen, als ich mich zu ihm niederhockte und an seinem Mund horchte wie ein Bergsteiger, der das Ohr an den Rand der Schlucht legt, die ihm soeben seinen Kameraden verschluckt hat. Auch die Lebenszeichen kamen nur stückchenweise wie aus einer Schlucht heraus, wo hin und wieder eine Handvoll Schiefersplitter abbröckelt. Es waren Worte wie aus dem Jenseits. Sie waren so machtlos, als sie mir eröffneten, dass alles eben wegen des goldbraun gebackenen Brotes geschehen war, das er wie eine erlesene Wanderzehrung im Mund hatte zergehen lassen, um aus ihr die Lebenssubstanz langsam auszusaugen, jeden Tag, Tag für Tag, die ganze Zeit, in der man im offenen Viehwaggon sinnlos herumtorkelte. Die fernen, geflüsterten, gebrochenen Sätze zogen mich noch näher an seinen liegenden Körper heran, als er sich im Waggon ohne Schutz vor der festen Körpermasse befand, die sich an seine ausgestopfte Brust drängte, vor den Händen, die nach ihm griffen und ihn zerdrückten, vor den Knien, die ihn stießen, vor den Fußsohlen, die auf ihn traten, bis sie den Körper mit den gekreuzten Armen auf der Brust, auf den zerfetzten grauen und blauen Streifen des Sackleinens, auf dem Waggonboden zertreten hatten. So hockte ich bei dem ausgetrockneten Kopf und war gefangen vom Bild der goldgelben Brotschnitten, während das Bewusstsein der Ohnmacht den fruchtlosen Widerstand und die widersinnige Betroffenheit in mir steigerte. Aber die Überlegung, ich hätte ihm helfen können, war nichtig, ich hätte ihn vielleicht gerettet, wenn ich gewusst hätte, dass er auf dem Boden eines der Waggons lag, an denen ich so oft vorbeigegangen war, als wir die Phlegmone-Kranken verbanden oder als wir die Verstorbenen in die zwei Waggons gleich hinter der Lokomotive trugen. Ich hätte nichts für ihn gehabt, aber wenigstens wäre er in einer ruhigen Ecke gelegen, wie Janoš' Kleiner; ich hätte die Spitze der Traubenzuckerampulle abgebrochen und ihm die süße Flüssigkeit zwischen die Lippen eingeflößt. Ganz außer mir wegen der vergeudeten Möglichkeit, rannte ich los, um die Spritze und die großen Ampullen zu holen, so als ob der echte Eifer gepaart mit den Ritualgegenständen die Uhr der Zeit hätte zurückdrehen können. Ja, der Mensch hofft tatsächlich, es könnte ihm gelingen, er hofft, Güte und Naivität würden siegen, gleichzeitig muss er sich aber auch dem Bedürfnis des Instinkts unterwerfen, retten zu wollen, dieses schönen, schuldlosen Instinkts, der manches Mal die Pubertät überdauert und sie mit seiner Zählebigkeit ins Unendliche verlängert. So zerrte ich vom liegenden Körper die gestreifte, verwelkte, stinkende Haut und entblößte die Knochen des gerupften Kranichkükens. Ich hatte schon Tausende und Abertausende davon gesehen, Dutzende in die Vorkammer des Ofens getragen, aber vor seinem Körper verschwand die berufliche Routine, vor ihm, dessen Leben ich einst mit dem Essen meiner Toten zu verlängern versucht hatte und dessen gutes Lächeln aus meinem eigenen Stamm ich in mir bewahrte; so konnte ich mit der Nadel den richtigen Weg zwischen dem Knochen und dem dünnen, rauen Leder, das ihn umhüllte, nicht finden. Auch wenn diese Handlung bei dem hölzernen Flügel hoffnungslos war, ließ mein Eifer nicht im Geringsten nach, doch der eingesunkene Oberschenkel war taub, und das süße Wasser floss aus dem Einstichloch, als würde es direkt aus dem hohlen Knochen rinnen. Mir war bewusst, dass ihm mit Sicherheit nicht einmal ein Arzt hätte helfen können, der ihm Plasma in die Vene gespritzt hätte, aber auch wenn es unsinnig war, neben dem menschlichen Rest auf dem Boden zu knien, der wie ein Fragezeichen gekrümmt auf den Brettern lag, verharrte ich unbeweglich, als hätten auch meine Augen schon den kalten Abglanz bekommen. Meine Fürsorge bewirkte aber immerhin so viel, dass er begann, auf die kalte Luft zu reagieren, die vom offenen Fenster auf ihn herabfiel. In seinen Augen erschien eine Unruhe, sinnverwandt mit der Gereiztheit der Alten, die nicht einmal dann nachließ, als ich ihn in eine ruhige, dämmerige Ecke hinübertrug. Nun, wahrscheinlich wusste er gar nicht mehr, wer ihn neben die anderen Körper auf die Dielen des Militär-Dachbodens legte. Als ich aber wieder hinunterging und anfing, die großen Sulfonamide zu verteilen, lief die ganze Zeit die fadendünne, wässrige Flüssigkeit aus dem Becken der soeben ausgegrabenen Reste. Sogar der Gedanke, dass er am Nachmittag in einer Reihe mit den anderen unter meinem Fenster liegen würde, war das kleinere Übel im Bewusstsein der Niederlage, der Naivität in der Niederlage, des stillen, fernen Abscheus vor der Ohnmacht in der Niederlage und der Naivität in der Ohnmacht, so dass ich ohne Glauben, mechanisch, die großen Sulfonamid-Tabletten für Pferde wie Hostien in der Mitte brach, als wären sie für gute Tiere bestimmt gewesen und würden sich deswegen dem menschlichen Körper verweigern.

Ich steige den Rasenstreifen hinab, der von der Weide steil zum Stacheldraht hinunterführt. Hier, auf dem kleinen Flecken Erde zwischen Stacheldraht und Hang gab es neben der Senkgrube ein Loch für die Asche. Jetzt ist hier ein Miniaturfriedhof eingerichtet, zwei Bettlaken breit, mit einfachen Steinen eingegrenzt und zwei Inschriften in der Mitte: *Honneur et patrie*, Ehre und Vaterland, sowie *Ossa humiliata*, erniedrigte Knochen. Zwei Sätze, beinah zwei Aphorismen, in die der Mensch wie üblich die Wahrheit einer grenzenlosen Wirklichkeit eingefasst hat. Was mich aber jetzt mit einem Gefühl der Niederlage erfüllt, ist nicht das heilige Geheimnis dieser Weiden, sondern das Stillschweigen, mit dem die vorsichtigen und beharrlichen Bauplaner diese *Ossa humiliata* umhüllen. Diejenigen, die sich in der Stunde der größten Gefahr geschworen hatten, Europa vollends entseuchen zu wollen, haben sich später anderen, weniger edlen Interessen gewidmet. Um sie zu verwirklichen, stand ihnen aber die Forderung nach Entnazifizierung im Wege. Europa kam darum aus der ersten Nachkriegszeit, in der es seine eigene Reinigung hätte erleben können, als Invalide heraus, dem man künstliche Glasaugen verpasste, damit er mit seinen leeren Augenhöhlen die guten Bürger nicht erschrecke; gleichzeitig aber dirigierte man ihn herum und entmündigte ihn. Die Europäer haben das akzeptiert, weil sie trotz aller hochfliegenden Phrasen in Wirklichkeit nachlässig und ängstlich sind. Gleichzeitig hat man sie so an das bequeme Fortbestehen und Systematisieren von allem gewöhnt, dass sie in der genau bemessenen Reihenfolge der Sorgen keine Lücke finden, wo sie das Bedürfnis nach einer persönlichen, stolzen Tat einschieben könnten. Und wenn sie sich doch von Zeit zu Zeit unbewusst dieser Situation von Harem-Eunuchen schämen, ergehen sie sich großzügig in Sittenpredigten und Anprangerungen der kleinmütigen Unternehmungen der Jugend, für die sie allerdings schon im Voraus die ganze Erbschaft an Ehrlichkeit und Gerechtigkeit verspielt haben, die die nächste Generation von ihnen bekommen müsste. Aber auch diese Feststellungen sind inzwischen schon so abgenutzt, dass sie in der faulen allgemeinen Gleichgültigkeit wie leere Phrasen wirken. Wer weiß, vielleicht könnte der standardisierte Mensch nur von einem neuen Laienorden geweckt werden, der das gestreifte Sackleinen der KZ-Menschen anziehen, die Hauptstädte unserer Staaten überfluten und mit den harten Tritten der Holzpantinen die gepflegte Atmosphäre der luxuriösen Geschäfte und Promenaden beunruhigen würde. Man müsste die hier noch übrig gebliebenen Aschenbehälter in einem Umzug in die deutschen und in andere Städte tragen; Tag und Nacht, Monat für Monat sollten Männer in gestreiften Uniformen und Holzschuhen neben den Tonbehältern mitten auf den Hauptplätzen der deutschen und anderen Metropolen die Ehrenwache halten.

Erniedrigte Knochen. Auch wenn auf der Böschung über dem Lager ein fünfundvierzig Meter hohes Denkmal steht und es dort auch ein Feld gibt, wo jeder Franzose, der als Deportierter für das Vaterland gefallen ist, seinen eigenen Platz hat, liegt mir diese verborgene Handvoll Erde stärker am Herzen. So abseits und verborgen gehört sie uns mehr, denn hier sind sie alle vereint, so wie sich ihre Asche angesammelt und gelegt hat.

Dort oben hat Frankreich jedem Einzelnen seiner Söhne eine Tafel und ein Kreuz aufgestellt, aber unter den majestätischen Reihen weißer Kreuze gibt es nichts, nicht einmal eine Handvoll grauen Puders, das sich mit der Gebirgserde vermischt hätte. Aus diesem Grund gibt es dort oben ein Denkmal, ein französisches Nationaldenkmal, hier unten aber ein internationales Heiligtum der Menschen.

Ich möchte meinen damaligen Kameraden an dieser Stelle etwas sagen, aber ich habe das Gefühl, dass alles, was ich ihnen im Geiste sagen könnte, unehrlich sein wird. Ich lebe, also sind auch meine tiefsten Gefühle auf eine undurchdringliche Weise unrein.

In Gedanken versunken steige ich also wieder langsam hinauf zu der Wiese und gerate in eine Gruppe, die aufmerksam dem Touristenführer zuhört. Während er spricht, neigen sich die Köpfe leicht über den steilen Grasstreifen. Er erzählt, dass dort unten eine Senkgrube war, wohin die Kanalisation sämtlicher Terrassen zusammenfloss, und dass ihr Inhalt, wenn sie voll war, übergeschwappt sei und sich mit der Asche und den Knochen vermischt habe. Darum hat man, sagt er, wenn man den Garten, der darüber war, düngen wollte, Männer mit Gefäßen hierher geschickt.

Ich überlege gerade, dass es vieles gibt, was ich heute zum ersten Mal höre. Langsam nähere ich mich der Baracke mit dem Schornstein, denn alles deutet daraufhin, dass sie jetzt leer ist. Ich möchte keine Zeugen haben. Und mir dämmert, dass ich bruchstückweise die Bedeutung begreife, die ein Denkmal für die weitere Anwesenheit der Verblichenen in der Welt der Lebenden besitzt. Und sei es nur ein Grabstein. Die Tafel oder der Stein, die wir auf dem Grab aufstellen, sind mehr als eine bloße Pietätsgeste, sie sind der Versuch, uns vor dem menschlichen Vergessen zu bewahren, vor der Unzulänglichkeit unserer Fantasie, vor der Unstetigkeit unseres schwankenden Bewusstseins. Der Gedanke an eine Prise weicher Asche kann aber kein richtiges Bild hervorrufen. Trotz dieser Überlegungen, die mich mit der Überlieferung meiner Vorfahren verbinden, bin ich doch ein Mensch des Feuers und der Asche. Ich bin auf diesen Weiden zu Hause. Deswegen konnte ich bei meiner Rückkehr nach Triest die wöchentliche Wallfahrt meines Vaters zur

Familiengrabstätte nicht verstehen; mir widerstrebte seine Fürsorglichkeit mit den Blumen, die er mitnahm. Und jetzt, wo es auch ihn nicht mehr gibt, rede und schreibe ich über ihn, aber ich besuche ihn nicht dort, wo er neben Mutter und Marica ruht. Meine Schwester Evelina ermahnt mich deswegen manchmal liebenswürdig, aber ich konnte mich bisher nicht in einen Ritus einleben, von dem ich mich auf dieser Hochebene, in Dachau, in Dora, in Harzungen, endgültig distanziert hatte. Ich war bei so vielen Begräbnissen dabei, dass auf jeden Tag aller Jahre, die ich noch auf dieser Menschenwelt verbringen werde, mehrere Verstorbene entfallen würden; das ist wahrscheinlich der Grund, weswegen ich die Vergangenheit nicht auf den Besuch der sterblichen Überreste eines einzigen Menschen reduzieren kann, und seien es auch die eines sehr lieben Menschen oder gar des Vaters. Nein, es ist nicht wahr, dass ich nie hingegangen bin; aber ich spürte, dass ich dort nur formell anwesend war; ich habe meinen Besuch nicht erlebt, ich habe gespürt, dass ich ihn nicht erlebe.

Es ist aber auch wahr, dass vorhin, als ich vor dem klotzigen eisernen Aufzug stand, der das Lager mit dem Ofen verbindet, Ivo in mir nicht erwachen wollte. Hier bin ich vom Leben angesteckt, aus dem ich herkomme. Der Strom, die Energie, die von mir ausstrahlen, haben Ivo abgestoßen, noch bevor wir auf Grund der einstigen Kameradschaft hatten versuchen können, jene Worte zu finden, die für beide gültig wären. Trotz der Verbindung zu den hiesigen Geheimnissen bin ich also in dieser vor Stille fast traumartigen Atmosphäre nur halb anwesend, genauso wie ich nur halb existiere, wenn ich weit weg von hier bin, aber in mir die einstige hiesige Stimmung überwiegt. So ist wahrscheinlich auch der Phönix nicht auf ewig der Asche entkommen, aus der er sich aufgeschwungen hat.

Ich bleibe stehen. In der Baracke sind immer noch Leute. Auf dem grünen Streifen, der direkt hinter dem Warenlager und dem Aufzug hinabführt, tummeln sich Kinder wie im häuslichen Obstgarten und kümmern sich überhaupt nicht um die Mutter, die sich gerade vom Ofen entfernt hat und ihnen mit der ausgestreckten Hand droht. Ein kleines Mädchen greift glücklich mit beiden Händen nach dem Stacheldraht, der den dünnen Schornstein zusammenhält, und kreist fröhlich in seinem kindlichen Spiel. Irgendwo dort oben hat es geknarrt und ich bin zusammengezuckt, weil ich befürchtete, das Rohr würde auf die Baracke niederkrachen. Ja, ich befürchtete, der Zeuge unseres Verderbens könnte beschädigt werden, ich schrak zusammen vor Sorge um den Opfertisch des europäischen Menschen, während ich mir doch wünschen müsste, dass die kindlichen Hände das Bauwerk des Bösen erschüttern.

Die Leute sind weggegangen. Ohne die Stille zu unterbrechen, kommt eine neue Gruppe herein. Mit Zeitintervallen wird verhindert, dass sich eine größere Gesellschaft ansammelt, gleichwohl wirken die Besucher mit ihrem stummen Kommen und Gehen wie laufend erneuerte Grüppchen von Abgesandten der lebenden Welt. Denn die Menschheit hat immer eine bestimmte Anzahl Mitglieder, die zu den Wallfahrtsorten pilgern, die Tempel und Gräber besuchen, und für gewöhnlich zählen wir solche Leute zu den besseren, edleren, auch wenn es gar nicht sicher ist, dass diese guten Menschen die Geschichte verbessern könnten. Alles deutet darauf hin, dass die barmherzigen Seelen die Entwicklung der Geschehnisse nur beobachten, sie verursachen sie nicht, sie erzeugen sie nicht, sie sind gewöhnlich nur tief gebeugte Trauerweiden an der Stelle, wo nach der lärmenden oder stillen Vernichtung ein grenzenloses Schweigen herrscht. Das hiesige Schweigen wird jetzt durch die Worte des ältlichen Touristenführers ein wenig aufgestört; er stützt sich auf einen Gehstock, als er, inmitten der kleinen Schar, die ihn umgibt, von einem Fuß auf den anderen tritt. Vielleicht ist er nur ein Rentner, der sein Einkommen etwas aufbessert, aber ich stelle mir natürlich lieber vor, er sei ein ehemaliger Bewohner dieses unheilvollen Heimes. So habe ich, als er mit den Leuten in die Baracke eintritt, für einen kurzen Moment den Eindruck, ich sei ein Spion, der die Barackenwände entlangschleicht, um im Namen der unsichtbaren Kameraden denjenigen zu kontrollieren, der bestimmt ist, anstelle der zum Schweigen gebrachten Zungen zu sprechen. Aber innerhalb des Gefängnisses ist seine Stimme nüchtern und ernst, der Mann redet auf eine Weise, die mich nicht abstößt, langsam, frei von redseliger Eindringlichkeit, gewissenhaft darauf achtend, dass die Worte den Bildern entsprechen. Ich habe keine Einwände. Als er aber, immer noch im Bunker, von den elsässischen Mädchen erzählt, die kurz vor der Räumung des Lagers dem Feind in die Hände fielen und in diese Zellen kamen, da erhebt sich wieder jenes vielschichtige Gefühl in mir, das mich schon damals durchfuhr. Ich stehe allein an der Außenwand der langen Baracke und bin, wie in jener Nacht, ohnmächtig und fiebrig. Es ist, als wäre ich jetzt kein Mensch, der mit dem Lager verbunden ist, und ich bin körperlich, physiologisch verzweifelt über die Tatsache, dass diese gesunden, vom Lager nicht infizierten Wesen zur unmittelbaren Bekanntschaft mit dem Ofen verurteilt waren. Die stummen Weiden stehen unbeweglich in der Sonne. Von den jungen Mädchen gibt es kein Zeichen mehr, weder in den Sonnenstrahlen noch auf den schmalen Stufen, nur in den Zellen meines Organismus sind sie anwesend, und das ist zu wenig. Der Mann sagt dann weiter, als würde er etwas Tröstliches erzählen, dass kurz danach die Partisanen das Lager *›à l'arme blanche‹*, das heißt im Bajonettangriff, erobert haben und dass der Londoner Rundfunk damals die Nachricht mit folgendem Satz verkündet hat: *La tortue a gagné sa course.* Poetische Worte, keine Frage. Die Schildkröte hat ihren Wettlauf gewonnen. Der Untergrund musste damals vereinbarte Redewendungen und Aphorismen benutzen, um das besetzte Territorium mit der freien Welt in Verbindung zu halten. Es fragt sich nur, welchen Eindruck ein solcher Satz in der Fantasie der Leute hinterlässt, die sich den Ofen und den Raum mit dem leicht abschüssigen Zementboden angeschaut haben. Der Begleiter könnte die Schildkröte, die sich jetzt so unbequem zwischen den Behältern mit Asche und Knochen fortbewegt, in Ruhe lassen. Aber ich verstehe ihn, er kann die frohe Nachricht, dass dieser Ort von den Befreiungseinheiten eingenommen wurde, als wir uns schon hinter einem anderen Stacheldraht befanden, nicht für sich behalten. Ich verstehe ihn, denn auch bei mir rührt sich etwas irgendwo tief unten im Hals bei der Erinnerung an das Ende einer Epoche, die nur in unserem Gewissen die Dimension der Ewigkeit angenommen hat. In der Tat, ich habe in der Nachkriegszeit festgestellt, dass mich der Sieg über Bosheit und Unrecht tief bewegt, während mich sonst alle anderen menschlichen Unglücksfälle wenig, wenn überhaupt, berühren. Deshalb hat auch der Mann mit dem Gehstock die Information über das englische Radio hinzugefügt, um den Leuten einen Funken Heiterkeit zu vermitteln, aber es wäre besser gewesen, er hätte das Böse vollkommen und endgültig belassen, so wie es gewesen ist. Seine Schildkröte hat die Besucher wie ein unerwartetes Spielzeug abgelenkt. Es stimmt zwar, dass die alten Griechen sich nach den Tragödien ein lustiges Stück anschauten, doch höchstwahrscheinlich gab es damals keine so gut organisierten Stätten für die Vernichtung menschlicher Körper; deswegen war ihr Bedürfnis nach Katharsis etwas anderes als das Bedürfnis eines Europäers des zwanzigsten Jahrhunderts. Die Moiren setzen sich bei uns nicht mit dem Einzelnen auseinander, sondern mit der Gesellschaft; unser Schicksal ist eine Göttin der Gemeinschaft, wir werden uns gemeinsam vor ihr retten oder ihr gemeinsam unterliegen.

Zwei Nachzügler. Ein hochgewachsener, dünner, junger Neger und ein zierliches französisches Mädchen. Sie haben keine Lust, den anderen in die Baracke zu folgen, also bleiben sie für sich auf den Treppen, allein inmitten der Stille, die für sie nicht voll geheimnisvoller Anwesenheit ist. Auf der letzten Stufe versucht seine Hand, ihren Unterarm festzuhalten, um sie davon abzubringen, in die Baracke einzutreten. Und ich habe den Eindruck, er wolle sich zwangsläufig selbst von dem unbekannten Übel abwenden, als hätte ihn der geerbte Instinkt rechtzeitig auf die nahe Gefahr aufmerksam gemacht. In den Organismen seines Negerstammes sammeln sich wohl seit Jahrhunderten Schutzkörperchen, die jetzt auf die heimtückischen Strahlen des Verderbens reagiert haben. Ich merke aber schnell, dass ich mich geirrt habe, denn aus seinem jungen Gesicht, aus seinen Lippen und aus seinen Augen strahlt eine unbändige Lebenslust. Es sieht so aus, als fände er es langweilig, eine solch öde Treppe hinabzulaufen, und könnte es kaum erwarten, mit dem Mädchen an einem schöneren Ort zu sein. Und in der Tat, er legt seinen Arm um ihre Taille und entführt sie ans Ende der Weide. Er kann es kaum erwarten, sie wieder zu küssen, obwohl er es höchstwahrscheinlich irgendwo dort oben auf den Treppen gerade getan hat, als sie absichtlich zurückgeblieben sind und allein waren. Dort unten am Rande, wo sich der Wall zum Stacheldraht neigt, wird er sie wieder umarmen, vielleicht tut er es gerade in diesem Moment, als ich weitergehe. Dabei stört ihn der hohe, doppelte Zaun aus Stacheldraht direkt vor ihm nicht im Geringsten, besser gesagt, er sieht ihn überhaupt nicht, genau so wenig, wie er die Isolatoren und das gelbe Gras oder den Wachturm sieht, der wie eine hohe, verlassene Pagode inmitten der Hügel steht. Er regt mich nicht auf, er bewegt sich bloß in einer anderen Dimension, in einer Atmosphäre des Keimens und Wachsens. Erst jetzt beim Schreiben merke ich, dass es kindisch wäre, diese zwei Verliebten in unsere einstige Welt versetzen zu wollen. So hat der Satz: ›Wer hätte damals denken können, dass verliebte Paare hier spazieren gehen würden?‹ gar keinen Sinn. Denn für uns galt im Bereich des Nichts die apokalyptische Endgültigkeit, während die beiden sich im Raum der Liebe befinden, die genauso unermesslich ist und genauso unverständlich über die Dinge waltet, sie ausgrenzt oder verherrlicht.

Zwar kann ich mich nicht entschließen, weiterzugehen, aber ich bewege mich dennoch hinter den Besuchern her, die die Treppe hinaufsteigen. Ganz hinten geht ein Mann mit einem verkrüppelten Bein, den zwei Mädchen von beiden Seiten stützen, vermutlich seine Töchter; als er den Fußballen von einer Stufe auf die nächste heben soll, stützt er sich mit seinem ganzen Gewicht auf sie. Bei dieser Erscheinung regt sich sofort die Erinnerung an das Lager, nur dass den Behinderten damals niemand half. Und auch das Knirschen des Schotters unter den Füßen hallt im Gedächtnis nach; sicherlich klingt es ganz anders, denn das Geklapper der Holzschuhe war härter und hohl; aber weil die Tritte der Besucher zahlreich sind, reicht das Reiben ihres Schuhwerks bis in die Vergangenheit. Für mich, versteht sich, der beobachtet, wie sie zur oberen Terrasse steigen, und ihnen wünscht, das Geräusch möge sich für sie nie in die Zukunft verlagern, damit aus diesen anständigen Sonntagsausflüglern keine gestaltlose Schar wird. Als sie dann verschwunden sind und ich sie nicht mehr sehe, gehe ich ohne Zeugen wie an einer unfruchtbaren Weide entlang, deren Eigentümer ich nie gewesen bin, auch wenn sie mir gehört hat und immer noch gehört. Ich sage Weide, weil es die Baracken nicht mehr gibt. Man hat sie entfernt, denn es ist in der Tat nicht möglich, Holzgebäude vor dem Verfall zu bewahren, die im Winter vom Schnee zugedeckt werden, im Frühling vom Regen durchnässt, im Sommer von der Höhensonne verbrannt. Von den vierzehn Baracken sind somit nur vier erhalten geblieben, zwei oben und die beiden hier unten. Die länglichen, leeren Räume sind mit feinem Kies beschüttet, am Ende jeder Weide gibt es eine kleine Säule mit dem Namen eines der Lager, in dem Franzosen vernichtet worden sind. Dachau, Mauthausen, Buchenwald, Kochem, Neckargerach, Harzungen. So sind an einem Ort alle Opfer symbolisch vereint, die oben, außerhalb des Stacheldrahts, ihre gemeinsame Nekropole haben. Aber diese schmalen Parzellen mit ihrem Schotterbelag sind jetzt sinnlos leer, endgültig unfruchtbar. Es gibt für den Besucher keine Möglichkeit, hinter den Namen lebendige Bilder zu erspähen; sagen wir bei den Namen Neckargerach oder Harzungen. In Harzungen gab es viele Franzosen, so dass sie bei der Verwaltung des Reviers das Sagen hatten, was bei der Rettung der Leute von großer Bedeutung war. Nun, im Allgemeinen haben wir uns recht gut verstanden. Hauptsächlich deswegen, weil ich mich nicht um die interne Lagerpolitik kümmerte und meistens in meinem Zimmer blieb. Das war ein kleiner Raum, der aber öfters flinke Hände verlangte. Normalerweise natürlich nicht. Am frühen Morgen trugen Vaska und ich zusammen einen oder zwei Körper in die Kiste hinter der Baracke und warfen die Strohsäcke aufs Gras zum Trocknen; aber die Strohsäcke waren gewöhnlich so durchnässt, dass wir sie am Abend für die neuen Kranken lediglich umdrehten. Der Morgen verlief dann ruhig. Auf dem Tisch unter dem Fenster lagen das Thermometer, eine

Packung weißes Pulver und eine Packung Kohlepulver. Das waren die Medikamente für diesen Raum. Drei Mal täglich habe ich in einer Tasse das weiße Pulver mit Wasser angerührt, bis ein weicher Brei entstand. Dann ging ich von Bett zu Bett und steckte den Löffel mit dem weißen Brei zwischen die ausgetrockneten Lippen, zwischen die halb geöffneten gelben Zähne. Einige Kranke kratzten gierig mit den Zähnen den weißen Mörtel vom Löffel, um das Leben zurückzuhalten, das ihnen ununterbrochen auf den Strohsack entfloss; andere nahmen den Löffel vor dem Mund nicht mehr wahr, schmatzten aber doch, obwohl schwach, und schluckten das klebrige Gemisch. Als sie den Geist aufgaben, hatten sie einen weißlichen Zement auf den Zähnen und um die Lippen herum. Oder es war das Kohlepulver an der Reihe. Das war viel umständlicher, weil der Atem es vom Löffel oder gar aus der Mundhöhle wegpustete, wenn man es schon vom Löffel heruntergestreift hatte. Dann gab es den Tag der Verstorbenen mit schwarzen Zähnen und Lippen, und, obwohl sie so groß und knochig wie alle anderen waren, nahm man beinahe nur die zwei schwarzen Streifen um den Mund zur Kenntnis. Es waren ruhige, unbewegliche Kranke; solange sie noch halbwegs bei Bewusstsein waren, standen sie auf, um ihre Notdurft nicht auf dem Strohsack unter sich zu verrichten. Dann verblieb auf dem Fußboden eine bräunliche Spur hinter ihnen. Noch schlimmer wurde es, als man anfing, mir Kranke zu schicken, die nicht nur an Ruhr, sondern auch an Tuberkulose erkrankt waren. Sie lagen auf acht Liegestätten links vom Eingang und warteten auf den Lastwagen aus Dora, der sie abholen sollte. Aber dieser Lastwagen wurde nie vorher angekündigt, so dass Vaska immer im letzten Moment ins Warenlager rennen musste, um ihre Kleidung zu holen. Ihre Lumpen. Das Fenster war wegen der Verdunkelung geschlossen, im Zimmer aber brannte ein Ofen, wodurch der schwere Geruch noch ätzender wurde. Erst wenn der Lastwagen abfuhr, konnten wir das Licht löschen und das Fenster öffnen, damit die frische Schneeluft hereinkommen konnte. Solange das Fahrzeug wartete, mussten wir uns beeilen. Vaska brachte kleine schmutzige Bündel, band sie auseinander und fluchte auf die Mutter des Zaren und die Welt überhaupt, als er schweißgebadet die stinkenden Hosen, Jacken und Holzschuhe auspackte. Nun, wirkliche Eile war nicht möglich, weil man solche Kranken nicht auf dem Bett anziehen konnte, wo ihre Knochen im Strohsack versanken. Stehen konnten sie aber auch nicht. So packten wir sie an den Beinen und unter den Armen und legten sie auf den Fußboden. Sie waren auch keine Kranke mehr, doch sie röchelten noch, und man musste sie anziehen. Es war nicht einfach, die zerknitterten Hosenbeine den herausstechenden Knochen überzuziehen; deswegen ärgerte sich Vaska, jedoch nicht über die Körper auf dem Fußboden, sondern aus Rebellion gegen das Verrecken, in gewissem Sinn war er böse auf die Reste, die da lagen, weil sie sich hatten vernichten lassen. Währenddessen konnte ich die gestreifte Jacke, die einem Staubtuch glich, einem anderen Elenden unter die Rippen schieben und war Vaska dankbar dafür, dass er trotz seines Murrens nett zu den Unglücklichen war. Wir schwitzten und traten vorsichtig auf zwischen den im Krempel durcheinander liegenden Körpern. Hier und dort hoben wir einen hoch, so dass die Knochen aufrecht saßen, dann streckte sich die

Hand wie ein dürrer Ast, die Holzschuhe suchend, und die gläsernen Pupillen folgten ihr bei der Suche. Holzpantinen, Holzlöffel, Schnurreste; Gegenstände, mit denen der Mensch seine Einsamkeit füllt. Und wieder einer, der trotz nahendem Ende wusste, dass draußen Schnee liegt, und instinktiv mit der Hand nach dem Käppchen suchte. Darüber ärgerte sich Vaska schon wieder, weil es dem Körper nicht bewusst war, dass es egal ist, ob er mit oder ohne Kopfbedeckung den Geist aufgibt. Trotzdem suchte er sie für ihn unter dem Gerümpel, und als er sie fand, zog er vorsichtig das zerknitterte Käppchen aus gestreiftem Sackleinen über den kahlen Schädel. Am ärgsten aber war Vaska erbost, wenn Pierre kam, um uns zur Eile aufzufordern, die Tür jedoch nur anlehnte und kaum die Nase hereinsteckte. Ihm kam niemals in den Sinn, uns zu helfen. So hockten wir noch lange auf dem Fußboden. Als wir endlich das angezogene Gerippe aufstellen konnten, führten wir es den Flur entlang, einer an jeder Seite als Stütze. Da sich aber die Füße nur langsam bewegten, lud Vaska es fast immer auf seine Schultern, so dass der Kopf fast bis zum Boden baumelte und das Käppchen vom Schädel wegrutschte. Zu guter Letzt haben wir sie doch alle auf den Lastwagen geladen, und weil dort schon drei Kisten mit Verstorbenen aufgeladen waren, haben wir sie einfach auf die Kisten gestellt, während Vaska den Fahrer und die Zarenmutter verfluchte, weil dieser so hupte. Zwanzig Grad Kälte stiegen vom Schnee auf, aber die Körper, die auf den Deckeln aus rauem Holz lagen und saßen, konnten sie wahrscheinlich gar nicht mehr empfinden. Wir beide indes rannten in die Baracke zurück und waren irgendwie befriedigt, weil wir unsere Aufgabe gut ausgeführt hatten.

So ist der Mensch; auch wenn er gleichzeitig an die denkt, die auf dem Lastwagen röcheln und nicht wissen, dass sie auf Toten sitzen, weil sie ihnen schon in allem ähneln, ist er zugleich erleichtert darüber, dass es ihm gelungen ist, seine Pflicht ordentlich zu erfüllen. Das Verlangen nach einer abgerundeten Ordnung, nach einem geschlossenen Kreis, gehört zu den menschlichsten Neigungen. Der Mensch nimmt unbewusst und seiner Natur zum Trotz die Regeln jener Umgebung auf, in der sogar der Tod den Stundenplan und die Tagesordnung beachten muss. Ich würde jedoch nicht sagen, dass meine Anhänglichkeit an mein Zimmer allein von der Arbeit herrührte. Man hatte mir öfters geraten, nicht bei meinen Kranken zu schlafen, aber ich blieb starrsinnig. Zum Teil entschied darüber natürlich wie immer der reine Instinkt, der primäre Zustand der Körperzellen; denn in jenem engen Raum befand ich mich in der Höhle des Todes, so dass ich irgendwie vor ihm geschützt war, weil er zu nahe war, um mich angreifen zu können. Doch mein Starrsinn war ganz gewiss auch Ausdruck einer freundschaftlichen Bindung. Ich lag in der Ecke auf dem unteren Bett. Vaska über mir. Und wir waren die einzigen zwei gesunden Matrosen im Unterdeck des engen hölzernen Schiffes, auf dem die ganze Mannschaft verurteilt war. Wenn Vaska frühmorgens als Erster aufwachte und von der Liegestätte herunterkam, und ich dann auch aufstand, war mir zu Mute wie dem Kapitän, der seiner Mannschaft treu geblieben ist; auch wenn es dann meine erste Aufgabe war, manch einen von ihnen schon vor der Morgenröte dem Meer des unendlichen Nichts übergeben zu müssen. Ich weiß es einfach nicht. Vielleicht gibt es in mir etwas von slawischem

Fatalismus; vielleicht hatte ich den Eindruck, dass Vaska und ich uns schon hinlänglich der Ansteckungsgefahr aussetzten, wenn wir die Sterbenden mit den moderigen Fetzen anzogen. Doch angeblich ist man im Schlaf anfälliger. Auf jeden Fall kann man sich in der Welt der Krematorien schon in Gefahr bringen, wenn man Acht gibt: ein Augenblick der Vorsicht kann zu einem Aussetzen der Beharrungskraft führen, die einen bisher durch das Verderben getragen hat. Man muss in einer solchen Welt eigentlich wie ein Soldat sein, der sich auf dem Schlachtfeld unter einem Haufen Toter verbirgt; er verstellt sich und atmet nicht, damit ihn der Feind nicht entdeckt und er im richtigen Moment auf allen vieren davonkriechen kann, dem Leben entgegen. Aber die Feuchtigkeit, die mir an jenem Morgen den Mund füllte, erschütterte mich. Anfangs fühlte sie sich wie eine größere Menge Speichel an. Vaska war noch nicht aufgestanden, so überlegte ich gleich, dass es noch sehr früh sein musste, denn sonst hätte Vaska schon angefangen, sich oberhalb meines Kopfes zu rühren; er musste nämlich noch vor der Dämmerung mit den anderen Helfern den Flur beider Baracken schrubben.

Anfangs war es wie eine größere Menge Speichel, nur wärmer. Und ich schluckte sie hinunter, dann aber lauschte ich dem Gurgeln in der Brust des Kranken zwei Betten weiter rechts von mir. Während des Tages wird er hinübergehen, dachte ich bei mir, und schluckte erneut die warme Flüssigkeit. Plötzlich aber war der Schluck zu ergiebig, und ich setzte mich ruckartig auf. Der kalte Atem der Leere durchdrang mich. Es war so, als wäre bei mir etwas Silbriges gleichzeitig hinter dem Stirnbein und in der Dunkelheit vor den Augen geplatzt. In diesem Blitzlicht zeigte sich mir die Welt in ihrer konkreten und im selben Moment verloren gegangenen Ganzheit und Fülle. Dann stand ich auf und lief zwischen den Liegestätten aus dem Raum. Eigentlich lief ich davon, obwohl mir bewusst war, dass ich vor mir selbst nicht davonlaufen kann. Wahrscheinlich rang ich nach Luft und merkte nicht, wie ich ins Bad kam, das still im flauen, grauen Licht des noch entfernten Morgens lag. In der Mitte tröpfelte es in langen Intervallen aus der Dusche, die hölzernen Wände waren eng beieinander, genauso nahe war der Ofen. Alles war wie jeden Tag, doch gerade in diesem Moment wurde mir zum ersten Mal bewusst, dass ich von allen Seiten umstellt war. Und der Gedanke durchfuhr wie ein Blitz die Ewigkeit, umfasste sie mit einem einzigen Blick und fegte sie beiseite, während ich mechanisch mit dem Kopf zuckte, als wollte ich mich mit dieser Bewegung vor dem nahenden Wirbel des Nichts retten. Ich ging zum Fenster und drehte mich wieder um. Und ging wieder zum Fenster. Aber der Stacheldraht vor dem Fenster war diesmal nicht das Geflecht von Maschen, auf das ich immer schaute, ohne es zu sehen, es war ein sichtbares, tastbares Zeichen des Gefangenseins, das mit mir verschmolzen war. War das die Hellsichtigkeit vor dem Tode, wenn man von der Verworrenheit des blassen Verreckens umarmt wird, auf die sogleich eine Schicht dichter Dämmerung folgt? Genau in dem Moment erkannte ich, dass das Taschentuch in meiner Hand das Einzige war, was mir von zu Hause noch geblieben war, aber derart durchtränkt mit der roten Materie wurde es plötzlich zur verlorenen Quelle des Lebens. Wahrscheinlich habe ich dann noch einmal mit dem Kopf gezuckt. Ich weiß es nicht. Aber danach haben mich die Tropfen, die weiter unablässig und ohne Eile auf den Zement hinabfielen, anscheinend beruhigt. Durch ihr rhythmisches Geräusch erwachten in mir die Bilder der anderen, die am Abend von der Arbeit kamen und sich vom warmen Wasser die Ruhr von den pergamentähnlichen Hüften und Oberschenkeln wegwaschen ließen. Ich sah mich selbst, wie ich sie anschließend in mein schmales Zimmer führe, und einen Augenblick lang hatte ich den Eindruck, dass der Zeitpunkt der Abrechnung für meine Totengräbertätigkeit gekommen war; dann aber hat mich wahrscheinlich der Gedanke an meine Aufgabe beruhigt, und ich ging in mein Bett. Oder vielleicht bin ich hauptsächlich deswegen zurückgegangen, weil ich wieder den Speichel, der wirklich nur Speichel war, hinuntergeschluckt hatte. Auf jeden Fall war ich Vaska dankbar, dass er gleich danach aufgestanden ist, weil dadurch die bekannte Tagesordnung wieder anfing und vielleicht alles wieder gut werden würde. Ich versuchte, alle Gedanken und Gefühle zu verscheuchen; mir war bewusst, dass ich gleichgültig und stumpf sein musste. Gewiss ist es nach einer solchen Erschütterung nicht leicht, sich genauso zu ducken wie vorher, und doch muss es so sein, als hätte nichts am standfesten, tauben und stummen Glauben an die Selbsterhaltung genagt.

Harzungen. Der Name auf der glatten Oberfläche der kleinen Säule hier vor mir. Was kann dieser Name jetzt den Touristen erzählen? Man müsste eine jener Schichten herholen, die drei Mal täglich in die Stollen gingen, ein Mal sollten diese Sonntagstouristen mit ihnen hineinfahren.

Hätte mich Jub damals nicht gebeten, für ihn einzuspringen, hätte auch ich nicht gewusst, woher am Abend all diese Verletzten und Erschöpften kamen. Ich habe Durchfall, hatte Jub gesagt, brachte das Holzkästchen mit dem ledernen Griff und stellte es auf den Boden neben meinem Tisch. Der Holländer war so hoch gewachsen, dass ich erst, als er sich bückte, um das Kästchen auf dem Boden abzustellen, richtig begriff, wie groß er eigentlich war. So bin ich am späten Abend an seiner Statt aus dem Lager gegangen. Der Schnee flimmerte metallisch in der Dunkelheit, und die Nacht versteckte die finstere Ebene, die tagsüber eine verschneite Steppe unter dem bleiernen Himmel war. Ab und zu habe ich sie von meinem Fenster aus angeschaut, und obwohl sie so traurig war, spürte ich in ihr die Nähe der Erde; als ich aber über sie lief, begriff ich plötzlich, dass mich eine Welle der Unsicherheit erfasste. Ich fühlte eine Art Sehnsucht nach meiner stillen Ecke, auch wenn sie das Vorzimmer des Todes war. Das dauerte jedoch nur kurz, weil mich das Marschieren der Reihen ergriff. Für einen Augenblick erschienen sie mir wie Reihen echter Arbeiter; als aber das Schreien losging und die weißen Lichtstränge die gestreiften Uniformen beleuchteten, verschwand das Trugbild im Nu. Die Männer hatten die Überzieher, dünn wie Kittel, in die Hosen gestopft, damit sie nicht unnütz in der Luft flatterten, eisig wie er bei minus achtzehn Grad eben war. Die Holzschuhe schlugen dumpf gegen die Schneekruste, die Körper indes hielten die Hände in den Hosentaschen und zogen die Schultern zusammen, als könnten sie so die Ohren und Köpfe bedecken, die kahl geschoren in den runden Leinenkäppchen steckten. Aber nicht nur die Köpfe, der ganze

Körper wäre gerne zu einer kleinen Kugel geschrumpft, so groß wie der Rest des menschlichen Bewusstseins irgendwo im noch warmen Inneren des Organismus. Von Zeit zu Zeit keifte vorne an der Spitze der Kolonne ein Mund, und der Schrei vervielfachte sich automatisch wie das Geschrei verrückt gewordener Raben. Die Angst schien ein mächtiger Wind geworden zu sein, der all diese deutschen Stimmbänder gleichzeitig angreifen sollte. In der Dunkelheit versteckte Schäfer aber verbreiteten mit diesem Geschrei die Sicherheitsmauer der Angst entlang der Herde, die wegen der nordischen Kälte trampelte und hopste. Nein, ich fror nicht besonders, weil ich damals schon die braune Jacke hatte; sie reichte nur bis zu den Knien, aber sie war dick und nur wenig abgenutzt. Auf dem Rücken hatte sie ein ausgeschnittenes Fensterchen, das mit gestreiftem Leinen zugestopft war. Durch den Sackdrillich der Hose hatte die Kälte natürlich freien Durchzug, aber ich trug zweifache Unterhosen, auch jene, die Vaska und ich dem alten Franzosen ausgezogen hatten, bevor wir ihn in die Truhe legten. Wer weiß, wie es ihm gelungen war, neben dem Hemd auch die Unterhose zu behalten. Vaska hat sie dann in einen Kübel gesteckt und in siedendem Wasser ausgekocht. So kam es, dass mich die Verstorbenen nicht nur nährten, sondern auch kleideten, weil ich ihnen das Kohlepulver gab und sie hinter die Baracke trug. Nun, auf diesem nächtlichen Gang hatte ich die hölzerne Apotheke mit dem roten Kreuz auf der Seitenwand bei mir, aber den Körpern, die in der Dunkelheit hopsten, als wäre die Kälte eine Dusche, vor der man sich schützen könnte, würden die Verbände und Aspirintabletten ausgesprochen wenig nützen. Schlimm wurde es, als die Reihen auf dem Wall anhielten, sich über die Schienen verteilten und mit den Holzschuhen trampelten. Sechshundert Paar Holzschuhe. Die Stablampen flackerten inzwischen längs und quer über die gestreifte Masse, bis der Zug mit vier Waggons ankam. Die Gruppen überfielen sie, um der Kälte zu entfliehen, denn die Wellen des umlagernden Geschreis bildeten nur die klangliche Entsprechung zur bitterkalten Nacht. Dann rollten die Waggons ab, und die Körper pusteten und hauchten in der Dunkelheit, um die Eiskammern, die Bretter anstelle von Glasscheiben an den Fenstern hatten, etwas aufzuwärmen. Ich stand im Gang und hielt die Apotheke fest zwischen den Knien, um zu verhindern, dass sie mitgerissen würde vom Strom, der sich über mich ergoss, anstieg und sich in dem engen Raum ausbreitete. In dem fieberhaften Gewirr und Gekrabbel sind zwanzig Minuten sehr schnell vergangen; der Konvoi hielt an und wurde erneut von Geschrei und Lichtpeitschen umgeben. Sie trafen diejenigen, die in den Schnee hüpften, und die, die sich, nur um sich schnell einzureihen, in ihn hineinfallen ließen, weil sie zu schwach zum Springen waren, auch die anderen, die schon an Ort und Stelle waren und mit den Holzschuhen den Schnee hämmerten. So war es mitten im lauten Durcheinander fast tröstlich, als irgendwo an der Seite der dumpfe Ton des Wasserstrahls zu hören war, der die Schneeschicht auftauen ließ und dem der Geruch nach warmem Urin folgte. Denn die Schreie hatten die graue Kompanie schon wieder in Gang gesetzt, sie trampelte durch Niedersachswerfen und an den Häusern vorbei, wie durch die entfernte Erinnerung an das verschneite Zuhause, wo das schon längst ausgestorbene Menschengeschlecht früher den Winter und das Prasseln des Feuers liebte. Sie waren noch nicht am Ende der Häuser angelangt, als der Zug vor einer langen Reihe von Großraumloren anhielt und die Münder wieder zu schreien anfingen, diesmal wegen des Gedränges derer, die zu langsam in die Eisenbehälter einstiegen. Sie zogen sich hoch, Hände und Füße zu Hilfe nehmend, schwebten ganz kurz über dem stählernen Rand, bis sie schließlich ins Innere der großen Kippwagen von Krupp fielen, die sonst von Bergleuten mit Erz gefüllt wurden. Sie waren breit und ragten bis zu zwei Meter über den Boden. Sie gafften in die Nacht wie mächtige schwarze Becher, in welche die Körper auf allen vieren hineinkletterten, eine wimmelnde Masse, die sich selbst auflud. Anschließend wurden die Blitze der Taschenlampen von der Nacht verschluckt, und die Stahlbüchsen bewegten sich, knarrten los und fuhren davon. Fast wie verabredet fingen Schneeflocken an herbeizufliegen und deckten das lebendige Erz zu. Nur von der kleinen Lokomotive kamen unsichtbare Flocken warmen Dampfes, so dass Hände und Füße sich danach sehnten, in die Luft zu steigen, um mit der fliegenden Wärme zu verschmelzen. Der Konvoi fuhr unterdessen schlangenartig weiter, während die hölzernen Sohlen das Eisengeräusch übertönten. Es war, als würden sie an die Stahlschale des Schicksals schlagen, von der die Klage der rhythmischen Schläge immer aufs neue zurückprallte. Deswegen standen die dunklen Massen in der Mitte, entfernt vom eisigen Rand, drückten Bäuche und Rücken zusammen, nachdem sie ihre Köpfe wie die Schildkröten eingezogen und die Gesichter auf die Brust gebeugt hatten, um sich vor der eisigen Schere zu schützen, die die Luft zerschnitt. Die Ewigkeit des Fahrens wurde plötzlich von Sirenengeheul durchbrochen, und es klang so, als würde der menschliche Schmerz durch einen langen Hals emporsteigen, sich in der Dunkelheit aufbäumen und seine Angst wie eine Kuh dumpf herausbrüllen. Die Bremsen quietschten, und noch bevor die stählerne Raupe auf der weißen Ebene anhielt, hüpften Gestalten mit Maschinenpistolen heraus und wurden im selben Moment zu einem Wolfsrudel, das eine Kolonne von Schlitten überfallen hat und sie verbellt. Als die Nacht sich etwas beruhigt hatte, fingen sie an, im Schnee von einem Fuß auf den anderen zu treten, aber es war verwunderlich, wieso sie es taten, wo sie doch Stiefel anhatten, Mützen und Mäntel, die fast bis zum Boden reichten und mit Pelz gefüttert waren, und sogar noch Pelerinen aus gesprenkelter Zeltleinwand über den Mänteln trugen. Sie traten aber hin und her, als würden sie frieren. Wie durch ein Netz drang inzwischen die Kälte in die Körper, die aus den hohen Behältern stiegen. Allein der Wille war mit großer Mühe hinter den geschlossenen Augen hervorgetreten und hatte den Körper mit einem weißen Schild umgeben, um ihn vor der eisigen Umarmung zu bewahren. Aber allzu schnell war es aus mit dem Willen, und die zusammengepressten Zähne fingen an zu klappern, doch auch sie wurden von den Holztritten der harten, mitten in den Kisten stehenden menschlichen Masse übertönt. Am Himmel drängten sich die Motoren Tausender unsichtbarer Flugzeuge, deren Stimme freundlich war, doch so entfernt und unwirklich, dass sie die Körper mit dem Tod in den Knochen kaum wahrnahmen. Auch deswegen nicht, weil plötzlich das Holzschuhgetrampel aufhörte. Es stank nach Ruhr, und die Menschenladung stieß Flüche aus und fing an, sich zu bewegen, um den verurteilten Körper wie einen nassen Lappen auszuscheiden. Unten erschraken die Wächter, und ihre Angst füllte den nächtlichen Raum; das Rauschen im Stahlbehälter war für sie wie ein Lichtstrahl, den die Flugzeuge sehen würden, und so entlud sich ihre Spannung ruckartig. Schon herrschte überall wieder Stille, auch in dem Wagen, wo die dürre, infizierte Gestalt jetzt am Rande stand. Lange jedoch währte die Stille nicht, denn von irgendwo kam ein kleiner Trupp von Gestalten mit Schäferhunden, die aus irgendeinem Grund gegen die hohen Behälter sprangen, wild bellten, sich aufbäumten und gegen den Stahl anrannten, als wollten sie ihn durchbeißen. Dann waren die Flugzeuge nicht mehr zu hören, und auch das Hundegebell entfernte sich, nur die Kette hoher Behälter stand unbeweglich in der Ebene wie auf dem toten Anwesen der weißen Hölle. Und das Getrampel der Holzschuhe gegen den stählernen Boden war der Rhythmus des Todeskampfes, der sich widersinnig in die taube Unendlichkeit verbreitete. Tagsüber vollzog sich der Abmarsch ganz anders, weil im Gegensatz zur Dunkelheit das Licht nicht alles gleichmacht. Eines Tages ging ich auch anstelle von Jan, der Jub ziemlich ähnlich sah, hoch gewachsen und dünn wie ein Mastbaum mit einem länglichen kleinen Kopf obendrauf; aber er war nicht so gesprächig wie Jub und, nach seinem Gesicht zu urteilen, würde man auch vermuten, dass er nicht besonders freundlich mit den Eingeborenen in Niederländisch-Indien umgegangen war, wo er angeblich gelebt hatte. Vielleicht war er nicht einmal krank, als er mich darum bat, sondern hatte einfach keine Lust, sich bei der Kälte auf den Weg zu machen. Wie so oft strebte ich aber auch damals nach solchen Erfahrungen, die den anderen nicht nur unangenehm, sondern sogar widerlich waren. Jan dachte wahrscheinlich, ich sei wohl etwas absonderlich, aber ich ging gerne, weil ich den Eindruck hatte, ein Ziel zu haben; ich war mit Körpern zusammen, die sich bewegten, ganze acht Stunden lang war ich nicht Zeuge von Gliedern, die sich immer mehr mit ihrem Strohsack vermengten. Und im Stillen, undeutlich, wünschte ich mir vielleicht auch, die stacheldrahtfreie Welt zu berühren oder wenigstens von ihr berührt zu werden. Doch jener Umkreis war genauso infiziert wie der unsere. Als wir zum Beispiel am Nachmittag durch Niedersachswerfen zurückkehrten und die Reihen mit großer Mühe ihre geschwollenen Beine schleiften, schleppten vier von uns einen ohnmächtigen Körper, und zwar so, dass jeder eine Extremität auf seiner gebeugten Schulter hielt und der Körper, einer Spinne ähnlich, fast bis zum Boden hinunterhing. Zwei Mädchen kamen des Weges auf der weißen, stillen Winterstraße, aber sie warfen keinen einzigen Blick auf die stampfende Kolonne; es war unmöglich, die Holzschuhe nicht zu sehen, die über die Schultern der beiden Vorderen hinausragten. Nein, sie nahmen nicht einmal die lange Prozession von sechshundert gestreiften Schlafanzügen wahr; als ob die Straße leer wäre und niemand außer der Schneekruste auf dem Pflaster und dem Gehsteig läge. Das heißt, dass es möglich ist, den Menschen eine solch radikale Verachtung minderwertiger Rassen einzutrichtern, dass zwei Mädchen imstande sind, mit ihrer Kälte den Sklavenaufzug verschwinden zu lassen, als wären sie nur von Schnee und einer ruhigen, sonnigen Atmosphäre umgeben. Und doch gab es auch dort einen kleinen Milchladen, das Schaufenster eines Uhrmachers, den Friseur- und Bäckerladen, still und verlassen in den frühen Nachmittagsstunden, wie auch sonst überall dort, wo lebendige Menschen wohnen. Deswegen hatte es keinen Sinn, die Fühler jenseits der gestreiften Welt auszustrecken. Wichtiger als die Fassaden und Schaufenster war jedoch an jenem Tag die Tatsache, dass die Schicht von Peter geleitet wurde, der zwar, wie alle deutschen Kriminellen, auf der Brust unter der Nummer ein grünes Dreieck trug, die Leute aber nicht so schikanierte. Angeblich hatte er eine Bank erleichtert oder etwas veruntreut, aber das rechnete man ihm fast als Verdienst an, denn sein Verhalten zu den rechtlosen Arbeitern war wirklich wohlwollend. Auf dem Sammelplatz, vor dem Aufbruch aus dem Lager, trieb er sie nicht zur Eile, so dass die Gruppen sich um mich herumdrängten, um von der Arbeit befreit zu werden. Ich, ich!, riefen sie mir in allen möglichen Sprachen zu. Schau mich an, schau mich an!, beharrte einer und drängte sich nach vorne, die Hose aufknöpfend, so dass sie bis zu den Knöcheln hinunterrutschte. Die dürren Oberschenkel waren wie mit einem dünnen Kaffeesatz übergossen, genauso die eingefallenen, schuppigen Waden. Ich gab ihm einen Zettel fürs Revier, denn so einen würde man bestimmt aufnehmen, und am Abend würde ich ihn in meinem Zimmer wiederfinden. Dann habe ich den Zettel für einen ausgestellt, der Fleischhufe anstelle von Füßen hatte; er hatte sich zwischen anderen vorgedrängt, die mit heruntergelassenen Hosen watschelten und in dem Gewoge von Körpern und Stimmen nach dem Gleichgewicht fuchtelten. Dem einen steckte ich das Thermometer in die Achselhöhle, während ich einem anderen einen Zettel schrieb. Und dem Nächsten. Es war ein aufgewühltes Meer, das von allen Seiten auf mich prallte. Schau mich an! Schau mich an! Ich verteilte hastig die Zettel und versuchte gleichzeitig, das Thermometer zu fangen, das eine ausgestreckte Hand über die schwankenden Köpfe hielt; das alles dauerte so lange, bis vorne die Tür aufging und der Kapo Peter sich vernehmen ließ. Er setzte die Reihen in Marsch. Links – zwo – drei – vier. Links – zwo – drei – vier. Denn vor dem Wachhaus zählte uns der Offizier durch. Er stand aufgeblasen da wie ein Gockel, und als ich mit der hölzernen Apotheke an ihm vorbeilief, war ich im Inneren zufrieden, wahrscheinlich so wie ein Verteidiger zufrieden ist, wenn es ihm gelingt, die Unschuld seines Schützlings zu beweisen. Ich hatte fünfzehn Zettel ausgehändigt, was ein gewollter, bewusster Versuch war, den Tod zu überlisten. Man könnte dem leicht entgegenhalten, dass mein Versuch höchstwahrscheinlich erfolglos gewesen ist, denn dank meiner Zettel sind sie lediglich mit ein paar Tagen Verspätung gestorben. Doch, wer weiß, vielleicht hat sich der eine oder andere dennoch gerettet, und allein diese Möglichkeit ist ein ganzes menschliches Leben wert. Sicher werden solche Überlegungen dem einstigen Kämpfer, der mit einem Hurraruf auf den Feind gestürmt ist, naiv erscheinen. Es mag stimmen, dass es im Haushalt der Menschheit Menschen gibt, die bei Bedarf den ganzen Stolz von Adams Stamm in sich versammeln. Aber für mich hat es nichts Befreiendes, wenn ein ehemaliger Partisanen-Kommandant erzählt: »Als ich befahl, die deutsche Kolonne anzugreifen, haben die Maschinengewehre …« Damals genügte es mir, den ledernen Griff des Kästchens fest in der Hand zu halten, als ich am Offizier vorbeiging, auch wenn die Wächter ihre Gewehre hörbar luden, die Schnelllader über die Schultern schwangen und sich nach und nach die Reihen entlang postierten wie Leichenbegleiter, die ungeduldig warten, dass die Prozession beginnt. Die Sonne schien blass, der Schnee war zertrampelt, und obwohl die Atmosphäre vom Zerfall gesättigt war, schien die Natur, heimlich und vorsichtig sich vorantastend, dem Joch des Verderbens doch entgehen zu wollen. Zwei kleine Häuser standen am Wegrand, und nirgendwo zeigte sich eine Menschenseele, nur ein kleines Kind stand vermutlich auf einem Stuhl, als es sein Gesichtchen gegen die Glasscheibe drückte und sich fünf blasse Polypententakel auf ihr abzeichneten. Es lächelte unschuldig, als würde es einen Umzug lustiger Zirkusleute beobachten. Nein, sein Lächeln war noch nicht bösartig, es passte bloß nicht in diese Situation. Wie die Sonne dort oben. Und die Sonne beruhigte auch die gedrängte Menge in den Waggons mit den zugenagelten Fenstern, so dass der Zug ganz kurz das Phantom eines guten Zuges war, der durch eine vertraute Landschaft eilt, bei echter Sonne über den steilen, schneebedeckten Dächern. Jemand zündete einen ein Zentimeter langen bräunlichen Zigarettenstummel an und forderte mich auf: Na, willst du einen Zug machen? Wegen des Durcheinanders aller europäischen Sprachen und wegen des Schnees vereinte sich draußen die russische Steppe mit der französischen Ebene und dem holländischen Flachland in eine weiße Unruhe, in die erleuchtete Vision der Erlösung. Das habe ich später noch intensiver gespürt, als wir durch Niedersachswerfen marschierten und die ukrainischen Familien vor den hölzernen Baracken die Pferde vor den großen

Schlitten einspannten und die Kinder auf den Rutschbahnen hinunterglitten. Es wäre fast wie eine vergrößerte Winterlandschaft von Breughel gewesen, hätte es unsere humpelnde Prozession, unsere Holzschuhe und unsere Fetzen nicht gegeben. Als aber die Reihen anfingen, die Kruppschen Behälter zu füllen und sich dabei mit den Ellbogen am Rand aufstützten, bis die baumelnden Beine einen Halt gefunden hatten, wurden sie von einer jungen Frau am Fenster des kleinen Hauses auf der anderen Straßenseite beobachtet. Sie wischte sich nicht die Tränen ab wie die elsässischen Frauen in Markirch, aber sie schaute uns überrascht und fast verwirrt an. Sie lehnte sich auf das Fensterbrett, so dass ihr Busen auf ihren verschränkten Unterarmen ruhte. Sie war unbeweglich konzentriert, ihre Augen aber leuchteten verloren, als wollte sie nicht wahrhaben, dass sie eine so große Anzahl zerstörter Männer sehe. Ihre Wangen ließen eine gewisse Leichtlebigkeit erkennen, ihre Augen aber verschwörten sich mit uns, denn mit ihrem trüben Schimmer bedauerten sie die vergeudete Leidenschaft. Das alles bewirkte, dass die Tagesschicht anders war, und weil die Sonne noch nicht untergegangen und die Kälte etwas erträglicher geworden war, setzten sich einige Wächter auf den hölzernen Anhänger, der zwischen den Stahlkisten eingereiht war. Es war kein gewöhnlicher, flacher Anhänger, denn er hatte in der Mitte eine Art trapezförmigen Eselsrücken, so dass die SS-Männer, die auf dem schmalen Sitz saßen, die Füße auf zwei verschneiten Konsolen abstützten. Sie drückten das Gewehr zwischen die Beine und scharrten den Schnee mit den Füßen, dann aber starrten sie vor sich hin wie fantasielose, entmutigte Jäger. So saßen auch die zwei, die in der

Baracke verblieben waren, als die Schicht in die Grube gegangen war, beobachteten mich, wie ich einen Verwundeten verband, und blieben auf der Bank unweit des Ofens hocken. Sie langweilten sich natürlich, aber es war immerhin besser, am Ofen zu dösen, in dem glatte Briketts glühten, als acht Stunden im Luftzug der Gruben zu stehen, bei unmenschlichem Kompressorgetöse und Minenexplosionen. Manchmal unterhielt sich der Kapo mit ihnen, aber auch er ging schließlich davon, so dass sie dann durchs Fenster auf das Netz der schmalspurigen Schienen starrten, die die Ebene überspannten und in dreißig Stollen verschwanden. Nur wenn eine mächtige Mine unerwartet die Baracke erschütterte, fuhren sie zusammen und hoben ihre Hinterteile, als wären sie nicht sicher, ob es sich nicht vielleicht um eine Fliegerbombe handelte. Denn die Sirene heulte oft. Sie würden zwar die Verwundeten lieber nicht anschauen, aber die Baracke war klein, und ich verband gerade vor den Augen der beiden eine Phlegmone oder die Hand von einem, der weiß vom Staub war, als käme er aus einer Mühle. Die Finger seiner rechten Hand hatten keine Gelenke mehr, aber sie waren so dick mit dem weißen Mehl bedeckt, dass man es nicht merkte, bis ich sie gewaschen hatte. Er habe den Kompressorbohrer geschliffen, sagte er, und hielt dabei die Hand vom Körper weg, als gehörte sie ihm nicht.

Er lächelte sogar, weil die Hand kalt war und gar nicht schmerzte, und er war ihr im Grunde dankbar, dass sie ihm die Wärme beschert hatte, die ihn jetzt umgab. Diejenigen, die an Ruhr erkrankt waren, hatten sich inzwischen gesetzt, benommen von der Anstrengung, dem Hunger und der warmen Luft. Sie befanden sich in der Ecke und es war ihnen nicht anzusehen, warum ich sie von der Arbeit befreit hatte, außer dass sie allmählich die Luft in der Baracke mit Latrinengestank füllten. So war es normalerweise. Damals, als Peter wegen des Ingenieurs aufbrauste, kam vorübergehend Leben in die Holzbude. Der Ingenieur war ein junger Blondkopf mit Lederjacke; er kam in die Baracke gestürmt und stellte sich breitbeinig vor die Kranken, die auf der Bank saßen. Einer hatte eine Phlegmone, der andere Füße wie zwei Kohlköpfe, der dritte war wegen der Ruhr voll Kot. Er aber schrie, sie wären Heuchler und Simulanten, die schnellstens hinausgehen sollten. Marsch, hinaus!, schrie er. Sie jedoch schauten nicht auf ihn, sondern auf mich, ihren Krankenwart, und blieben ruhig sitzen. Ich sagte ihm, dass ich die Verantwortung nicht übernehmen könne, und dass er sich mit dem Kapo Peter einigen solle. Und ich nahm den Papierverband, hockte mich nieder zu dem Patienten, der mit hochgekrempeltem Hosenbein auf der Bank saß, und fing an, die Phlegmone zu verbinden. Der Ingenieur warf die Tür zu und stürzte davon, ich aber hatte für einen Augenblick das Gefühl, als wäre ich in einer Gebirgshütte, vom Schnee umgeben, wo mir unsichtbare Bergsteiger zur kühnen Rettungsaktion zwischen den Abgründen gratulieren. Ich hatte gesagt, dass ich die Verantwortung nicht übernehmen könnte, als wäre man dort jemandem Rechenschaft schuldig, wenn einem halbzerstörten Körper etwas zustieß. Aber ich hatte das Wort ausgesprochen, das immer die diamantene Spitze sein wird, mit der die Tyrannen bis zum Jüngsten Tag werden rechnen müssen. Auch die zwei SS-Männer spürten den Wandel der Atmosphäre; es hatte den

Anschein, als würden ihre Gesichter in der Wärme zerfallen, weil sich die Energie, die ihnen ihre Dichte verlieh, unerwartet verflüchtigt hatte. Als dann Peter zurückkam und sich aufregte, glotzten sie mit Augen, die am liebsten zugestimmt hätten, hätte ihnen nur vorher jemand befohlen, zuzustimmen. Peter keifte: Er hat hier nichts verloren! Die schwarzen Haare verdeckten seine viereckige Stirn, und untersetzt wie er war, trat er in der Baracke wie ein Bär von einem Fuß auf den anderen. Er soll nur kommen, wenn ich da bin, ich würde ihn zur Tür hinausweisen. Das war an jenem Tag so außergewöhnlich, dass es fast wie ein Traum wirkte, auch wenn man in der Baracke ganz deutlich das Stöhnen des Mannes hörte, dessen Hand ohne Gelenke sich langsam erwärmte. Und mir schien mein Pflegerberuf weniger fruchtlos; wenigstens solange wir in der Baracke waren. Denn als die neue Wache, der neue Krankenpfleger und der neue Kapo kamen, mussten auch die Kranken zu den Gruppen hinaus und in die Krupp-Loren hineinklettern. Einer musste getragen werden, da er ein Bein und möglicherweise noch mehr gebrochen hatte und bewusstlos war. Man legte ihn auf die Konsole des hölzernen Anhängers, ich selbst setzte mich auf den verschneiten Sitz und versuchte, ihn mit meinem Bein festzuhalten, damit er nicht abrutschte. Er lag rücklings auf einer dünnen Eiskruste, und weil er ohnmächtig war, spürte er nicht, wie ihm der Tod durch das dünne Sackleinen in die ausgestreckten Glieder kroch. Es wäre vielleicht besser gewesen, man hätte ihn in einen Stahlbehälter gelegt, aber wie hätte man einen Körper mit einem gebrochenen Bein so hoch heben können. Wie hätte man ihn davor bewahrt, dass ihn die Masse zertrampelt, die mitten im Behälter ein schwarzes, hartes Bündel bildete. Doch genauso wenig hätte ihm natürlich das Liegen auf dem Eis bei zwanzig Grad Kälte gut getan. Der SS-Mann auf dem hölzernen Pferd neben mir hatte eine Mütze tief über beide Ohren gezogen, und trotzdem ruckte er die ganze Zeit mit dem Kopf, um sich vor der eisigen Luft zu schützen. Die Nacht darauf gab es dann keine Verwundeten mehr. Einer fiel in der Grube von einem hohen Gerüst und war ganz weich und wie knochenlos, als man ihn in die Baracke brachte. Aber man rief in Dora an und brachte ihn direkt dorthin, weil es in Harzungen keinen Ofen gab. So brauchte ich auf niemanden aufzupassen, trotzdem setzte ich mich in den hölzernen Wagen; zum Teil weil ich vermeiden wollte, so hoch in die Stahlkiste klettern zu müssen, und mehr noch deswegen, weil der hölzerne Anhänger in dieser Nacht direkt an die Lokomotive angehängt war. Ich saß neben dem SS-Mann und drehte mich so, dass ich bald den Rücken, bald die Brust der Kälte aussetzte. Die Lokomotive war gegen die Fahrtrichtung gedreht, so dass ihr zylindrischer Kessel unweit des Wägelchens war. Eine kleine Lokomotive für den schmalspurigen Zug. Aber ein Kessel ist immerhin ein Kessel, dachte ich mir, und stand auf. Ich hob zuerst den Holzkasten mit dem roten Kreuz auf das Eisen der dunklen Maschine, dann kletterte ich selbst hinauf. Ich fasste vorsichtig das Eisen an und trat langsam voran, weil die Lokomotive zuckte wie ein schwarzer Hengst, der verhindern möchte, dass ihm ein Unbekannter in den Sattel steigt. Dann duckte ich mich unter dem Führerstand und schmiegte mich an den Dampfkessel. Der Rauch entwich unter schwerem Schnauben, fiel auf die lange Kette der Behälter und half so der Nacht, diese menschliche Schande zu verbergen; ich aber empfand die Wärme des runden Kessels wie den warmen Bauch eines Tieres aus Stahl. Als wäre die ganze Menschheit zu Ende und nur noch die Güte des warmen Metalls verblieben. Wie um mich vor all denen zu entschuldigen, die in den großen Stahlkelchen standen, streckte ich die Hand in die Nacht, zog sie aber schnell wieder zurück, weil die Leere der eisigen Unendlichkeit sie ergriffen hatte. Also kauerte ich mich wieder in den Schoß des guten Metalls, und die Wärme des eisernen Wanstes betäubte für einen Augenblick meine Verlegenheit vor der menschlichen Not. Am nächsten Tag jedoch ging der Alltag zwischen den Etagenbetten weiter. Nur dass die Erde vor dem Fenster anfing, unter den Schneeflecken schwarz zu werden und ihr altes Aussehen anzunehmen, auch wenn sie wegen der Nähe unserer Baracken ziemlich finster wirkte. Einige Männer folgten jeden Morgen dem klapprigen Wagen auf das schwarze Feld jenseits des Zauns. Auf dem Wagen schwang ein Kübel Jauche mit, sie hatten die Holzschuhe mit Sackleinen umwickelt, weil der Boden nachgab. Die bräunlichen Spritzer aus dem Kübel besprengten hin und wieder die gestreiften Hosen, aber man hätte meinen können, dass ihnen die schmutzige Arbeit dennoch gefiel. Als ich am Fenster stand und sie beobachtete, hatte ich den Eindruck, dass in ihren Gesten eine gewisse verlotterte Lässigkeit war. Einen Augenblick lang waren sie die Luftspiegelung echter Bauern, aber schon im nächsten Moment und ihren Lumpen zum Trotz zeigten sie ihr zynisches Selbstbewusstsein, als würden sie sich über den hin und her schwingenden Kübel lustig machen, wo sie doch selbst eine so ungewöhnliche Düngung der menschlichen Erde miterlebten. Der Gestank muss schlimm gewesen sein, denn die Wache war weggerückt und beobachtete sie aus einer gewissen Entfernung. Aber sogar in diesem Abstand war eine leichte Andeutung des Frühlings erkennbar. Gewiss, in den Baracken hatte sich nichts Wesentliches verändert, und der Lastwagen brachte wie gewöhnlich die Knochen nach Dora; aber die Atmosphäre war eine andere, weil in jenen Tagen zum ersten Mal die Flugzeuge erschienen waren. Anfangs hatten wir Angst vor ihnen, denn die Erde bebte wegen der Bomben jenseits des Berges, und unsere Baracken knarrten wie ausgetrocknete Boote. Dann aber ratterten die Maschinengewehre oberhalb der SS-Küche auf der anderen Seite des Eingangs, so dass das Holz unserer Unterkünfte wegen der dröhnenden Maschinen ohne Unterlass ächzte. Gleichzeitig entstand im fast abgestorbenen Herz eine neue Spannung. Die Entdeckung, dass irgendwo in der Ferne, am anderen Ende der Welt, lebendige Menschen von unserem verlorenen Posten und sogar von der Wohnung der Wächter wussten, wirkte wie ein Wunder. Die Atmosphäre in diesem April war also belebt, auch wenn es außerordentliche Schwierigkeiten gab. Die Bomben hatten irgendwo die Stromleitungen zerstört, so dass es abends in den Baracken dunkel war, und sie hatten die Wasserleitungen durchtrennt. In der Dunkelheit aber waren die Bestattungsrituale bedeutend düsterer, besonders in der Kammer mit den tuberkulösen Körpern. Diejenigen, die bei einbrechender Nacht aus den Gruben zurückkamen, brachten uns etwas Karbid für eine Portion wässriger Mittagssuppe. Das Schlimmste aber war der Wassermangel. Es war indessen unmöglich, die Körper zu säubern, die von der Taille bis zu den Fersen schmutzig waren, und wir mussten sie ungewaschen auf die Strohsäcke legen. Das alles geschah beim Licht der Karbidlampe. Jetzt war Vaska der unermüdliche Totengräber, weil er allein mit ihnen war, seitdem ich mich im Zimmer für ansteckende Krankheiten befand. Eigentlich gab es zwei kleine Zimmer, wobei das zweite die Beobachtungsabteilung war. Im ersten gab es nur vier Liegestätten, zwei Mal zwei. Und zwei Kranke. Auf der oberen Pritsche lag an der Wand ein alter Belgier, auf der unteren am Fenster ein deutscher Zigeuner. Der Belgier lag im Sterben, während der Zigeuner den ganzen Tag auf dem Bett saß und hin und her wippte. Er war hungrig, untersetzt, mit einem großen Kopf; es war aber unmöglich, seine Gesichtszüge zu erkennen, da sein Gesicht wegen des Rotlaufs angeschwollen war. Die Augenlider glichen zwei gelblichen Schnecken, unterhalb der eingedrückten Nase klafften zwei wulstige, fast schweinische Nasenlöcher hervor. Er hatte dem Belgier einen Kanten Kommissbrot entwendet, weswegen ich ihm mittags keine Suppe gab. Ich wollte, dass er verspreche, nicht mehr zu stehlen, und ich hätte ihm seine Ration gegeben, aber er wehrte sich. Friss sie ruhig, wenn du nach meiner Suppe hungerst, sagte er, und die gelben Saugegel wären ihm fast von den Augen abgerutscht. Was konnte ich schon tun? Ich konnte es ihm nicht übelnehmen, dass er, wie eine Katze dem Duft folgend, zu dem Belgier hoch geklettert war und ihm das Kommissbrot unter dem Kopf entwendet hatte; der alte Körper war ja schon fast am Ende. Im Land des Todes sind aber auch die Zigeuner arm dran. Schließlich einigten wir uns doch, und ich versprach sogar, ihm eine Zigarettenkippe zu besorgen, wenn er nicht mehr stehle. Und er versprach es feierlich. Um aber sicher zu sein, dass er den Zigarettenstummel auch wirklich bekommen werde, wollte er meine Hand haben, um daraus die Zukunft zu lesen. Du bist gut, die Kippe werde ich dir doch sowieso geben, wenn du nicht stiehlst, sagte ich ihm. Was aber die Zukunft betrifft, wissen wir wahrscheinlich beide genauso wenig, wie sie aussehen wird. So blieb ich fern von seinem Bett, und er sagte: »Du wirst nach Hause zurückkehren.« Das hat natürlich jeder von uns unbewusst gehofft, auch wenn er es sich nicht eingestehen wollte, denn es galt die Regel, dass man den Tod nicht mit Trugbildern des Lebens herausfordern durfte, weil der Tod ein rachsüchtiger Bock ist. Dem Zigeuner aber widersprach ich nicht, sondern fragte ihn, wie es wohl zu Hause meiner Frau ginge. Urplötzlich wurde er ärgerlich und sein Gesicht verzerrte sich, so dass man die schwarzen Haare in den Nasenlöchern sehen konnte. »Du bist doch nicht verheiratet«, zischte er zornig, »und die du lieb hattest, ist nicht mehr unter den Lebenden.« Er hatte in der Tat stark ausgeprägte telepathische Fähigkeiten, und auch wenn er mir nur das gesagt hatte, was ihm meine Gedanken vermittelt hatten, gefiel es mir, dass es einen anderen Menschen gab, der etwas von meiner Wahrheit kannte. Ich gab ihm den Zigarettenstummel, mit dem er fest gerechnet hatte; ich gab ihn ihm aber auch deswegen, weil ich wusste, dass er am nächsten Tag keine Gelegenheit zum Stehlen haben würde, da es dann den Belgier nicht mehr geben würde. So saß der Zigeuner wie ein dicker, kurzer Baumstumpf mit verschränkten Beinen auf dem Strohsack und zog an dem Zigarettenstummel, so dass der Qualm die zwei walzenförmigen

Blasen, die seine Augen verdeckten, verschwinden ließ. Ich ging in das Zimmer nebenan, wo es acht Betten gab, vier Mal zwei. Diese beiden Zimmer waren die kleinsten Räume im ganzen Revier, aber sie rochen wenigstens nicht nach faulen Wunden wie die großen. Die Abteilung war den Fällen ohne Diagnose gewidmet, wie etwa eigenartigen, unerklärlichen Fieberanfällen. Manch vornehmer Kranke kam auch hierher. So zum Beispiel der Staatsanwalt aus Antwerpen, den seine Landsleute auf diese Weise zu retten versuchten. Er war betagt, ruhig und still, nur von Zeit zu Zeit war in seiner Stimme das Echo zu strenger und fast unwiderruflicher Ansprüche zu vernehmen. Solche Leute sind Gehorsam gewöhnt und fordern Folgsamkeit sogar vom Tod. Dort lag auch der Pfleger Jub, ein zu dünnes Langbein, als dass seine Lungen es ausgehalten hätten, daher rührte wahrscheinlich sein fiebernder Zustand. Warum die zwei Franzosen von Robert begünstigt wurden, war mir nicht bekannt. Aber noch mehr als Robert schien sich für sie sein Bruder zu interessieren. So hoffte ich berechtigterweise, dass ich auf Grund dieses Bevorzugungssystems Darko im Zimmer würde behalten dürfen. Ich hatte es nicht selbst erwirkt, dass man ihn in meinem Zimmer untergebracht hatte, aber wenn er schon da war, dachte ich bei mir, wird es nicht schwierig sein, ihn auch hier zu behalten. Bei dieser Gelegenheit musste ich erkennen, was Robert für ein Mensch war. Darko, das war ein sechzehnjähriger slowenischer Junge. Eine schlanke Birke. In der Frühe hohes Fieber, abends keines, oder sogar zu niedrige Temperatur. Wer weiß, was er unter den dünnen Stäbchen seines schmalen Brustkorbes ausbrütete. Aber er war immer gut gelaunt. Er saß auf dem oberen Bett, nur mit seinem Oberhemd bedeckt, und erzählte, als säße er am Kachelofen einer warmen Tolmeiner Stube. Dort war es auch warm gewesen, sagte er, als der Befehl kam, das Lager zu räumen. Im Osten natürlich. Und er lag schon damals krank im Bett, gewiss, schon damals. Dann war das Donnern russischer Kanonen zu hören, und sie mussten hinausrennen, in den Schnee, nur so im Oberhemd. In Oberhemd und Holzpantinen. Mein Lieber! Zum Glück konnten sie im Vorbeigehen die Decken von den Betten mitnehmen und sich darin einwickeln. Allein, es ist sehr unbequem, in einer solchen Decke eingehüllt zu laufen. Denn man muss im Schnee rennen, das ist es. Die Decke schlägt um die Knöchel, wenn aber die Knöchel frei sind, friert man in den Beinen und im Bauch. Aber wir mussten rennen, was soll ich dir sagen. Mit den Holzschuhen rutschst du aus, sie fallen dir von den Füßen, die ganze Zeit schlüpfen sie weg, die SS-Männer aber erschießen alle, die nicht mehr weiter können. So rannten wir bis in die Nacht hinein. In der Nacht waren wir in einem leeren Stall eingesperrt. Wir haben weder etwas gegessen noch getrunken, und am Morgen darauf rannten wir weiter. Es war noch dunkel, als wir den Stall verlassen mussten; denen, die nicht mehr konnten, verpasste der SS-Mann einen Kopfschuss mit der Pistole. So flohen wir den zweiten Tag. Und auch den dritten. Was? Ja, auch noch den dritten. Dann kamen wir zu einem Zug. Er wusste nicht, wie viele Tage sie in den offenen Waggons unterwegs waren. Auf jeden Fall lange. Und der Schnee fiel natürlich auf sie herab. Glücklicherweise hatte er die ganze Zeit die Decke bei sich, sonst wäre er bestimmt erfroren. Und er erzählte immer wieder von der

Kälte, an den Hunger erinnerte er sich fast nicht mehr, und während er sprach, lächelte er herzlich, so dass ich befürchtete, er sei nicht mehr ganz bei Trost, was eigentlich auch nicht verwunderlich gewesen wäre. Doch er war nur verträumt, als würde ihn der Schnee blenden, von dem er erzählte und auf dem er hatte rennen müssen. Vielleicht aber lächelte er weder über mich noch über den Schnee, noch über die Wärme, die den kleinen Raum erfüllte und auf die Erinnerungen und den ganzen Schnee ausstrahlte. Es war so warm, weil wir neben den Briketts auch mit dem Holz heizen konnten, das die Abendschicht aus den Gruben brachte. Heimlich, versteht sich. Sie trugen es in den Hosen um die Taille herum. Sie öffneten sie wie Schmuggler, um die schmutzigen Holzstücke auf den Boden zu legen, wobei sie mich mit fragenden Augen beobachteten, ob die Fracht einen Napf Mittagsbrühe wert war. So kam auch Ivanček. Selbstverständlich hätte ich jedem eine Portion gegeben, auch ohne das Holz, aber so bekamen sie diejenigen, die einfallsreicher waren; wie immer im Leben. Mir brachten sie vielleicht nicht so viel Holz, weil die Sterblichkeit in diesen zwei Räumen relativ niedrig war, so dass nur wenig Essen übrig blieb. Eines Abends brachte mir ein schweigsamer Italiener etwas Holz. Er legte die staubigen Stücke auf den Fußboden, als ich ihm aber die Suppe in den runden roten Essnapf einschenkte, umarmte er das Gefäß, halb gierig, halb zärtlich; Bewegungen, die vom chronischen Hunger herrührten. Vielleicht spürte er, dass ich ihn durchschaut hatte, denn er warf mir einen freundlichen Blick zu und zog aus der Jacke eine zusammengefaltete Zeitung. Hier, nimm auch das, wenn es dich interessiert, sagte er. Aber es war nur das Blatt für die italienischen Arbeiter in Deutschland. Der Glaube an den Endsieg. Die Miniatur-Sozialrepublik Mussolinis. Stereotype Propaganda. Papier, das zusammen mit den Holzstücken, die vorher hinter dem Gürtel versteckt waren, in den Ofen gehörte. Doch das Knistern von Zeitungspapier nach so vielen Monaten kann in einem eine Hitzewelle, ja beinahe einen Lichtstrahl hevorrufen. Über den Spalten standen die Namen italienischer Städte, ich sah sie auf einmal vor mir mit all ihren mittelalterlichen Gewölben, mit den gotischen Bögen, romanischen Portalen, Giottos Fresken, Ravennas Mosaiken. Aus den gedruckten Buchstaben entstanden Rosetten wie ferne Uferlichter im Nebel. Gerade als ich die Versuchung verbannt hatte, schaute mich unverhofft aus der dritten Seite das Gesicht einer jungen Schauspielerin an. Sie sah nicht mehr so aus wie auf dem Filmband der Erinnerung, sondern etwas erwachsener und weniger unbekümmert. Auf Grund des schlechten Papiers und des schlechten Druckes waren die Konturen ihres Gesichts unscharf. Auch wenn das Bild, das die Karbidlampe erleuchtete, lebensecht war, erwachten in mir, auf Grund seiner Unschärfe, die Gesichtszüge jenes Mädchens, das ich im Leben gern gehabt hatte. Sein scheinbar unbeschwertes Lächeln, seine tiefen Augen. Seine Vorliebe für gute Bücher. Sein Klavier. Und plötzlich entstand unerwartet in mir der unbeschreibliche Wunsch, es möchte noch am Leben sein und darauf warten, dass ich wie Odysseus aus dem Hades zurückkomme. Gleichzeitig wurde mir bewusst, dass es vor mir in die Unterwelt herabgestiegen war, aus der es keine Rückkehr gibt, und dass hinter den Betten der unbarmherzige Vernichter in der Dunkelheit lauscht und auf mich lauert. Deswegen riss ich aus meinem Innern das Bild los, wie man eine Muschel vom Stein wegschabt, und zwang mich, dem großköpfigen Zigeuner zuzuhören, der jenseits der Tür schnarchte. Aber schon im nächsten Moment erschien das Gesicht der Schauspielerin auf der Frauenzeitschrift meiner Schwester, ihr kleines Zimmer leuchtete auf, wo ein Sonnenstrahl die Tischdecke samt Nähkörbchen vergoldete. Ich sah das Gesicht meiner Schwester, ihre Gesichtszüge, die genauso schön geschnitten waren wie die der Schauspielerin. Mit aller Gewalt habe ich mir wieder die Bilder ausgetrieben, die einander folgten, aber vielleicht habe ich gerade wegen dieser Gewalt, die ich mir angetan hatte, am nächsten Morgen das Bild aus der Zeitung ausgeschnitten. Es widerstrebte mir, mich wie ein Lkw-Fahrer zu benehmen, der die Abbildung einer Schauspielerin in der Kabine des Führerhauses an die Wand klebt, oder wie ein Soldat, der das Foto an der Innenseite des Zeltes befestigt; und doch behielt ich es. Ich borgte mir sogar ein Fläschchen Kleber beim Schreiber, um ihr Gesicht auf ein Stück Pappe zu kleben; wobei das Lächeln auf ihren Lippen schöner wurde und sich ganz in den Mundwinkeln sammelte. Ein ähnliches Gefühl dürfte jemand haben, der den Ton einer verstimmten Taste hört, aber irgendein naiver und starrsinniger Trieb drängte mich, den Pappdeckel auf den Schemel neben meinem Bett in der Ecke zu stellen. Weder vorher noch nachher habe ich je so etwas getan, obwohl ich einiges angestellt habe. Und mich würde dieser banale Unsinn auch nicht so schmerzen, wäre er nicht mit Darkos Abschied verbunden. Der Stabsarzt war an jenem Morgen außerordentlich gesprächig, und alles deutete darauf hin, dass er wie gewöhnlich schnell an den Betten vorbeigehen würde. Er war ein großer, kräftiger Blondkopf und sah aus wie jene angeschirrten Rugby-Spieler, die manchmal in dreifarbigen Bildern auf der Titelseite von Sportzeitungen erscheinen. Er wurde begleitet von Robert und war aufgeräumt und laut wie der Schotter, wenn er ins Tal rollt. Die Decken auf den Betten waren schön glatt gezogen, so dass der Tod unter dem weißblauen Stoff noch tückischer lauerte, gleichzeitig aber verschwörerisch auf die Wellenlänge des gut gelaunten Stabsarztes abgestimmt war. So zum Beispiel, als man auf den alten Belgier zu sprechen kam. ›Gestorben‹, sagte Robert, der Stabsarzt aber nickte zutraulich mit dem Kopf und klügelte wie unter Kollegen, dass er unheilbar krank gewesen sei und neben Rotlauf noch eine Menge anderer Gebrechen gehabt habe. Selbstverständlich, stimmte Robert zu. Es war widerlich, wie er sich benahm. Es stimmt schon, dass er freundlich sein musste, wenn er ein paar Sulfonamidtabletten aus dem SS-Sprechzimmer bekommen wollte. Das aber war zu viel, es war niederträchtig. Als sie bei Darko anhielten, geriet der massige Körper des Stabsarztes noch mehr in Erregung. Mit erhöhter, dünkelhafter Stimme erzählte er wieder vom hohen Fieber am Vormittag und dessen Minderung am Abend. Ja, klar, rief er aus. Ja, klar, bestätigte Robert. Klar, klar, stellten sie zusammen fest. Wie ein Rugby-Spieler schritt der Stabsarzt vor das hölzerne Gestell, und im Bewusstsein seiner Lebenskraft und der erregten Atmosphäre, die er geschaffen hatte, entschied er sich dazu, Darko zu untersuchen. Was für eine außerordentliche Gewogenheit! Tatsächlich war es eher ein überraschendes Zugeständnis, das sich der Mann gönnte, als ein echtes

Interesse an dem verurteilten armen Wicht. Und Darko schaute verunsichert umher, denn er wusste nicht, ob das, was sie sagten, zu seinen Gunsten oder Ungunsten ausfallen würde. Sein kindliches Gesicht hatte die Augen eines Erwachsenen. Und schon stand er vor ihnen in kurzem Hemd, sein schmales, wohlgeformtes Gesäß war von ungewöhnlicher Frische in der erdrückenden Luft, die nach zerfallenden Körpern roch. Der Stabsarzt stellte sich breitbeinig vor ihm auf und beugte den Kopf über Darkos Schultern. Er tippte nur oberflächlich mit dem Stethoskop hierhin und dorthin und schon donnerte seine Stimme wieder: Klar! Es ist vollkommen klar! Dem sechzehnjährigen Darko aber war es vor einer so lauten Kommission peinlich und er lächelte verlegen. Irgendwie spürte er, dass es sich um eine eigenartige Posse mitten auf dem Friedhof handelte. Danach näherte sich nämlich auch Robert, der genauso ausrief: Klar! Während der Stabsarzt auf der Stelle kreiste und wiederholte: Klar, oder? Ja, selbstverständlich klar. Darko kletterte zurück auf sein Bett und der Stabsarzt sagte, dass er ihn nach Dora schicken werde. Wenn Sie meinen, willigte Robert unverzüglich ein, und nur an Winzigkeiten war ihm anzumerken, dass er etwas verlegen war, weil er wusste, dass Darko aus meiner Heimat stammte.

Vier Betten sind leer, sagte ich dann. Es mangelt nicht an Platz, er kann ruhig noch hier bleiben. Aber der Stabsarzt winkte ab mit seiner groben, unästhetischen Hand. Nein, nein! In Dora wird es ihm besser gehen, dort hat man einen Extrablock für solche Kranke. Robert schwieg und wechselte dann das Thema. In diesem Moment verfluchte ich seine komödiantische Stümperei; weil sie aber das Zimmer nicht verlassen wollten, um ihre Schwindeleien woanders zu treiben, stieg ich zu Darkos Bett hinauf, um seine Bettdecke zu glätten. Die zwei Clowns waren immer noch laut, als wetteiferten sie, wer mit seinem Witz den anderen übertreffen würde. Plötzlich aber fragte mich der Stabsarzt: Seine Frau? Er beugte sich zu Robert und flüsterte ihm etwas ins Ohr, dass er kicherte. Trotz der finsteren Ecke hatte der Stabsarzt das Gesicht auf dem Pappdeckel bemerkt und war dabei, es mit seinen Bemerkungen zu besudeln. Alles erschien armselig. Am meisten aber die Tatsache, dass sie lachten, nachdem Robert nicht imstande gewesen war, gegen den Beschluss, Darko ins Ungewisse zu schicken, Widerstand zu leisten, und dass er dem Chef so schmeichelte und um ihn herum scharwenzelte. Meine schlimmste Niederlage war aber nicht das Kichern hinter meinem Rücken, sondern das Bewusstsein, dass alles, was geschah, in engem Zusammenhang mit der Enttäuschung über Darkos Abfahrt stand. Ich hätte mich gegen den Stabsarzt wehren müssen, ich hätte ihm sagen müssen, dass Darko mein Landsmann war. Vielleicht hätte es doch was genützt. Ich hätte sagen müssen, er möge noch ein paar Tage bleiben, damit wir noch etwas plaudern könnten. Vielleicht wäre es mir gelungen. Stattdessen hatte ich mich auf Robert verlassen. Hätte ich vorher mit ihm gesprochen, wäre es sicherlich anders gelaufen, doch wer konnte schon ahnen, dass man Darko entlassen würde, wo es den Staatsanwalt, Jub und zwei Franzosen gab, die kein Fieber hatten. Ja, ich war selbst schuld, weil ich mich nur um die Kranken kümmerte, ohne mich mit den Führungskräften abzugeben, es lag mir nicht daran, mich wichtig zu machen; ich hatte keine Ambitionen, aber auch kein richtiges Selbstbewusstsein. Ich war durchtränkt mit der Atmosphäre der monströsen Umgebung, in der ich lebte, und ich träumte nicht einmal davon, mich nach den Regeln irgendwelcher Personalpolitik zu richten. Ich sehe mich, wie ich damals war, heute weiß ich aber auch, dass man für die eigenen Mitmenschen viel mehr erreichen kann, wenn die anderen mit einem rechnen müssen und davon abhängig sind, ob man zustimmt oder nicht. Darko wäre bestimmt geblieben, hätte Robert gewusst, dass er nicht an mir vorbei entscheiden kann. So aber musste Darko fortgehen. Ich habe ihn noch gut angezogen, damit er auf der Kiste im Lastwagen nicht friert. Ich habe ihm auch einen Zettel für Stane mitgegeben, sonst würde sich niemand um ihn kümmern, wenn er sich in Dora in einem Meer von Kranken wiederfindet. Und Darko lächelte verstohlen auf dem Lastwagen, als wüsste er, was sich in der Kiste unter ihm befand, aber um meinetwillen war er herzlich und beinahe tapfer. Ausschließlich seinetwegen hat mich jener Unsinn mit dem Zeitungsausschnitt betroffen gemacht. Wie konnte ich ein solcher Dummkopf sein, dass ich das Porträt einer lebenden Person zwischen die Toten stellte. Einen Toten kann man zwischen die Lebenden stellen, aber nicht umgekehrt. Der klapperdürre Lagerinsasse darf die lebenden Personen nicht einmal in Gedanken berühren; ein für allemal muss er jene, die leben, auf eine unsichtbare, verträumte Insel außerhalb der Erdatmosphäre verbannen und darf ihnen weder mit einem Wunsch noch in der Erinnerung näherkommen. Und darf auch kein Foto eines lebenden Mädchens zwischen die Gräber legen. Damals habe ich aber

Robert durchschaut, und deswegen habe ich mich auch später seinem Umgang mit dem kleinen Tschechen widersetzt, als wir das Lager räumten. Ich habe nicht mehr den Arzt in ihm gesehen, sondern den Taktiker, der sich anzupassen weiß. Ich kann natürlich nicht wissen, ob es für Darko besser gewesen wäre, wenn er in Harzungen hätte bleiben können. Aber den Staatsanwalt aus Antwerpen haben seine Leute mitgenommen und ihn vom Bahnhof Celle bis zu den leer stehenden Militärgebäuden in Bergen-Belsen getragen. Vielleicht wäre es auch mir gelungen, Darko in unserem Waggon aufzunehmen, so dass er wenigstens in Ruhe und in einem geschlossenen Raum gewesen wäre. Aber was soll ich sagen, der Stabsarzt hat mich damals mit seiner clownesken Verspieltheit überrumpelt. Jetzt wäre ich ein ganz anderer Krankenpfleger. In jener Welt der endgültigen Negation würde mir bestimmt wieder jeder Gedanke an die Zukunft austrocknen, aber das Bedürfnis nach organisierter Aktivität würde ich beibehalten. Damals war es aber so, als würde sich das Bewusstsein des nahen Untergangs konkretisieren, das am Ende des Ersten Weltkriegs und zusammen mit den faschistischen Brandstiftungen meine Innenwelt vernebelt hatte. Die übelwollende und nicht abzuschaffende Beklommenheit hat damals für alle Srečko Kosovel, der slowenische Poet des Karstes, kundgetan, auch wenn er nicht der Einzige war, der von ihr ergriffen worden war. Das ist jenes Katastrophengefühl, von dem auch Ionesco spricht. Jeder hat aber auf seine Weise versucht, diese Beklommenheit loszuwerden. Die einen durch die Kunst, die anderen mit Kampfgeist. Ich habe versucht, sie einfach wegzudenken, ohne sie durch irgendetwas ersetzen zu können. Ich habe sie instinktiv weggedacht, das heißt, dass ich sie ins Unterbewusstsein verdrängte, wo sie herkam. In der Welt der Krematorien, wo die Katastrophe zur Realität wurde, habe ich sie mit Hilfe der Arbeit gemieden. Ich habe automatisch auf Gedanken und Erinnerungen verzichtet und mich in der Abfolge von alltäglichen, allstündlichen, kurzzeitigen Bewegungen verausgabt. Ich habe mich in der aktiven Fürsorge für die anderen am Leben gehalten. So wie aus meiner Aktivität nicht nur jeder Gedanke, sondern sogar jede Zukunftsahnung für mich ausgeschlossen war, so verbannte ich auch aus der Sorge für die anderen jeglichen Gedanken an die Zukunft. Schon von klein auf war ich um jede Vorstellung von kommenden Tagen gebracht worden – vor dem ewigen Ofen ist die Verschmelzung mit dem nackten momentanen Dasein endgültig geworden. Das Böse, das hier alle Ausmaße des Vorstellbaren überbot, war schon längst in mir wie ein bedrohlicher, monströser Schatten. Aus diesem Grund habe ich jetzt öfters den Eindruck, als wäre ich in jener Welt auf Grund der Verschmelzung mit der Angst, eine unempfindliche Filmkamera gewesen, die nicht mitfühlte, sondern lediglich aufzeichnete. Der Vergleich stimmt vielleicht nicht ganz, denn es handelte sich nicht um Gleichgültigkeit, sondern um einen Mechanismus der Selbstverteidigung, der den Gefühlen nicht erlaubte, bis zum innersten Kern des Menschen vorzudringen und dessen verdichtete, selbsterhaltende Energie anzugreifen. Deswegen war der Filmkamera, die aus Angst steif und unbeweglich war, auch die Erinnerung entzogen, sie war von der Vergangenheit abgeschnitten, als hätte eine umbarmherzige Säure die ganze Emulsion der Zelluloidbahnen auf den alten Spulen weggeätzt. Ich kann mich nämlich nicht entsinnen, je mit Gewalt alle Verbindungen zum früheren Leben verweigert zu haben. Ich habe mich von ihm in einem unbestimmten Moment getrennt, doch das endgültig. Bei anderen war die Reaktion normaler. Manche abstrahierten sogar die Gegenwart und lebten unentwegt in der Vergangenheit. So einer war Vlado. Er nahm das märchenhafte Bild der Liebe zu Hilfe, das er immer wieder neu aufleben ließ, weiter entwickelte und vertiefte.

Er konnte wirklich gut erzählen. Schon seine Erscheinung war beredt, er war hoch gewachsen wie ein Holländer, aber beweglicher und unruhiger, mit einem schmalen, sonnengebräunten Gesicht. Und schwarzhaarig. Ein echter dinarischer Typ. Gar nicht überheblich, nur leicht erhaben, wie es ihm eben sein dalmatinisches Blut befahl. So war er schon im Zug, als man uns von Dachau nach Dora brachte. Wir waren nur zehn, zehn gerade ernannte Krankenpfleger, deswegen fuhren wir mit einem Personenzug. Wir saßen mit anderen Fahrgästen im großen Wagenabteil, wo ein blondes Mädchen keine Angst vor den SS-Männern hatte und mit uns scherzte. Zu mir sagte sie, wir wirkten in jenen Uniformen wie in Schlafanzügen. Aus Höflichkeit lächelte ich bloß, wo sie doch so freundlich war. Zu viel hätte ich über die gestreiften Uniformen zu erzählen gehabt, aber sie wollte uns wohl mit ihrer Verspieltheit eröffnen, dass es mit solchen Uniformen bald aus sein werde, denn in München war sie mit uns zusammen unter einer verängstigten Menschenmenge im Luftschutzkeller gewesen. Vlado stand von seinem Sitz auf und drängte sich bis zu mir vor. Er wollte, dass ich ihm meinen Platz überlasse, und als er sah, dass daraus nichts würde, versteifte er sich zunächst noch darauf, kehrte aber schließlich zwischen all den Knien doch zu seinem Platz zurück. Der hat keine Ahnung, nörgelte er und zuckte mit den Achseln, während das Mädchen lachte, und auch die SS-Männer im Coupé waren Menschen wie alle anderen. Aber auch später, als wir uns wie Brüder gut waren, war ihm seine Vorrangstellung in der Liebe ein Axiom. Einmal kam er abends zu mir, als ich noch im Zimmer mit den Ruhrkranken war. Er trug eine gestreifte Jacke, anstelle der gestreiften Hose hatte er aber eine dunkelblaue Trainingshose an, die seine Knöchel eng umfasste, so dass seine Beine noch länger erschienen. Diese Beine kennt in Split jedes Mädchen, beteuerte er, und sein fast spitzes Gesicht blieb dabei ernst, nur die Nasenlöcher zitterten kaum sichtbar, und schon setzte er seinen Gang durch die engen Gassen und auf den Molen von Split fort. Eines Tages war er direkt auf das felsige Ufer gestiegen wie ein Fischer, der die Ankunft der Tunfische erwartet; denn er musste allein sein, wenn er schlecht gelaunt war. In solchen Momenten kümmerte er sich um gar nichts. Als er aber oben angelangt war, bräunten sich unten, auf dem Sandstreifen, zwei Mädchenkörper in der Sonne. Ein einmaliger Anblick und ein einmaliges Gefühl. Steile Klippen oberhalb des schimmernden saphirblauen Meeres und die schokoladenfarbenen Rundungen der Mädchen, gleichsam zwei Feen in der sandigen Windstille zwischen den Klippen. Er konnte seinen Übermut nicht bändigen und warf in weitem Bogen einen Stein ins Wasser direkt neben dem Kies; die Nixen erschraken und liefen auf dem wilden Ufer davon. Es gehörten ihm alle, doch er wusste keine Adresse; wenn er aber schlecht gelaunt war, saß er auf dem geflochtenen Stuhl vor dem Café und keiner gelang es, ihn zu überreden, außer einer, die ihm so lange zuflüsterte und zuredete, bis er schließlich aufstand und mit ihr davonging. Die Zeiten indessen änderten sich, als die Italiener Dalmatien besetzten. Das Gefängnis wurde zu eng für alle Jungs aus Split. Die Mädchen schrieben in die Zelle: Hat man dich schwer verprügelt, mein Vlado? Wie konnten sie nur die Zettel in den Saum der Unterwäsche einnähen, so dass die Wächter sie nicht entdeckten? Dann durften sie ihn nicht mehr besuchen, so schickten sie das kleine Schwesterchen ins Gefängnis, und das Kind syllabierte, wie man ihm aufgetragen hatte: Hat – man – dich – schwer – ver – prü – gelt – mein – Vla – do? Kurz darauf fand ein großer Prozess statt, bei dem sich die ganze Stadtjugend auf der Anklagebank wiederfand, Jungs und Mädchen. Die Richter befragten sie, aber die Mädchen antworteten nicht, sie kicherten nur. Dann verlud man alle auf ein Schiff, aber als es wegfahren sollte, kam ganz Split ans Ufer, und die Leute brachten ihnen vom Besten, was es in der Stadt nur gab. Damit sie unterwegs nicht hungern müssten. Und sie sangen Partisanenlieder an Deck. Sie sangen bis Venedig, bis man sie ans Land setzte; die Leute starrten die stattlichen Blondinen an, von denen man ihnen gesagt hatte, sie seien weibliche Banditen, während es sich in Wirklichkeit um die schönsten dalmatinischen Mädchen handelte. Wiederum füllte man ein Gefängnis mit ihnen. Er aber hatte das Glück, dass sein Fenster auf eine ›Calle‹ schaute, wie die Venezianer ihre engen Gassen nennen. Er hatte großes Glück, weil es direkt gegenüber von seinen dicken Gitterstäben ein Fenster gab, an dem sich eine schwarzhaarige junge Frau kämmte.

Sie war klein, und während sie sich kämmte, schaute sie zu ihm hinüber, so als wüsste sie, wie es bei ihm in Split mit der Liebe bestellt war. Um sie herum war für gewöhnlich alles ruhig, und sie, die ihn liebte, entblößte jedes Mal, wenn sie sich kämmte, ihre Brüste für ihn. Sie schickte ihm auch einen Zettel mit Hilfe des Wächters und kam sogar zu Besuch, denn eine Frau, die liebt, kann unglaubliche Schwierigkeiten überwinden. Es ist aber auch leicht, die italienischen Beamten zu bestechen. Und als man sie wegführte, weinte sie. Nun ja, auch in Süditalien hielten sie die Leute zuerst für Banditen, als es aber dann wegen der Luftangriffe immer wieder Fliegeralarm gab, kamen sie zu den Mauern ihres Gefängnisses, weil sie dort vor den Bomben sicher waren. Die Mädchen kamen freilich, um während des Alarms unterhalb der vergitterten Fenster mit ihnen zu plaudern. Als er so erzählte, saß er auf dem Rand meines niedrigen Bettes und streckte die dürren Beine weit von sich auf dem Fußboden aus. Seine Erzählungen waren wie Märchen, die ihn und mich aus dem dumpfen Kreis hinauszauberten. Ja, er rettete sich in den Zauber der Liebe, aus ihrem Licht schöpfte er sein Selbstbewusstsein. Wegen des fortdauernden Trugbildes war er in der zerstörten Atmosphäre nicht anwesend, während ich selbst fühlte, dass ich aus dieser Atmosphäre in keine Richtung ausbrechen dürfte, weder nach vorne noch zurück. Dieser Unterschied in unseren Stimmungen und Neigungen trat am deutlichsten während der Räumung des Konzentrationslagers zu Tage. Es wurde natürlich befohlen, dass alle Tauglichen schon in der Frühe weg müssten, aber Vlado war Krankenpfleger, so hätte er mit den Kranken zurückbleiben können, Robert redete ihm sogar zu, dass er bleiben solle. Er aber ging. Mir schien dies ungerecht, überzeugt wie ich war, das er wegen der kameradschaftlichen Verbundenheit mit mir bleiben würde, wo wir doch jede freie Minute zusammen verbracht hatten. Ich erkannte jedoch, dass die Kameradschaft nur bestimmte Schichten des menschlichen Wesens zu durchdringen vermag. Mich hatte damals jener morgendliche Blutstrahl aus der Lunge sehr mitgenommen. Ich hatte keine Lust zu gehen, und wann immer ich konnte, legte ich mich hin. Vlado stattdessen konnte es kaum erwarten, seinem leuchtenden Trugbild zu folgen. Notfalls, meinte er, wird man die Baracken samt allen moderigen Körpern bombardieren. Schon möglich, doch neben dem Husten, der mich schüttelte, dass es mich bis in den Darm stechend schmerzte, war es vielleicht auch ein vages Gefühl der Solidarität, das mich bei den Invaliden bleiben ließ. Ich weiß es nicht. Wenn ich jetzt darüber nachdenke, glaube ich, dass ich im Gegensatz zu Vlado das Gefühl hatte, ich würde auf ganz besondere Weise sicher sein, wenn ich ein Teil des Reviers bliebe. Als wäre jener, der für die Allgemeinheit arbeitet, nicht so verwundbar, weil er sich mit seiner Arbeit aus der Anonymität rette und der Tod daher ihm gegenüber rücksichtsvoller sei. So wäre ich wahrscheinlich geblieben, auch wenn ich nicht krank gewesen wäre, so gewagt es auch war, im geräumten Lager mit all dieser zerfallenden menschlichen Materie zu bleiben. Das anschließende Verladen war ein Bild des nahen Endes, das Vlado erschrecken ließ; ich aber hatte schon die Räumung des hiesigen Lagers gesehen. Dass die Beschäftigung mit den Kranken eine Art Garantie vor den Keimen des Bösen war, stimmte nur insofern, als derjenige, der sich mit dem verletzten Körper des Mitmenschen beschäftigt, nur von der Verletzbarkeit des anderen weiß und an seine eigene nicht denkt, womit er irgendwie psychisch vor ihr immun ist. Im Übrigen ist die Immunität eine Täuschung, wie es meine Ansteckung am deutlichsten beweist, und mehr noch das Ende Mladens, dessen Zeuge ich gerade wegen meiner angegriffenen Atmungsorgane wurde. Robert konnte mit dem Stethoskop nicht feststellen, ob die rechte oder die linke Seite betroffen war. Er höre nichts, behauptete er, und schickte mich nach Dora zum Röntgen. So fuhr ich neben den Kisten, die Vaska und ich gefüllt hatten und über die sich der Kapo des Reviers so oft ärgerte. Es passte nicht zu seiner deutschen Genauigkeit, wenn die gelben Fußsohlen des einen oder anderen Toten unter dem Deckel hervorschauten; aber wir konnten uns nicht helfen, wenn die Knochen so lang waren. Vor allem die holländischen. Wenn sich dann in der Kiste sogar drei Leichen befanden, konnte man nicht verlangen, dass der Deckel plan aufliegt. Der Kapo war schon elf Jahre im Lager, also hatte er das Recht, zu nörgeln, besonders weil es ihm widerstrebte, dass er als Kommunist bei jedem Gerippe, bevor es in der Kiste verschwand, die Zähne kontrollieren musste. Wir beide legten die Bahre auf den Boden hinter der Baracke, der Kapo kam und kontrollierte die weit geöffneten Kiefer. Er war nachdenklich und finster, wenn er einen Zahn für Hitlers Goldfonds ziehen musste; deswegen brummte er mit Vaska und mir. Aber mit seinem intelligenten, länglichen Gesicht war er im Großen und Ganzen ein sympathischer Mensch. Er spielte öfters mit dem vierzehnjährigen russischen Jungen, der wegen seiner schon verheilten Wunde am Bein bei Janoš im großen Zimmer lag, und ich dachte bei mir, dass ich wahrscheinlich keine elf Jahre abwarten könnte, bevor mich das Spiel mit den rosigen Gliedern reizen würde. Der Kapo versuchte dann, seinen Zwiespalt mit dem Alkohol aus der Ambulanz zu vernebeln, oft tappte er in der Baracke wie ein Schatten umher; deswegen waltete eigentlich Robert im Revier. Es war denn auch Robert, der mich nach Dora schickte. Ich ging eigentlich eher, um Stane und Zdravko wieder zu sehen, fragte mich aber, warum ich bevorzugterweise zur Radioskopie des Brustkorbs geschickt wurde. Auf den zwei länglichen Kisten lagen drei schräg, die in der Dunkelheit vom Lastwagen hin und her gerüttelt wurden. Womit habe ich es verdient, über sie fast wie vom anderen Ufer des zerstörerischen Stroms grübeln zu können, während sie in und auf den Kisten liegen? Ich kümmerte mich um die Kranken, und sie würden sich in der Tat noch einsamer fühlen ohne meine Nähe. Stimmt schon, doch manch einer wäre gerne bereit, meinen Platz einzunehmen, und könnte genauso den Geschwächten zugetan sein. Ich weiß noch, wie ich in meinen jungen Jahren davon geträumt hatte, ein Buch zu schreiben, in dem ein Mensch seine Mitmenschen durch seine entschlossene Güte überraschen würde. Das konnte aber nicht ausreichen, um mich zwischen Millionen von Gefallenen loszukaufen. Die Erklärung war, wie so oft, ganz einfach. Jener Slowene, der auch in Dachau meinen Namen auf die Liste der neuen Krankenpfleger gesetzt hatte, versuchte jemanden zu retten, der seiner Meinung nach für sein Volk möglicherweise von Nutzen sein könnte. Ich weiß nicht, wer es war, aber ich habe nach Kräften versucht, so zu handeln, dass er nicht enttäuscht sein würde; beziehungsweise sein Staub nicht enttäuscht wäre, falls er nicht mehr lebte. Nichtsdestoweniger fühlte ich mich während jener Fahrt schuldig. Die Dachplane flatterte, und der SS-Mann hinter mir schimpfte über den Fahrer, weil er seinetwegen die ganze Zeit um das Gleichgewicht ringen musste. Aber ich hatte keine Lust, zu verstehen, was er sagte, ich versuchte nur zu ergründen, warum er gerettet werden würde. Weil er ein guter Henker war? Nun, vielleicht war er gar keiner, vielleicht war er nur beschränkt wie so viele Zweibeiner. Ein Mund, der kaut, ein Magen, der mahlt, ein Glied, das wie ein Motorkolben funktioniert. Manche benötigen außerdem auch noch einen Korporal als Schrittmacher. Er nörgelte, weil es ihn in den Kurven davontrug; wäre aber sein Verstand rechtzeitig erwacht, würde er nicht die Skelette auf dem Lastwagen bewachen müssen, der zur Todeszentrale eilt. Aber sein Verstand war taub wie die Nacht, in der sein Vaterland versunken war. Eine Nacht, in der alles möglich war, eine Reihe von Schwindsüchtigen, die man auf dem Fußboden anzieht, ein Röntgenologe im Kampfanzug mit lederner Schutzschürze und Gummihandschuhen. Am Ende der Baracke, im hintersten Teil des Flurs, war jenes schmale Zimmerchen, wo er die Brustkörbe untersuchte, während auf der Böschung hinter der Baracke ein großer Haufen von Körpern brannte. Sein Tun glich also dem Eifer eines Arztes, der in einem aufgegebenen U-Boot die Lungen der Mannschaft untersucht. Ich weiß nicht, was er festgestellt hat, auf jeden Fall war er in fünf Minuten mit mir fertig. Dann aber musste ich einige Tage auf den Lastwagen warten, der mich nach Harzungen zurückbrachte. Es war gerade die Zeit der großen Trecks aus den östlichen Gebieten, und Dora war voller Lastwagen, die vom Bahnhof abfuhren. Sonst lief alles ab wie im Dezember, als wir hergekommen waren. Die Baracken waren auf dem Hang über den lehmigen Boden verstreut, auf dem sich Treppen und Wege schlängelten und wo der Schnee sich mit dem klebrigen Schlamm vermengte. Es gab Baracken sowohl in den Gräben wie auch auf den Anhöhen, so dass sie im ersten Moment an einsame Berghütten erinnern konnten. Unten aber, in der Ebene, waren die Baracken schön im Lagerstil aufgereiht. In der Mitte verlief eine breite Straße, wahrscheinlich war sie breiter als in Dachau, und führte zum Ausgang. Drüben setzte sich dann die breite Straße fort, so dass man ein Gefühl der unendlichen Weite bekam. Am Eingang stand die Wache wie zu Seiten einer Zugbrücke. Morgens und abends marschierten die Gefangenen in Reih und Glied an ihr vorbei. Als ich aus der Baracke auf dem Hügel auf sie schaute, hatte es den Anschein, als würden sich auf der geraden Straße die Reihen einer Trauminfanterie bewegen, denen die gräulichen und blauen Streifen der Anzüge einen gebrochenen Rhythmus verliehen. Am Eingangstor begleitete früh und abends eine Kapelle diese Prozession. Marschmusik als Aufforderung zur Arbeit in der Frühe, zur Ehre der Arbeit am Abend. Die Kolonnen bewegten sich wie ein mit dem Lineal gezeichneter Fluss bläulichgrauen Schlamms, während am Friedhofstor das Trüppchen verlorener Seelen in die Instrumente blies. Natürlich taten die Spieler gut daran zu versuchen, ihr eigenes Leben zu retten und zusätzliches Essen für ihre Musik zu bekommen, die einst ihr Beruf gewesen war; doch war das Musizieren eine bittere Sache, und deswegen kamen lauter schrille Töne aus den Instrumenten. Den ganzen

Tag transportierten Lastwagen aufgeschichtete Skelette, die zuerst mit Pulverschnee bedeckt waren, dann aber, als das Tauwetter den Schnee schmolz, mit Kalk besprengt wurden. Die Wagen hielten am Abhang und entluden die Fracht in den Schneematsch, so hatten es die Träger nicht so weit bis zur Spitze des Hügels. Der Militärfahrer rauchte eine Zigarette und versuchte, nicht mit dem Schuh in den zu tiefen Matsch zu treten, während die Jungs in den gestreiften Anzügen den Lastwagen entluden. Sie trugen bis zum Ellbogen lange schwarze Gummihandschuhe, einer stieg auf den Lastwagen, um in den Haufen in der Ecke zu greifen und ihn vorzuschieben. Er bewegte sich schnell, denn bald würde der nächste Lastwagen anrasseln. Die besprengten Knochen wurden unter seinen Händen fast wieder lebendig und schienen ihm die Arbeit erleichtern zu wollen, indem sie ihm flink aus den Händen hinabglitten. Unten schleppten andere Gummihandschuhe sie auf einen neuen Haufen, und schon standen wieder Träger mit hölzernen Bahren bereit, die in der Mitte mit einem Metallnetz bespannt waren. Während der Fahrer sie antrieb, weil er jeden Moment wegfahren sollte, legten die Träger die Bahre auf den Boden und hievten die ausgetrocknete Last darauf.

Weil die Münder mit Kalk gefüllt waren und die Rippen wie Ruten von Flechtkörben, dachten die Kameraden gar nicht daran, dass ihre Fracht noch vor kurzem wie sie aufrecht gestanden und genau die gleichen gestreiften Lumpen getragen hatte. Sie hatten sich längst daran gewöhnt, und ihre Gesichter waren durch die Tätigkeit gar nicht verdüstert; sie ähnelten jungen Maurern, die bei einer witzigen Bemerkung schmunzeln, wenn sie die Ziegelsteine auf die

Trage stapeln. Und auch auf dem Abhang glichen sie Bauarbeitern, die einander die ganze Zeit anraunzten und schräg hinaufstiegen, damit die ungewöhnlichen Ziegelsteine nicht umkippten. Sie erinnerten an Holzfäller, die den Köhlern auf dem Gipfel Holzstücke bringen und dabei vorsichtig auf den rutschigen Lehmboden treten. Oder an Schmuggler, die Ware über die Grenzen transportieren, nur dass diese Ware keinen Wert hatte, sondern nur Unkraut war, das es jeden Tag von neuem gab. Und die Grenze war jene Linie zwischen dem Leben und dem Nichts, die von der wertlosen Ware schon längst überschritten worden war. So sind die Träger, wenn sie vom Gipfel zurückkommen, fast lebhafte Arbeiter, die zum unversiegbaren Vorrat eilen. Manch einer fing sogar an, den Berg hinunterzurennen, und hielt die Trage nur an einem Griff, so dass das andere Ende auf dem unebenen Boden hüpfte und das Metallnetz in der Mitte stoßweise erbebte. Dann erschien, inmitten der ungewohnt erregten Stimmung, Mladen. Als würden wir ahnen, dass etwas mit ihm nicht stimmte, hatten wir am Abend zuvor in der Ambulanz an ihn gedacht. Wir unterhielten uns über Dora, Zdravko erzählte, wie das Lager am Anfang bloß ein steinerner Hügel gewesen war, wie man Männer in gestreiften Anzügen zu ihm gebracht hatte, ihnen Hacken und Spaten in die Hand gedrückt hatte, und sie genau so viel Platz zum Schlafen und zu ihrem Schutz bekamen, wie sie mit dem Werkzeug in der Wand ausgraben konnten. Dann fingen sie an, die Löcher mit Minen zu erweitern, und weil die Arbeit nicht unterbrochen werden durfte, konnte die eine Hälfte der Arbeiter schlafen, während der Rest die Wand sprengte und die Schlafenden mit Steinen zudeckte. Doch die Zufuhr neuer Kräfte überstieg immer die Anzahl der Vernichteten, so dass jene Tunnels entstanden, aus denen die V1 und V2 herauskamen, die den Ärmelkanal überflogen, um den britischen Städten den Tod zu bringen. Neben den deutschen Ingenieuren und Technikern gab es angeblich viele fähige Techniker in gestreiften Anzügen, die helfen mussten, aber es gab viele darunter, vor allem Franzosen und Russen, die äußerst erfinderisch waren. Die Franzosen, wurde gemunkelt, hätten sogar einen Radiosender gebaut, sonst hätten die SS-Männer nicht so fieberhaft nach etwas gesucht, wobei sie das ganze Stroh aus den Schlafsäcken herausrissen. Die russischen und französischen Techniker, die an den Lufttorpedos arbeiteten, bestückten diese komplizierten und empfindlichen Mechanismen auf eigene Art. Die russischen Mechaniker hatten angeblich die dünnen Röhrchen mit ihrem Urin gefüllt, so dass die Torpedos, die man nach Frankreich brachte und auf die Piste stellte, unerwartet streikten. Ein anderes Mal stopften sie die Röhrchen mit Papier aus. Die Torpedos mussten selbstverständlich zurückgebracht werden. Ein ganzer Zug Torpedos. Die Mechaniker wurden aufgehängt. Fünfzehn an der Zahl. Einfach an einer Schiene, die man in der Mitte des Tunnels hochzog, und es wurden nicht nur die Deportierten dorthin geschleppt, sondern auch alle Zivilisten, alle weiblichen Angestellten und Schreibdamen. Sie schrien, als man die fünfzehn russischen Männer so unter der Erde bei Lampenlicht aufhängte, während ringsherum die Bewacher mit ihren Maschinengewehren standen. Eine der jungen Frauen schöpfte danach sogar so viel Mut, dass sie mir eines Tages ein Stück Brot in die Baracke brachte, sagte Zdravko. Was soll ich mit ihrem Brot. Mit einer solchen Tat wirst du dich nicht freikaufen, meinte ich, und noch weniger etwas ändern. Wir widersprachen ihm, er hätte das Brot nicht ausschlagen dürfen, denn das Mädchen war doch in großer Gefahr gewesen, als es in die Baracke unter der Erde kam, wo er die Verletzten verband; er hätte eine solch herzliche Geste schätzen müssen, sie wäre das Mädchen sehr teuer zu stehen gekommen, wenn man es beim Verlassen der Baracke erwischt hätte. Zdravko protestierte nicht, sondern schwieg nachdenklich. In diesem Moment heulte die Sirene, und wir verblieben in der Dunkelheit wie vor dem großen Rätsel des menschlichen Lebens. Zdravko verharrte in seinem Schweigen, und man hörte nur das Geräusch seiner Schritte auf dem Fußboden. Aus dem schmalen Spalt, durch den der Luftzug von Schächten und Tunnels blies, gellte noch immer die Stimme der Sirene in die Nacht wie der Schrei von Hunderttausenden aus dem Innersten der Erde. Wir kehrten mit unseren Gedanken nach Dachau zurück und gingen um die schlafenden Baracken herum, um uns bei Doktor Blaha zu versammeln, der unentwegt sezierte, während Mladen, der nicht zuschauen wollte, hinausgegangen war. Stane klapperte in der Dunkelheit mit seinen Holzschuhen und sagte gerade, wer weiß, wie es Mladen in Nordhausen wohl geht, das neulich bombardiert wurde, als uns Mladen mit seiner Ankunft überraschte: Er war so blass und mitgenommen, dass man ihn stützen musste. Was ist mit dir, Menschenskind, fragten wir ihn, er aber konnte nicht auf dem Hocker sitzen, und so hielt ihn Stane mit der Hand an den Schultern. Ihr habt leicht reden, murmelte Mladen vor sich hin, hier ist das Paradies, in Nordhausen ist die Ambulanz in einer Fabrik, über den Liegestätten laufen dicke Rohre und der Kapo ist ein Päderast, der nur so um sich drischt, dass sich sogar der Krankenpfleger vor ihm in Acht nehmen muss. Dann nickte sein Kopf ein, als wäre er abgebrochen. Wir standen unentschlossen und rücksichtsvoll da, er aber flüsterte, es sei der Darm, es sei Typhus. Ach geh, was für Typhus, sagte Stane väterlich, aber Mladen schwieg, wie er auch später schwieg, als er im Zimmer lag, wo ein polnischer Arzt die zahlreichen Kranken untersuchte, und wo ich selbst in jenen Tagen schlief. Der Pole legte das Stethoskop auf Mladens Herzseite an und sagte, es wäre nicht in Ordnung, und Mladen bestätigte, als würde er einem Souffleur in seinem Herzen antworten, es sei nicht in Ordnung. Gleich danach schrie er auf, Flugzeuge seien im Kommen, und fuchtelte mit den Händen. Siehst du denn nicht, dass die Mauer einstürzt, rief er. Wenn noch eine Lungenentzündung dazu kommen sollte, ist er erledigt, meinte der Arzt auf dem Flur; so kamen wir zu seiner Liegestätte wie Schatten, gingen weg und kamen wieder. Er lag die ganze Zeit auf dem Rücken, wegen des weißen Hemdes wirkte sein Gesicht noch schmaler, sein leicht abgeflachtes Nasenbein trat noch etwas stärker hervor. Seine Gesichtszüge waren gesammelt und beinahe abwesend, wie damals in Dachau. Das Gerücht ging um, dass er sich mit Musik beschäftigte, und wahrscheinlich stimmte es auch, denn er hörte auf eine Weise zu, als würde er zusätzlich noch auf etwas anderes hören, was irgendwo in der Nähe war wie eine ständige Begleitung. Wir traten schweigend an sein Bett, wohl in der Hoffnung, er könnte plötzlich das Schweigen brechen und mit der Vorstellung aufhören, die er sich ausgedacht hatte, um sich aus Nordhausen zu retten. Wir waren aber auch deswegen stumm, weil wir schon seit Monaten mit dem Verrecken zu tun hatten, uns selbst aber immer ausschlossen. Für gewöhnlich schließt man bei Bränden und Katastrophen instinktiv die eigenen Verwandten und Freunde von dem Kreis der Betroffenen aus; im Geiste befördert man sie aus der Ferne in Sicherheit, auf ein schwereloses und unsichtbares Inselchen, wo sie trotz allem unverletzbar bleiben. Deswegen waren wir Krankenpfleger beim Dahinsterben eines Krankenpflegers ganz benommen; wir betrachteten jetzt den Tod nicht mehr nur von außen, er bedrohte uns von innen, und wir glaubten an eine wundersame Wandlung, wohl auch in der unbewussten Hoffnung, wir wären mit seiner Rettung auch selbst gerettet. Die vorletzte Nacht ist er, obwohl bewusstlos, vom Bett heruntergerutscht und weggetaumelt, um seine Notdurft zu verrichten. Ich machte mir Vorwürfe, dass ich nicht aufgewacht war, um ihm als Schutz vor der Kälte etwas um die Schulter zu legen; aber jeder Krankenpfleger kannte jenes Gurgeln in der Brust und dessen Bedeutung. Wir wussten nicht, was wir tun sollten, und wühlten in seiner Brieftasche, die unter dem Kopfkissen hervorgerutscht war. In unserer Unbeholfenheit wünschten wir etwas zu finden, was ihn trösten oder wie ein Talisman das ausgehende Licht seiner Augen stärken könnte. Schließlich hielten wir das Bild eines blonden Mädchens in Händen, das auf die Rückseite in Schönschrift *Deine Mimica* geschrieben hatte. Wir überlegten, dass keiner der Deportierten eine Brieftasche besaß, keiner ein Bild bei sich trug, und dass es ein Wunder war, dass sich das blonde Mädchen unter den verfluchten Liegestätten befand, ein Wunder, das für Mladen heilbringend sein würde. Bei dem schönen Mädchengesicht vergaßen wir aber ihn selbst: wir waren wie ein barbarischer Stamm, der die Fotografie wie eine zauberhafte Erscheinung betrachtete. Ich glaube, dass wir uns darüber im Klaren waren und dass auf Mladens Gesicht ein Anflug von Bitterkeit erschien. Mladen, flüsterte Miran, das Foto an seine Wange haltend, schau, Mladen, Mimica. Er aber schwieg, allein unter seinen geschlossenen Augenlidern gab es ein kaum mehr vernehmbares Aufwallen, wie Seegang, der immer ruhiger wird, immer regungsloser in der fernen Unbeweglichkeit. Dann schien uns, dass sich der Name doch in seinem Ohr verfangen hatte, das schon mit dem entfernten Summen der Ewigkeit erfüllt war. Und während seine Augen geschlossen blieben und sein Gesicht sich entspannte, lächelten seine Lippen und flüsterten kaum vernehmbar: Der See von Bled, weißt du ... sie dort ... Stane beeilte sich, Coramin zu holen, aber die Spritze war nutzlos, wir staunten jedoch und liefen auf Zehenspitzen, als wäre es das erste Mal, dass wir dem Tod beiwohnten. In mir erwachte wieder die Stimme des Gewissens: Während ich nur zu einer formellen Untersuchung hier war, lief Mladens Zeit so unsinnig ab! Ich wurde schon wieder verschont, ohne Grund verschont, während er, genauso ohne Grund, in der rücksichtslosen Ökonomie des Daseins diese Ungerechtigkeit erleiden musste. Dabei schmerzte mich besonders der Gedanke, wie er mich, als ich ihm einen Napf zum Trinken angeboten hatte, missgestimmt verjagt hatte mit den Worten, ich solle ihn nicht quälen. Er fantasierte wohl schon, und wer weiß, wen er noch alles weggejagt hat, aber ich bekam den Eindruck, dass er mich im Schlaf wahrgenommen und dabei verstanden hatte, dass ich mit dem Napf

Flüssigkeit das Schicksal erweichen wollte. Das stimmte aber nicht. Es war absolut nicht wahr. Doch niemand kann leugnen, dass er im tiefsten Innern unbewusst erleichtert ist, wenn die Gefahr jemand anderem droht anstatt ihm selbst. In der kameradschaftlichen Geste, einem Todgeweihten ein Getränk anzubieten, ist trotz aller Güte auch ein Bruchteil Dankbarkeit gegenüber den Umständen, die entschieden haben, dass du ihn betreust und nicht er dich. Dennoch konnten wir uns nicht beruhigen, so dass Miran und Stane den Chef baten, Mladen zu sezieren. Nicht dass uns die Ursache seines Todes interessiert hätte, aber wir konnten immer noch nicht wirklich an seinen Tod glauben und hofften, im hintersten Eckchen seines Herzens noch einen kleinen Funken Leben zu finden. So schritten wir den steilen Hang hinauf, wo die jungen Männer mit den schwarzen Handschuhen die Knochen aus den Lastwagen trugen. Wir rutschten immer wieder aus und suchten auf dem matschigen Abhang Halt an den Stümpfen der abgeholzten Bäume. Die mit den Tragen rutschten nicht aus, wahrscheinlich weil die Last, die sie trugen, ihre Schritte schwerer machte. Auf dem Gipfel angekommen, konnten wir zunächst nichts sehen, weil alles voll von dichtem Rauch war, den der Wind wie rußigen Nebel zerzauste. Erst dann zeigte sich eine an der Basis von langen Feuerzungen beleckte Pyramide. Die Träger schütteten ihre Holzscheite auf jenen Haufen, während eine Gestalt das aus dem Haufen heraushängende Glied mit einem langen Schürhaken anders steckte und nach der besten Position dafür suchte. Wir hielten nur einen Augenblick vor dem Rauch an, der die Schädel leckte und aus den geöffneten Mündern entwich, dann traten wir in die Holzhütte.

Vor jener Pyramide waren wir empfindsame Zeugen, doch gleichzeitig waren wir auch der Ausschuss, der an solche Szenen gewohnt war, eine Kommission, die sich versammelt hatte, um etwas Rettendes festzustellen. Wir waren fast offizielle Personen, und jeder war irgendwie ruhig, als wäre Mladen einer von uns, lebendig unter uns und nicht der Grund unseres Besuchs. Im vorderen engen Raum war alles genauso wie in einer Berghütte, ausgenommen die Vasen aus Ton, die Blumentöpfen ähnelten, in Wirklichkeit aber Behälter für die Reste eingeäscherter Deutscher waren. Es sah jedoch so aus, als würden nicht einmal sie dieser zeitraubenden Bevorzugung teilhaftig werden, denn die Vasen waren leer und standen aufgereiht auf dem Fußboden entlang der Wand. Mladen lag auf dem steinernen Tisch im Nebenzimmer, und ein junger Franzose zog sich gerade rosafarbene Handschuhe mit fehlender Kuppe am rechten Daumen an. Der Kerl war untersetzt, kräftig und redete die ganze Zeit über, wie jemand, der die Aufmerksamkeit von irgendetwas ablenken möchte. Wir haben aber seine südländische Redelust kaum wahrgenommen, wir hatten unsere Augen fest auf Mladen gerichtet, auf seine Augen, um die Ritze nicht zu sehen, die unter seinem Kinn anfing. Er war ruhig, Mladen, und er schien geduldig auf den Ausgang der Operation zu warten. Man merkte, dass er angesichts der Sturheit seiner Pflegerkollegen aufgegeben hatte, dass er allein mit seinen Gedanken war und dass er in den Mundwinkeln den Schatten eines müden Spottes zurückhielt. Und weil sich das kleine Dreieck, das menschliche Herz, unter dem Messer des beredten jungen Mannes wie eine Schatulle öffnete, entwich sein Geheimnis und wäre bald selbst wie lebendig entglitten, hätte es die geübte Hand nicht im letzten Moment noch aufgefangen. Ein Herzfehler, meinte der junge Mann, und stocherte mit dem Messer in den Herzklappen. Ich schaute auf das Herz und dann auf den ungestrichenen Verputz an der Wand hinter dem steinernen Tisch. Ich hätte an den dampfenden Haufen und an den Rauch denken können, ich tat es aber nicht; nur auf jenem grauen und feuchten Putz habe ich jedes einzelne Körnchen gesehen. Mladens fahles Gesicht ähnelte, mit diesem Verputz im Hintergrund, dem Gesicht eines Mädchens, das eine Totgeburt erlitten hat, so dass all seine Schmerzen umsonst gewesen waren. Als der junge Mann die Frucht ablegte und die Lunge in Angriff nahm, trat fast ein Augenblick der Erleichterung ein. Bald fing er an, mit seinen breiten Handflächen eine dicke Tinte auszupressen, und konstatierte: Lungenentzündung. Ich schaute Mladen an und hatte den Eindruck, als wäre er erleichtert, weil er keine Schmerzen mehr spürte und auch nichts sehen konnte, weil der junge Mann uns zugewandt war und ihm den Rücken zeigte. In dem Moment trat der Chefarzt ein, ein großer Holländer mit spöttischen Augen, so dass der Junge seine Redseligkeit zügelte, besonders als er etwas über die Leber sagte und der Chef, während seine holländischen Augen aufblitzten, erwiderte, genau das Gegenteil sei wahr. Der junge Mann geriet ins Stocken, und ich überlegte, dass er lediglich ein Medizinstudent sein dürfte, der sich zum Sezieren gemeldet hatte, um damit sein eigenes Leben zu retten; der Chef wusste es wohl, ließ jedoch nicht zu, dass er in seiner Gegenwart Unsinn redete. So verlangte er nach Herz und Lunge, widersprach aber nicht der Diagnose. Der Medizinstudent steckte also die

Schere in den Darm, um ihn längs aufzuschneiden, so wie der Textilverkäufer mit der nur halb geöffneten Schere den Stoff schneidet. Dann hielt er an und betrachtete den Fleck. Nein, meinte der Chef. So schnitt er den Darm weiter, hielt an, schaute und meinte: Typhus. Der Chef nickte und wiederholte: Typhus. Dann zündete er sich eine Zigarette an. Mir schien es zwar respektlos, dass er sie sich mit solchem Genuss anzündete, doch gleichzeitig gefiel er mir, weil er in dem gestreiften Anzug so groß und souverän wirkte. Und auch deswegen, weil er persönlich gekommen war und somit Mladen geehrt hatte, auch wenn ich nicht daran denken wollte, was für ein Gesicht Mladen machen würde, wenn wir ihn allein zurückließen. Ich fand es aber abscheulich, dass der junge Franzose den Darm einfach so auf den Haufen warf, ohne die Öffnung wieder zuzunähen wie der Arzt in Dachau. Dann erinnerte ich mich, dass Mladen nach dem kurzen Krankenpflegerkurs, den uns Doktor Arko gehalten hatte, das Sezieren nicht mit ansehen wollte. Ich will nicht zuschauen, hatte er gesagt. Du hattest nicht Recht, tadelte ich ihn jetzt im Stillen, als wir aus der Hütte gingen, du hattest nicht Recht, Mladen, du hättest dich überwinden müssen, dann hättest du vielleicht den Tod bekämpfen können. Ich war kindisch und mir war bewusst, dass ich kindisch war, aber ich wiederholte, dass er nicht Recht hatte und dass er hätte wissen müssen, was unsere Väter sagten, als sie von der Front am Isonzo zurückkamen. Du darfst den Tod nicht fürchten, sagten sie, denn wenn du ihn fürchtest, stolperst du und schon fällt er über dich her. Nüchtern musst du sein, alle deine Bewegungen müssen natürlich sein. Ich wusste, dass ich schon wieder sinnlose Worte wiederholte, wie eine

Zauberformel, die alle Gedanken durcheinander bringt und sie wegfegt. Doch beim Hinausgehen erzählte ich auch Stane, dass Mladen in Dachau das Sezieren nicht mochte und dass es jetzt gerade ihn getroffen hat. Wer weiß, warum ich partout einen Zusammenhang zwischen Ereignissen suchte, die nichts gemeinsam hatten. Es wäre besser gewesen, ich hätte geschwiegen. Als wir den Hang hinunterschlichen, hatte ich jedoch den Eindruck, dass wir so vorsichtig waren, weil der ganze Hügel lebendig war, aus lebenden Organen zusammengesetzt, und dass wir jeden Augenblick auf ein menschliches Herz treten könnten, auf Mladens Herz, auf seine Augen. Denn die ganze Zeit kamen Bahren an uns vorbei und trugen Brennmaterial zum Gipfel hinauf; von einer Bahre hing eine knochige Hand herab und streifte den Boden, und es sah so aus, als wollten ihre dürren Finger nach der Erde greifen, um sich vor dem Feuer zu retten.

Ich gehe zurück zu der Treppe und steige langsam zur obersten Terrasse hinauf. Diese schmalen Terrassen ähneln jenen, die sich auf der steilen Triester Küste vom Meer bis zum Rand des Karstplateaus erstrecken. Aber dort schmiegen sie sich an den Hang, verstecken sich zwischen Akazienbäumen und dichten Brombeersträuchern, der Fuß tritt von ihnen bald in den Weingarten links, bald in den Rebenberg rechts, wo die alten Reben der Sonne trotzen und sie langsam dazu zwingen, in den blauen Beeren den Saft der kupfernen Erde zu veredeln. Hier aber sind mir damals kein einziges Mal jene wundervollen kleinen Treppchen erschienen, die das blaue Meer mit dem türkisfarbenen Himmel verbinden, noch Weingeländer auf den langen und dunklen

Terrassen. Hier hat der Tod seine eigene Weinlese veranstaltet, die alle vier Jahreszeiten hindurch andauerte, denn es war nicht von der Jahreszeit abhängig, ob die Lebenssäfte in uns austrockneten oder aus uns rannen. Doch während meine Augen auf den Namen verweilen, die in den niedrigen, schräg abgesägten Pfeilern eingemeißelt sind, sage ich mir, dass das Verderben woanders viel erschütternder war. Buchenwald. Auschwitz. Mauthausen. Die Zeugenaussagen über diese Orte sind auch für einen, der aus dem Konzentrationslager zurückgekehrt ist, ungeheuerliche Enthüllungen. Das Erscheinungsbild der Treppe im Steinbruch von Mauthausen zum Beispiel. Einhundertsechsundachtzig Stufen. Neun Rampen. Die gestreiften Gestalten mussten sechs Mal am Tag bis zur Treppenspitze steigen. Mit einem schweren Stein auf den Schultern. Er hatte schwer zu sein, denn oben lief entlang der Schlucht ein schmaler Pfad. Dort stand der Kapo, der die mit nur einem kleineren Stein auf den Schultern in den steinigen Abgrund stieß. Der Felsvorsprung wurde *Wand der Fallschirmspringer* genannt. Aber manchmal brach der Körper schon auf der Treppe zusammen, denn er war dürr und der Stein zu schwer, und die Stiegen bestanden aus ungleichen, auch quergelegten Steinen. Wenn es den Bewachern danach war, haben sie an der obersten Stufe jene gestoßen, die gerade mit Mühe und Not hinaufgekeucht waren, so dass sie auf die nach ihnen Kommenden fielen und die weißen Steine zusammen mit der gestreiften Masse herunterrollten. Diese Art der Vernichtung unterschied sich eigentlich nicht wesentlich von der Ausrottung in unserem Steinbruch, aber die Monstrosität jener Treppe ist so schrecklich, dass sogar jemand mit meiner KZ-Vergangenheit sich vor ihr unbeholfen und zwergenhaft fühlt. Mir ist ja schon lange bewusst, dass meine Erlebnisse im Vergleich zu denen, die andere in ihren Erinnerungen beschrieben haben, eigentlich sehr bescheiden sind. Blaha, Levi, Rousset, Bruck, Ragot, Pappalettera. Außerdem war ich noch zu unerfahren und zu sehr in meiner dunklen Welt gefangen. Sie war ausgehöhlt und wurde fortwährend von den Schatten jener Unglückseligen bevölkert, die von meinen Augen begleitet wurden. Augen? Eigentlich erlaubte ich den Bildern nicht, bis zu meinem Herzen vorzudringen. Das geschah nicht auf Grund meines Willens. Mein ganzes seelisches Gefüge muss schon beim ersten Kontakt mit der Lagerwirklichkeit in einen unbeweglichen Nebel eingesunken sein, der die Geschehnisse immerzu filterte und die Wirksamkeit ihrer Ausdruckskraft minderte. Die Angst hat mein ganzes Empfindungssystem gelähmt, das ganze Netz feinster Nervenenden, aber eben diese Angst war es auch, die mich vor dem großen Übel bewahrte, das ein vollständiges Einleben in die damalige Wirklichkeit bedeutet hätte. Damit erklärt sich auch, wieso ich überhaupt nicht neugierig war und es mir nicht im Geringsten in den Sinn kam, mich nach den Namen der Vorgesetzten zu erkundigen oder nach der Parteizugehörigkeit von einflussreichen Männern oder nach der internen Lagerpolitik. All diese Möglichkeiten wurden mir erst bewusst, als ich andere Zeugenberichte gelesen habe. Auch als Dolmetscher oder später als Krankenpfleger bin ich einer aus der Menge geblieben, eine verängstigte Zelle des kollektiven Schreckens. Unbemerkt hat sich diese Angst schon am ersten Morgen in mir eingenistet, als wir aus den Viehwaggons in den geräumigen Dachauer

Baderaum eintraten. Das war kein Zeichen von Verweichlichung, denn nach vier Jahren Krieg und Kriegsleben legt man die Gepflogenheiten eines zivilisierten Menschen ab und kann weder von Scharen nackter Körper noch vom Haarescheren, noch von den clownhaften Vogelscheuchen in zu weiter oder zu kurzer Kleidung schockiert werden. Im Umgang mit den Korporalen hatte man zur Genüge erfahren können, wie abstrakt die Werte der Kultur und der Freundlichkeit sind. Während aber die Bosheit der Korporale von der Beschränktheit und dem Minderwertigkeitskomplex kam, entsprangen die Schreie im Baderaum der Raserei der Vernichtung, die ich damals verstandesmäßig nicht begriff, die mein Organismus aber ein für alle Mal in sich einsog. Es wäre also töricht, zu betonen, wie erniedrigend das Rasieren der Haare in den Achselhöhlen und am Schambein war, und wie heiß die Flüssigkeit brannte, mit der man mich anschließend in den Achselhöhlen und im Schritt desinfizierte. Das Verrecken lag in der Luft. Man konnte es atmen.

Es war noch nicht richtig hell, als unsere rasierten, gewaschenen und desinfizierten nackten Körper schon auf dem deutschen Februar-Schnee standen. Heute erscheint mir der damalige Schrecken, das damalige Bewusstsein der Körperzellen, dass einem nach dem Leben getrachtet wird, fast kindisch. Wenn dieselbe Szene sich durch Monate hinweg ständig wiederholt, ergibt man sich dem Bild. Sofern man nicht draufgeht. Man ergibt sich nicht dem Gedanken, dass man unterliegt, sondern dem Bewusstsein, dass alles so ausgerichtet ist, dass man fast sicher unterliegen wird. Die Gewalt einer solchen Offenbarung ist für einen gesunden, noch zivilisierten Körper viel verheerender als später, wenn der Organismus asthenisch und das Gewebe schon ziemlich atrophisch geworden sind. Sicher, derjenige, der den Nazis schon einmal begegnet war, wusste, dass er in ihrem Lager nichts Gutes zu erwarten hatte. Entscheidend ist jedoch die erste seelische Erschütterung nach dem Eintritt in die Welt der Krematorien, denn mit ihr beginnt die Ökonomie der Vernichtung. Das Gehen und Laufen der nackten Körper im Schnee, das Warten in der zugigen Baracke, das erneute Laufen im Schnee, wenn einem die wollene Unterwäsche, der Winteranzug und der Mantel abhanden gekommen sind. Ich kann mir jetzt kein Bild mehr davon machen, ob mein Blick verstört oder verängstigt war. Ich weiß auch nicht, wie es mir erging, als ich in einer grünen Soldatenhose, die kaum bis unter das Knie reichte, mit kurzen Socken und Holzschuhen vor die Baracke lief, wo wir danach eine ganze Ewigkeit im Schnee standen. Bestimmt habe ich gefroren, weil ich keinen Pullover hatte, aber jetzt erscheinen mir diese Bilder unbedeutend, wo wir doch auf diesen Terrassen tagaus, tagein unendliche Stunden im Schnee standen und zu großen Menschenbündeln zusammenrückten, damit die verbleibenden Kalorien nicht verloren gingen. Hier hat man anders gefroren. Das Menschenbündel schaukelte hin und her, als wäre das Verlangen nach dumpfem, aber tröstlichem Schwanken in der schlummrigen kosmischen Zartheit den ausgetrockneten Körpern selbsttätig entsprungen. Vielleicht war es auch der Hunger, der in dem Hin-und-her-Wiegen das Vergessen suchte, aber die vereinten Körper bewegten sich langsam, im Einklang mit den leichten, kaum sichtbaren Pendelbewegungen der Ewigkeit, die mit mütterlicher Zuneigung ganz allmählich das menschliche Bewusstsein berauschen würde. Wenn ich einen Vergleich aufstellen sollte, könnte ich sagen, dass die Dachauer Kälte irgendwie kindlich, anfängerhaft war, auch wenn sie schon die endgültige hätte sein können, wenn ich den Pullover nicht bekommen hätte. Zwar war er klein und, wenn ich mich richtig erinnere, ärmellos, aber seine wollenen Maschen umarmten meine Brust. Durch das Oberhemd hindurch spürte ich, dass es Maschen waren, und zwar Maschen aus Wolle. Alleinverdienst der *Morava*-Schächtelchen, die ich allen Schreien, dem Waschen, den spähenden Augen und meinem nackten Körper zum Trotz aus dem Baderaum hatte retten können. Die Schächtelchen und das Taschentuch, in das ich sie eingewickelt hatte. Dani hatte sie mir ins Gefängnis gebracht, und der Verwalter, oder was er eben war, gab sie mir vor der Abfahrt. Bestimmt hatte sie ihn gut dafür belohnt, dass er so nett war, sie wusste aber nicht, dass ich weggehen würde, und noch weniger, wohin ihre Zigaretten mitreisen würden. Während der Fahrt hatten wir einige geraucht, aber drei, vier Päckchen hatte ich immer noch im Taschentuch, als wir nackt im Schnee herumliefen. Zehn Moravas, vielleicht fünfzehn, ich weiß es nicht mehr genau, für einen Pullover. Das heißt, dass ich mit meinem Vermögen ein Paar lange Strümpfe und eine längere Hose hätte haben können. Aber wir sehnten uns noch nicht mit unserem ganzen Wesen nach der rötlichen dünnen Brühe (Paulo gab sogar noch etwas davon seinem Sohn Ljubo), als wir uns schon wieder im Schnee ausziehen und vor dem Warendepot auf die Zebras warten mussten. Es war Nachmittag und unter dem tief verhangenen Himmel wehte ein bitterkalter Wind. Meine Verdauung war schon seit einigen Tagen wie gelähmt. Ich war nicht hungrig und ich drehte meinen Körper, als würde es helfen, wenn ihn der eisige Wind seitlich peitschte, anstatt ihn direkt von vorn anzugreifen. Ich war die ganze Zeit bis ins Elsass nicht hungrig und auch all die Tage nicht, die ich noch in Markirch verbrachte. So war die Begegnung mit der elsässischen Landschaft armseliger, als wenn ich nur wegen des dünnen Sackgewebes gefroren hätte. Natürlich hatten wir den Eindruck, in einem bekannten Ort gelandet zu sein, als wir am Bahnhof eine übertünchte französische Inschrift erblickten, die von einer deutschen ersetzt worden war. Wir befanden uns inmitten eines Volkes, das die Gesetze des Herzens nicht verworfen hatte, denn als wir in einer langen Kolonne eine einsame morgendliche Straße entlangtrotteten, so dass die Holzsohlen rhythmisch gegen die dicken Pflastersteine schlugen, tupften sich Frauen hinter den Fensterscheiben der kleinen Höfe ihre Augen mit Taschentüchern. Das erlebten wir zum ersten und zum letzten Mal während der ganzen Zeit unseres Verlorenseins. Derjenige unter uns, der ein paar Tage später in seinem Bett nicht mehr aufwachte, konnte also fortgehen mit dem Anflug einer Erinnerung, dass eine Verbindung zur Gemeinschaft der Menschen bestehe. Innerhalb von drei Wochen war es um ihn geschehen. Als Erste verabschiedeten sich gerade die kräftigsten Organismen. Sie hatten es nach dem gewaltigen ersten Schock gewöhnlich schwerer. Das wässrige Essen und die zwölfstündige Arbeit im Schacht. Und der Luftzug darin. Und draußen Schnee. Aber das war nicht der Hauptgrund. Vernichtend war der Rhythmus. Schneller Abmarsch.

Schnelle Rückkehr. Schnelles Herunterschlucken des Kommissbrotes, bis man vom Geschrei unterbrochen wurde, das die Herden zur Kontrollversammlung trieb. Der tiefe und doch unruhige Schlaf, der von den Schreien des morgendlichen Weckens zerrissen wurde. Und gleichzeitig kein Morgen und kein Abend mehr, weil der fieberhafte Zustand den Anfang mit dem Ende vermengte, die Dunkelheit mit dem Licht. Der Körper verlor sein Epizentrum, hatte kein Gefühl mehr für die senkrechte Achse, wenn er auf den Beinen stand, noch für die waagerechte Position, wenn er auf dem Strohsack lag. Auch im Liegen hing und kroch er mit den Beinen nach unten, im Bewusstsein, dass er hängt und kriecht, und gleichzeitig mit dem Gefühl zu schlafen. Das Herz, das auf der Hut war und darauf wartete, vom Geschrei hochgejagt zu werden, vergaß sich für einen Augenblick, um im Verborgenen auszuruhen, und schon konnte es sein eigenes Schlagen nicht mehr wahrnehmen. Es war entschlüpft, verdunstet. Auch der Gang zum Entleeren und Waschen war fieberhaft. Man hatte die Dielen, die den Fußboden jener verlassenen Fabrik bedeckten, entfernt und einen Bach entdeckt. Wir krochen hinab zum fließenden Wasser, um uns an einem Ende zu waschen und am anderen Ende zu entleeren. Aber rasch, denn wir mussten auch den Napf spülen und uns schnell wieder im Schnee in Reihen aufstellen. Nein, ich war gar nicht hungrig, und es war kein Verdienst, wenn ich mein Kommissbrot den Männern vom Karst gab. Zu dieser Zeit waren sie noch so bei Sinnen, dass sie das Brot nicht mit den Augen fraßen, so konnte man in ihren Augen lesen, wie Leid es ihnen tat, dass es bald mit mir zu Ende sein würde. Sie hatten mich aufgegeben. Aber auch ich selbst hatte mich schon aufgegeben, denn ich war schon unterwegs ins Unbekannte, als ich zu Boden ging und beschloss, nicht mehr in den Schacht zu gehen. Der Kommandant verpasste damals der liegenden gestreiften Masse einen Tritt, weckte sie aber nicht aus der unendlichen Apathie auf. So fuhr mich dann der Lastwagen hierher. Er brachte einen Körper in der Kiste und mich auf der Kiste. Bei der Abendvisite gab mir dann Leif zwei Aspirintabletten und schrie mich an, weil ich nur achtunddreißig Fieber hatte. Freilich hatte er Recht. Aber ich war krank, wenn ich nicht hungrig war. Mich heilte dann die Ruhe im Block der Untätigen. Der Kapo schlug uns mit seinem Knüppel, jedoch nur dann, wenn wir zum Appell hierher auf die Weiden sollten. Ansonsten hatten wir Ruhe. Stundenlange Ruhe in der Kälte, stundenlange Ruhe in der Baracke. Und fortwährend hungrig. Immer hungriger und hungriger. Die einzige Unruhe konnte uns nur die Ruhr bringen, weil sie zwanzig Abgänge pro Tag verlangte. Manche aber blieben einfach auf dem Klobecken sitzen. Weil auch die Ruhr schließlich die Ruhe brachte. Der Hunger verschwand und der Körper wurde immer folgsamer. Das Kommissbrot, das die anderen mit sämtlichen Chromosomen ihres Leibes erwarteten, wurde zu einem bloßen Stück Lehm, zu einem Klumpen saurer, gekneteter Erde. Dann wünschte man sich den Hunger, ein Übel, von dem man wusste, dass man es nicht bändigen konnte. Doch ich weiß nicht; als ich mich auf diese Erde hinlegte, die jetzt mit Kieselsteinen bedeckt ist, wünschte ich mir wahrscheinlich weder Brot noch etwas anderes. Auf der Erde kann man sich wohl am besten ausruhen. Auch in der Welt der Krematorien. Als ich mich aber zum dritten Mal niederlegte, sah es so aus, als sollte ich mich der endgültigen Ruhe hingeben. Doch nochmals leckte ich mich wie ein zählebiger Hund heraus. Dann half die Arbeit in der Weberei mit ihrem albernen, aber ruhigen Zuschneiden. Und das Geschwür auf der linken Handfläche neben dem kleinen Finger. Damals sah ich mein eigenes Blut. Es war rosarot, wie Wasser, in das man einige Tropfen Himbeersaft geträufelt hat. Es war schon defibriniert. Dann kamen die Quarantäne und Jean. So fing ich an, für Leif Anamnesen und Diagnosen zu schreiben, ich wurde Dolmetscher und Sekretär des Gefangenen-Hauptarztes. Das war keine offizielle Lagercharge und ich weiß gar nicht, unter welcher Bezeichnung ich im Revier geführt wurde, als Schreiber, als Helfer oder als Pfleger. Meine Position fiel aus dem Rahmen, wie so oft in meinem Leben. Früher oder später ergibt es sich, dass ich mich außerhalb der normalen Rangfolge befinde. Aber in diesem Fall war es die Rettung aus dem Chaos in die geregelte Ruhe. Zerfall gab es auf beiden Seiten, im Chaos und in der geregelten Ruhe. Doch man kann sich vor der Anonymität retten, wenn man die Gelegenheit bekommt, sich zu konzentrieren. Denn die bewusste Entpersonalisierung ist schlimmer als der Hunger, und dieser ist dann am schlimmsten, wenn er eben diese Aufgabe des Schicksals, die Zerstörung der Persönlichkeit, gründlich anpackt. An Leifs Seite aber half ich den Kranken, so dass ich mit dem Gefühl, nützlich zu sein, die Bedeutung meines Tuns und die partielle Trennung von der Menge rechtfertigte, die sich in den Baracken drängte. In der Tat, hatte ich eine besondere Stellung inne, die mit der Räumung des Lagers noch wuchs. Leif ging weg mit seinen

Freunden und verabschiedete sich, da unsere Wege sich jetzt doch trennten. So kehrte ich mit dem Revier nach Dachau zurück, doch während Ärzte und Krankenpfleger ihre Stellungen behielten, war ich bei der Ankunft in Dachau wieder eine gewöhnliche Nummer. Ich muss aber gestehen, dass der Grund für diese Vereinsamung hauptsächlich in meiner Allergie gegen das Eingehen enger Freundschaftsverbindungen liegt. Mein Verhältnis zu den Mitmenschen kann sehr herzlich sein, auch wenn es nie zur vollständigen Vertrautheit kommen wird. Ein Teil meiner Verschlossenheit entspringt wahrscheinlich meinen Charakterzügen aus dem Karst, die ich in mir trage und hauptsächlich von meiner Mutter geerbt habe, das endgültige Siegel jedoch haben mir die chaotischen Jahre nach dem Ersten Weltkrieg eingeprägt. Als man die slowenischen Lehrer von den Triester Schulen wegjagte, erlitt ich mein schwerstes Trauma. Anstelle der Muttersprache wurde einem eine andere Sprache auferlegt, samt dem Bewusstsein, einem verdammten Stamm anzugehören. So fängt man an sich einzuigeln. Möglicherweise bewirkte dieses Abstandhalten meinerseits, das herzlich, aber deutlich war, dass Leif und ich uns gleichzeitig sehr nahe und sehr fern waren. Dieser aktive, offene Mann spürte natürlich instinktiv, dass er einen nicht fassbaren, nicht definierbaren Charakter an seiner Seite hatte, mit dem keine intimen Vereinbarungen möglich waren, weil ein solcher Charakter diese nicht nur nicht fördert, sondern automatisch meidet. So denke ich heute; damals nahm ich es Leif zuerst übel, dass er mich verließ, dann jedoch überlegte ich nüchtern, dass ein betagter, weißhaariger norwegischer Arzt wie er bestimmt seine Verbindungen hatte, vielleicht sogar besondere Aufgaben. Und die Arbeit holte mich ein. Außerdem war mein Verhältnis zu den Franzosen immer sehr entspannt. Und mit ihnen bin ich auch nach Dachau gegangen. Dort aber musste man die Ärmel hochkrempeln. Vor dem Baderaum. Drinnen. Dann wieder davor. Mein lieber alter Tomaž, der sich über die Abfahrt nach Dachau freute, weil er der Heimat näher sein würde, war nur eines von unzähligen Wesen, die schon verbraucht waren, so wie die Lumpen, die eitrigen Verbände und die Holzlöffel, die man schaufelweise aus dem Fenster ins Freie warf. Wenn ich manchmal die Beschreibungen von anderen lese oder über sie nachdenke, habe ich den Eindruck, dass ich in dieser Welt der ewigen Öfen vor allem Zeuge der Totenseite war; ähnlich den Angestellten des städtischen Krankenhauses, die in den Kellerräumen arbeiten, oder den Totengräbern. Und ich glaube, dass das Bild, das diese Männer vom Leben haben, verzerrt ist, so real ihre Erfahrungen auch sind. Das ist wahr, ebenso wie es wahr ist, dass die Arbeitstage auch hier genauso abliefen wie in den Lagerhallen, Küchen, Fabriken und Büros. Doch unweigerlich wurde diese ganze Aktivität zu Asche. Deswegen wären die Erlebnisse von jemand unvollständig, der in den Menschenstädten nur die Leichenhallen und Friedhöfe kennt. Der Rhythmus der Städte ist das Leben, und die Erwachsenen lehren ihre Kinder den Weg in die Zukunft. Die Krematorienstädte indes wurden erbaut, um die Menschenkinder zu vernichten, so dass es völlig egal war, in welcher Abteilung man arbeitete. Der Friseur rasierte den Tod, der Depotverwalter kleidete ihn an, der Krankenpfleger zog ihn aus, während der Schriftführer das Datum neben jede Nummer eintrug, die es durch den hohen Schornstein gezogen hatte. Als wir auf dem Dachauer Appellplatz jene Reste von den Strohsäcken weggetragen hatten, die noch atmeten, musste ich mich vom Revierpersonal trennen, um im geschlossenen Quarantäneblock mit der Masse zu verschmelzen. Das Gefährlichste bei diesem Übergang war das Gefühl der Verwirrtheit, das man bei der direkten Berührung mit den vernichteten Knochen nie verspürte, weil die Formen des Zerfalls endgültig waren. Die kopflose Furcht, die immer auf der Lauer lag, entstand vielmehr aus dem Gefühl des Verlorenseins inmitten der schwankenden, gestaltlosen und allseitig verwundbaren Masse. Diese Nebelschwaden überkamen mich am stärksten gegen Abend, wenn wir ins Bett sollten und anstelle von Decken Schlafsäcke aus Papier unter uns verteilt wurden. Ihretwegen hatten wir noch weniger Platz, weil Papier steif ist und nicht nachgibt wie eine Decke; so dauerte das Rascheln sehr lange, bevor der längliche Inhalt der Säcke ruhig lag. Wir waren wie verpackte Ware auf den Regalen, die bis obenhin voll waren, aber möglicherweise in kürzester Zeit schon wieder leer sein würden. Und als ich meine Glieder im geräuschvollen Flussbett streckte, spürte ich, dass mich ein panischer Dunst umgab, und ich erschauderte, als müsste ich, um ihn wegzujagen, schnell aus dem raschelnden Panzer schlüpfen und mich hinsetzen. Aber ich beherrschte mich und verjagte die trüben Bilder; ich sagte mir, dass der Körper in dem Sack eigentlich getrennt von den anderen und somit selbständiger sei; ich sagte mir, dass die Säcke noch ungebraucht, folglich sauber seien, viel sauberer als die Decken. Was mich jedoch schließlich am meisten beruhigte, war das Rauschen, das vom Bett in der Ecke kam. Ich wusste ja, dass es der gelbe Sack war, der sich mit dem Nachbarsack rieb, doch es hörte sich so an, als ob Maisstiele und Maisblätter gegeneinander rieben. Und ich versuchte nicht, sie mir auf irgendeinem bekannten Feld vorzustellen, vielleicht spürte ich auch nicht die Maisblätter unter mir im Bett bei Onkel Franz in Mrzlik, ich dachte nur: Maisblätter, Maisblätter, Maisblätter. Wie bei einer Gedächtnisübung oder einer autosuggestiven Therapie. Man hilft sich ja, so gut man kann. Eine weitere Wahrheit ist dabei von Bedeutung: Es ist nicht immer gut, wenn man vollkommen wach ist. Manchmal ist es viel besser, wenn man sich in einem halb lethargischen Zustand befindet. Lethargie, das ist der richtige Ausdruck. Sicher, es gab im Lager auch Leute, besonders Ärzte, die einen Plan hatten, andere, die Sabotage übten, ja die sogar Kontakt zur Außenwelt unterhielten, wie Dr. Blaha in seinem Buch *Die Medizin auf Abwegen* beschreibt. Aber diese Leute waren schon lange in dieser Welt, und weil es ihnen vergönnt war, trotz allem am Leben zu bleiben, fing bei ihnen das Leben im Verborgenen wieder an zu keimen. Doch ein Quentchen Lethargie musste notgedrungen auch in ihrem Seelenhaushalt vorhanden sein. In ihrer Routine. In ihrer Arbeitsroutine. In der mechanischen Abfolge von Handlungen. Die vollständige, endgültige Wachheit hätte ihren Lebenskern wie eine radioaktive Bestrahlung angegriffen. Nun, auch jener Quarantäneblock kam in Bewegung. Zuallererst wegen der Fliegerangriffe, als sogar die ausgehungerten Körperzellen sich duckten, während die Augen den abgeschossenen Flugzeugen folgten; dann wegen der Abfahrten nach München, wo man die Trümmer wegräumen musste. Nein, ich ging nicht. Vielleicht wusste schon damals die freundliche Hand über mich Bescheid, die mich dann unter die Pfleger einordnete. Oder es war bloßer Zufall. Sie gingen fort in der Frühe, als es noch dunkel war, und kamen erschöpft zurück, und gerade als sie eingeschlafen waren, mussten sie sich schon wieder auf den Weg machen. Nur manchmal gelang es ihnen, wenigstens den Hunger zu stillen. Zum Beispiel damals, als eine Bombe den Versorgungszug demolierte und sie die Kessel der Soldatenmenage zur Verfügung hatten. Sie zogen die gestreiften Jacken aus, verknoteten die Ärmel am Bund und füllten sie mit dem dicken Eintopf. Sie hatten ja eine teuflische Arbeit beim Ausgraben von nicht explodierten Bomben. Ich war damals schon im Revier. Block Nr. 15, der Scheißerei-Block. Was später in Harzungen mein Zimmer im Kleinen sein würde, war es dort im Großen. Zweihundert Kranke in einem Raum. Und weil es vier Zimmer gab, war der Block ein mit Körpern, die Durchfall hatten, überfülltes Lazarett. Ein Lazarett mit verseuchter Luft, die man vergeblich durch die Nasenlöcher ausatmete, denn es war, als ob sie die ganze Zeit durch die Schweißporen in einen eindringen würde. Sämtliche Fasern saugten sie auf, so dass man sich in einem Dunstkreis bewegte, mit dem man fast verschmolzen war. Nur wenn man lange genug außerhalb des Blocks gewesen war, merkte man beim Zurückkommen, dass man von Dämpfen umgeben war, die sich in der Jauchegrube verdichtet hatten. Aber man ging selten hinaus, denn es gab sehr viel zu tun bei denen, die im eigenen Kot lagen. Vielleicht ist es meinem plebejischen Ursprung zu verdanken, was weiß ich, dass ich keine Schwierigkeiten hatte oder habe, mit Eiter, Kot und Blut umzugehen. Beim Abwaschen der verschmutzten Körper wünschte ich mir nur, dass sie bald wieder sauber liegen könnten, als vertraute ich darauf, dass ein gewaschener und ordentlich aufgerichteter Körper auch im Innern in Ordnung gebracht wäre. Eine harmlose Manie. Etwas Ähnliches ist möglicherweise auch die rituelle Waschung, die der Gesetzesbrecher als instinktives Verlangen verspürt. So ist wahrscheinlich bei den Deutschen das Bedürfnis nach strenger äußerlicher Ordnung Teil des Verlangens, die innere Verzerrtheit zu kompensieren. Die Kranken aber spürten, dass meine Pflege keine ausschließlich äußere Handlung war. Der Kranke hat nämlich, auch wenn man das öfters übersieht, stark geschärfte Sinne. André und ich passten gut zusammen, und die Sorge um die Entkräfteten wurde fast zu einer fruchtbaren, erfolgreichen Tätigkeit. André war einer jener seltenen Ärzte, die es verstehen, ihr berufliches Wissen mit kameradschaftlicher Nähe zu verbinden, ihr ernsthaftes fachliches Können mit jugendlicher Herzlichkeit. Damals beruhigte er sich einigermaßen, weil die Gefahr gebannt war, dass man ihn nach Breslau schicken könnte, wo man noch in den letzten Tagen nach ihm verlangt hatte, als wir im Begriff waren, von hier, von diesen Terrassen, wegzugehen. Allein der Mangel an Verkehrsmitteln hat ihn gerettet. Breslau war voller Geheimnisse. Angeblich führte man dort die Todesurteile mit dem Beil aus, während der Scherge seine Paradeuniform mit weißen Handschuhen trug. Die zwei Fronten näherten sich einander, und André fing an zu hoffen, dass man ihn vergessen hätte. Er widmete sich ganz den Kranken, und ich war sein ergebener Helfer. Das kameradschaftliche Zusammenleben wurde uns nur vom Kapo unseres Blocks vergällt. Der polnische Volksdeutsche Joseph Becker. Ein Schuft, der bis zu achtzig Kranke auf einmal hinauswarf. André plagte sich fortwährend mit ihm, doch als Arzt konnte er ihm Paroli bieten. An mir hätte sich Becker natürlich leichter abreagieren können, aber da traf er auf meine Karst-Sturheit. Wie an dem Tag, als er den gliederlahmen Kranken ganz mit Kot verschmiert vorfand. Ich wollte gerade etwas anderes zu Ende bringen. Becker wurde ganz wütend. Groß, dünn, mit schmalem, trübem Gesicht, wirkte er wie eine verlängerte Messerklinge. Ich wolle wohl die besudelten Körper nicht berühren, hat er, glaube ich, gezischt und befohlen, ich solle es schleunigst tun. Und ich tat es. Aber schön langsam. Und mit großer Sorgfalt, als handelte es sich um den gliederlahmen Körper meines Großvaters. Dabei schwieg ich, das habe ich von meiner Mutter, dieses anhaltende Schweigen, das sich nicht löst. Er hätte gern einen Einwand gehört, irgendetwas, um sich gehen lassen zu können. Ich schwieg und überlegte, wie niederträchtig doch das Menschengeschlecht ist, wo es sogar möglich ist, dass dir einer von Samaritertum erzählt, der mir nichts dir nichts Körper aus dem Revier entlässt, die nicht einmal aufrecht stehen können und die, wenn sie zur Latrine gehen müssen, den Finger in den Mastdarm stecken, damit sie den Fußboden nicht verunreinigen. Verständlicherweise konnte ich nicht lange bei einem solchen Kapo Krankenpfleger sein. Wäre ich nur ein bisschen flexibler gewesen, hielten mir später die Kameraden vor. Sie meinten, ich hätte es schaffen können, zum ständigen Krankenpfleger jenes Zimmers ernannt zu werden. Aber ich kann mir nicht vorstellen, mir aus irgendeinem Grund Zwang anzutun. Am wenigsten wegen dieses Becker. So kam ich in das Verzeichnis der Krankenpfleger, die nach Dora geschickt wurden. Doktor Arko hielt uns einen Kurs, so dass wir mehr wussten als die meisten Krankenpfleger, aber auch mehr als manch ein Lagerarzt oder Chirurg. Ganz bestimmt mehr als jener zum Beispiel, der die Eiterbeule an der Wade quer zum Muskel durchschnitt. Und Doktor Arko nahm uns auch mit in das Sezierzimmer zu Doktor Blaha, damit wir wie Hörer an der medizinischen Fakultät wenigstens ungefähr etwas von der Innenstruktur des menschlichen Körpers erführen. So trat ich offiziell auch in das Innere jener Baracke, vor die ich in der Frühe die Verstorbenen aus meinem Zimmer legte. Das war der erste Weg, eine Fahrt noch vor Anbruch des eigentlichen Tages, wenn es langsam und mühsam dämmerte. Der zweirädrige Schubkarren hatte eine lange Zinkwanne, die mit einem Zinkdeckel bedeckt war. In aller Frühe fuhr ich also meine Träume von der Schönheit in einer länglichen Zinkbüchse zur ewigen Ruhe.

Die gestaltlosen Geister meiner Jugend hatten jetzt eine sichtbare und greifbare Form erhalten. Leise quietschte bald das eine, bald das andere Rad, auch der Deckel knirschte hie und da, aber ich hörte nur die Stille beider Körper unter dem Zinkdeckel und die Stille in mir, als ich den Metallkarren die zahlreichen Blöcke entlangschob.

Ravensbrück. Oranienburg. Kannte ich nicht. Belsen schon. Doch wir waren nur in den Militärgebäuden, wir haben den Ort, wo die menschlichen Überreste langsam verrotteten, nicht ein Mal gesehen. Angeblich waren wir ganz nah. Nun, wir waren mit uns selbst hinreichend beschäftigt. Von Anne

Frank erfuhr erst die Nachkriegswelt, damals gab es aber Anne zehntausendfach. Auch unsere Zora war darunter. Zora Perello, ein solches Madonnengesicht, dass wir alle in sie verliebt waren. Aber wir Slowenen sind zu nachlässig, um Zoras Briefe zu sammeln, ihre Notizen aus der Zeit, als sie, bevor sie Gefangene der deutschen Polizei wurde, lange Gefangene der italienischen Polizei gewesen war, weil sie den Sklavenzustand des slowenischen Volkes im italienischen Königreich nicht akzeptierte. Wir sind unfähig, die Welt mit unserer Zora bekannt zu machen. Unsere arme Volksseele kann sich noch nicht einmal aus dem Schmerz befreien, in den sie sich verpuppt hat. Freilich, sie begeisterte sich für die Stoßtruppkämpfer, für die Helden, die auf dem Schlachtfeld fielen, denn nach so vielen Jahrhunderten unselbstständigen Lebens glichen sie einer wundersamen Flamme, die aus der Asche aufgelodert war. Doch ein so gewaltiger Ausbruch kann sich, wenn er nicht von den ursprünglichsten Bestandteilen der Volksseele unterstützt wird, trotz seiner heldenhaften Größe, nur ein Mal und zeitlich begrenzt durchsetzen. Vielleicht sind wir aber zu ehrgeizig, zu egoistisch und kleinlich, um uns in das Schicksal des jungen Mädchens, der hübschen Gymnasiastin, hineinzudenken. Wie alle kleinen Leute stillen wir unsere Komplexe mit dem Streben nach Riesenhaftem, nach Gewaltigem. Als ich nach Triest zurückkehrte und erfuhr, dass Zora genau zur selben Zeit wie ich in Belsen gewesen war, wurde ich erneut von jener Unrast ergriffen, die mich hier übermannte, als man die jungen Frauen aus dem Bunker in den Block hinter dem Schornstein überführte. Ich spürte ganz deutlich, dass ich, wenn ich ihr ausgemergeltes Wesen in Pflege bekommen hätte, ein wie auch immer schwaches Lebenszeichen aus Zoras Körper gezaubert hätte. Ich spürte, dass ich auf irgendeine geheimnisvolle Weise auf sie eingewirkt und vielleicht allein mit meiner Anwesenheit das schwindende Licht ihrer Pupillen zurückgehalten hätte. Natürlich waren das naive Traumgedanken, die aus meinen verstohlenen Versuchen in der Jugend entstanden waren, mich der endgültigen Ohnmacht angesichts der Unterdrückung zu widersetzen. Ich sah ja ein, wie kindisch ich mich mit meiner Spritze neben dem knöchernen X von Ivans Hüfte benahm. Aber vielleicht war meine Untröstlichkeit trotz aller Erfahrungen so tief, weil es um die verpasste Rettung eines weiblichen Wesens ging. Das Gefühl der Versäumnis überträgt sich in die Vergangenheit, um den Fluch der kompletten Verwaistheit von dort in die Gegenwart herüberzubringen. Hätte ich damals von Zora gewusst, hätte mir das auch nichts genützt. Ich hätte ja Zora im Meer erschöpfter weiblicher Körper gar nicht finden können. Und solange wir auf die Befreiung warteten, war unser Ohr nur auf den Kanonendonner gerichtet, der sich wie eine kilometerbreite Walze näherte, gegen die sich die Erde mit hohlem Dröhnen zur Wehr setzte; dann versiegte das stumpfe Poltern und die Ferne wurde von einer unverständlichen und grenzenlosen Stille umhüllt. Dafür war das Schreien der gestreiften Masse umso wilder, als der Augenblick der Befreiung anbrach. Wir hatten schon längst aufgehört, an ihn zu glauben, und der bewusstlose Schrei, der aus dem Gedränge emporstieg, war die Stimme des Hungers und gleichzeitig des Glücks, des konzentrierten Grauens und der ungezügelten Hosiannarufe, war der Schrei eines Tieres, das das Wort noch nicht artikulieren kann, und das Heulen des Menschen, der immer noch um die Herrschaft über das Tierische kämpft. Ja, und gerade inmitten der aufgeregten Atmosphäre und der Umwälzungen erwachte wieder die lauernde Bedrohung in mir. Es war Abend, und ich war auf dem sandigen Weg zurück ins ›Krankenhaus‹, als etwas platzte und ich auf meinem Weg rote Spuren hinterließ; wie ein Tier, das verletzt ist, aber nicht aufgibt. Wir brannten ja danach, weggeführt zu werden, und es wäre sehr ungünstig gewesen, gerade im Moment, in dem man wieder frei atmen könnte, damit aufzuhören. Ich weiß nicht, wie ich mich fühlte, ich kann mich nicht mehr erinnern. Möglicherweise fing ich an, zu rennen oder wenigstens schnell zu gehen. Vielleicht auch nicht, und ich ging ruhig meines Weges und bewahrte mein Taschentuch in der Hand wie im Baderaum in Harzungen. Ich war ziemlich erschöpft, so dass ich später, als man uns in Richtung holländische Grenze fuhr, halb saß, halb lag an der Seitenwand des englischen Lastwagens. Belsen! Ein zu großer Name für den schmalen Geländestreifen. Oder auch nicht. Denn das Schicksal eines Zimmers in einer Baracke war dasselbe wie das der anderen zwanzig oder dreißig Baracken. In jener Baracke, die damals an dieser Stelle, auf dieser Terrasse stand, waren zum Beispiel Rekonvaleszente untergebracht, eine Menschenmenge, die lag, sich drängte, sich erkundigte, erklärte, deutete, aber vor allem und immer auf eine Mahlzeit wartete. So versuchte man die unendliche Zeit von der Morgendämmerung bis zum Mittags-Schöpflöffel und von da an bis zum abendlichen Kommissbrot auszufüllen. Genauer gesagt erstreckte sich das Warten eigentlich von der Scheibe Kommissbrot in der Größe einer mittelgroßen

Hand bis zum Schöpflöffel um zwölf des nächsten Tages. Aber über Nacht wurde das Verlangen des unruhigen Magenepitheliums doch schwächer, mit dem Entzug der Helligkeit deckte die Nacht manche Nervenreize zu, die der Schlaf anschließend lähmte. Natürlich nur für das Bewusstsein lähmte, nicht jedoch für den Körper, der wie im Koma, wie in einem halb kataleptischen Zustand um die Substanz kämpfte, die ihm fehlte. Wegen der großen Anzahl an Menschen in dem engen Raum, und wegen der Unbefriedigtheit nach der schon verzehrten Scheibe Kommissbrot mit einem Finger Margarine darauf, entfesselte die Dunkelheit die Sprachfähigkeiten und ein Geflecht von Bewegungen. Die Körperzellen hatten gerade angefangen, die Lust einer schon vergessenen Zufriedenheit zu verspüren, die ihnen aber im Nu entzogen wurde, so dass sie jetzt ganz unruhig und angeschwollen auf der Lauer lagen, allesamt wie die weit geöffneten Schnäbel einer zahlreichen Brut. Die Menschenmenge brachte aber dieses blinde innere Irren zum Ausdruck, so dass die freie Zeit vor der Nachtruhe ein Intervall wurde, in dem sich die panische Aufregung und die schwachsinnige Suche vereinten und gegenseitig steigerten. In solch einer hybriden Atmosphäre konnten Debatten über Menükarten entstehen, fieberhafte Tauschgeschäfte einer viertel, halben oder ganzen Scheibe Kommissbrot gegen ›Machorkas‹ sowie verbale oder stumme Abrechnungen. Das konnte ich im Vorbeigehen beobachten, wenn ich durch das Zimmer ging, bevor sie auf die Pritschen stiegen. Ich sah nur die Gruppe, die sich an der hölzernen Wand zwischen zwei Pritschen drängte. Ihr Schweigen wurde vom Getrampel ihrer nackten Füße auf den Brettern des Fußbodens sowie vom gedämpften Atmen begleitet. Es war ein Knäuel vereinter Anstrengungen, der sich in sich verdichtete und die hölzerne Wand nur als Stütze gegen die Zerstreuung der gesammelten Kräfte benutzte. Die Körper hatten kaum noch Kraft, aber die dürren Glieder bündelten den Druck, verbanden sich zu einer zugespitzten Masse, zu einem stechenden Gestrüpp, so dass die Reibung irgendwo in der Mitte zentripetal zusammenlief und gleichzeitig ringsherum vervielfacht wurde. Sicherlich ging es um einen deutschen Kapo, der die Leute bei der Arbeit bis zur Erschöpfung geschlagen hatte, jetzt aber selbst erschöpft und verkümmert liegen geblieben war. Ein schnelles Urteil, ohne dass sich ein einzelner Mensch an einem anderen Menschen verging. Eine Form der kollektiven, selbsttätigen Unterdrückung, entsprechend der Dichte des Menschenbündels hier auf der Wiese in der morgendlichen Dunkelheit, als die Kälte sich in die Körper wie durch ein Sieb drängte. Aber es war nicht gut, Zeuge einer solchen Szene zu sein. Es geht nicht darum, ob derjenige es verdient hatte, wie eine Wanze zerdrückt zu werden; ich hätte ihn lieber von allein die Seele aushauchen lassen. Es ist jedoch wahr, dass es hier einen wertvollen Strohsack gab, auf dem der erschöpfte Übeltäter lag und es somit einem zu Grunde gerichteten Gefangenen unmöglich machte, sich auf ihm zu erholen oder wenigstens in Ruhe zu sterben. Aus diesem Grund geschah es bisweilen, wenn die Armen wegen der besetzten Strohsäcke nicht ins Revier konnten, dass sich der Krankenpfleger auch der Spritze bediente, um manchen der alten Nichtsnutze aus der Welt zu schaffen. Und da sie wussten, dass es ihnen genauso ergehen würde, wenn sie ins Revier kämen, zögerten sie es bis zuletzt hinaus. Das Verfahren hatten die SS-Männer und ihre Assistenten eingeführt. Eine Äther- oder Benzinspritze direkt ins Herz. Oder, falls nichts anderes griffbereit stand, eine Injektion Luft in die Vene, um eine Embolie zu verursachen. Der Körper, der sonst noch Wochen dahingesiecht wäre, lag auf diese Weise schon am nächsten Morgen auf dem Betonboden des Waschraums. Und der Strohsack stand einem der Opfer des verurteilten Schergen zur Verfügung. Die meisten waren natürlich gewöhnliche deutsche Verbrecher, nach der SS die höchste Gewalt. Aber es gab auch andere Nationalitäten. Eines Abends hielt man zum Beispiel in diesem Block Gericht über einen Polen. Er henkte die zum Tode Verurteilten. Er wurde von einem Belgier und ein paar Polen befragt, während Franz dolmetschte. Er erklärte, sich dafür entschieden zu haben, weil er so eine zusätzliche Mahlzeit bekam. Dann sagte er, dass er sie eigentlich nicht aufhängte, weil sie den Holzklotz, auf dem sie standen, selbst wegschieben mussten. Aber man hatte keine Zeit, ihm lange zuzuhören, und so schlugen sie ihn mit einem Pfahl, ohne ihm jedoch das Genick zu brechen, weil er den Kopf einzog und sich mit den Händen schützte. Der Zufall wollte, dass gerade in diesem Moment ein SS-Mann in den Block kam, weil er jemanden suchte, und fragte, was mit dem los sei, der wie ein niedergewalzter Klumpen am Boden lag. Er war aber so arg mitgenommen, dass er nur stotterte, so dass die anderen dem SS-Mann erklärten, er wäre vom oberen Bett heruntergefallen. Die Gefahr ging vorüber, und in der Nacht war es dann um den Unglücklichen geschehen. Er soll sich selbst aufgehängt haben. Franz war immer bei ihnen und kann viel aus dem trüben Leben in der Dunkelheit der langen, hölzernen Unterkunft erzählen. Vom Italiener, der wie die Blinden drei schwarze Punkte auf gelbem Grund auf dem Ärmel trug, aber angeblich sehr gut sehen konnte. Er saß vor dem Block und strickte Wollsocken. Vom ausgezehrten russischen Kranken, der starr wurde, so dass der französische Helfer überzeugt war, er wäre tot, der aber ganz plötzlich, als er schon auf dem Beton lag, wiedererwachte. Auch Franz hat so etwas miterlebt, als er half, einen Verstorbenen ins Lager unterhalb des Ofens zu tragen. Dort musste man ihn auf den Haufen heben. Der russische Helfer packte ihn mit der langen Zange am Hals, Franz an den Beinen. Wegen der neuen Last entwich bei einem der Skelette in dem Haufen die zusammengepresste Luft aus dem offenen Mund, so dass es den Anschein hatte, er hätte gestöhnt. Tschort, Teufel, rief der Russe und beide liefen davon. Eines Tages aber, er weiß selbst nicht wieso, riss sich Franz im Kleiderlager einen Frack unter den Nagel. Wer weiß, wen man in diesem Anzug in die verlorene Welt abgeführt hatte. Er aber, als sei er verrückt geworden, zog ihn an, um sich auf der höchsten Terrasse zu zeigen. Vor der Küche. Als hätte er sich einen angetrunken. Er bewegte sich in dem verdammten Raum wie ein Betrunkener, über sich selbst lachend, mit den Händen fuchtelnd und wartete darauf, dass mitten im Universum etwas sich auslösen, knallen und zerspringen würde. Stattdessen näherte sich von hinten ein SS-Mann, der ihn mit den Füßen trat und verjagte. Und er hatte Glück, dass es dabei blieb. Etwas Dringendes trieb nämlich den SS-Mann weg, so dass er sich mit den Tritten begnügte. Und während er erzählte, lachte Franz nervös auf dem Sofa im kleinen Wohnzimmer an der Ljubljanica. In einem Film wird ein Häftling gezeigt, der einen Frack anzieht, sagt er, doch den Zuschauern scheint das aus der Luft gegriffen. Aber ich habe mich tatsächlich so angezogen. Selbstverständlich war unser Umfeld auf den Heiden des Todes anders als jenes im Film, meint er. Er wäre ganz anders gewesen, hätte man den Film auf unseren Terrassen gedreht. In der Tat, er hat Recht, aber man müsste sie bevölkern, diese Terrassen, weil dieser weiße Kiesboden jetzt gar nichts aussagt. Es stimmt schon, dass Resnais sogar stumme Gegenstände sprechen ließ. Aber mag sein Film *Nacht und Nebel* noch so gut sein, er ist doch zu knapp. Er hätte sich in dieses Leben, in diesen Tod vertiefen müssen. Er hätte ihn leben müssen. Den Tod leben. Es ist aber fraglich, ob er dann imstande gewesen wäre, ihn anzuschauen, mit seinem Filmauge in ihn hineinzuschauen. Früher hat man Wein aus dem Schädel des Besiegten getrunken, andere verkleinerten, schrumpften den Kopf des Besiegten. Der Europäer des zwanzigsten Jahrhunderts wollte den Schädel auf dem Schreibtisch haben, natürlich einen mit gesundem, kräftigem Gebiss. Menschenhäute, erzählt Doktor Blaha, hingen in Dachau wie Wäsche, die zum Trocknen aufgehängt wurde. Daraus hat man feines Leder für Reithosen, Aktentaschen, Hausschuhe und Bucheinbände gewonnen. Aus diesem Grund, meint Doktor Blaha, war es ungesund, eine schöne Haut zu haben. Und sein Buch ist eine dreihundert Seiten lange Galerie von Enthüllungen. Ich dachte schon, ich wäre mit Lagerangelegenheiten einigermaßen vertraut, aber angesichts solcher Zeugenaussagen komme ich mir unwissend vor. Ich habe bloß geschaut. Mit weit geöffneten Augen. Ich habe in kein Lagergeheimnis gebohrt. Ich habe es wie einen unsichtbaren vernichtenden Strahl gemieden. Ich weiß es nicht, aber dieses Benehmen, diese instinktive Abgrenzung, die Flucht vor der letzten Erkenntnis, war sicher ein Zeichen mangelnder Männlichkeit. Es war wie die verlängerte kindliche Angst vor der Dunkelheit. Und gleichzeitig eine gewisse kindliche Fähigkeit des Wegdenkens. Das spürte schon Leif, wenn er wohlgelaunt war und mich freundlich anschaute. Meine Abwesenheit passte ihm nicht, also fragte er mich über mein Land aus. Er war ein sachlicher Mensch. Wie damals, als er im Sommer genau auf dieser Wiese alle Gefangenen versammelte, um sie zu untersuchen und ihre Arbeitsfähigkeit zu beurteilen. Er saß hinter dem unlackierten Militärtisch, und eine lange Reihe nackter Körper zog an ihm vorbei. Er teilte sie in Kategorien ein. In die dritte oder vierte gehörte derjenige, der dahinsiechte oder sonstwie unfähig war. Es sollte nicht dem Zufall überlassen werden, wer zur Arbeit geschickt würde. So verspürte jeder, der eine Phlegmone, ein größeres Ödem oder sogar Ruhrspuren auf den eckigen Gesäßbacken vorweisen konnte, einen Augenblick der Besänftigung in der sommerlichen Sonne. Den Versehrten und Verkrüppelten blinzelte ein kleiner Funke Glück in den Augen, als sie erahnten, dass sie zu den Verstoßenen gehören würden. Ihnen legte Leif kein Stethoskop an die Brust und erwartete auch nicht von mir, seinem Dolmetscher, dass ich sie fragte, ob sie Schmerzen hätten. Die Schwierigkeiten entstanden erst dann, wenn ein ältlicher Istrier zu erklären versuchte, wie schwach er sei. Den norwegischen Oberarzt aus Oslo regten die redseligen Schutzreden immer auf, sie waren für ihn Beispiele italienischer Weinerlichkeit. Anfangs reagierte er abfällig auf meine eifrige Beweisführung, dass die istrische Bevölkerung jahrhundertelang sich selbst überlassen war, so dass es zweifach ungerecht wäre, wenn er sie für Menschen römischen Blutes hielte; schließlich gab er nach. So wartete er nicht mehr darauf, dass ich protestierte, sondern fragte mich gleich vorneweg: Was ist mit diesem? Wo gehört er hin? Die nationale Zugehörigkeit hatte natürlich keinen Einfluss auf die Erstellung der Rangliste, die Laune des Arztes ist jedoch manchmal auch unter normalen Bedingungen sehr wichtig für die Beurteilung des Krankenzustands. Hier konnte sie ausschlaggebend sein, wenn Leif unschlüssig war, ob er jemand der zweiten oder dritten Kategorie zuordnen sollte. Es ging nur um einen Augenblick, natürlich, der aber genügte, um den nackten Körper vor dem Tisch unter die Unfähigen einzugruppieren. Das war bestimmt noch keine Garantie für die Zukunft, doch Leif erreichte damit, dass die menschliche Herde nicht von den Blockführern zusammengetrieben wurde, die daraus mit Fußtritten die Arbeiter aussuchten. Soweit hatten sich die Umstände in der Welt der Krematorien im Sommer 1944 verändert. Man spürte die Realität der zweiten Front. Und jeden Tag, bevor wir anfingen – Leif mit dem Diktieren, ich selbst mit dem Aufschreiben von Anamnesen und Diagnosen – betrat er das Büro des Revierkapos, um sich an der Wandkarte die Stellungen anzuschauen. Er selbst trug auch die Zebrakleidung, war groß und grauhaarig, mit dem Stethoskop um den Hals, wie der Kapitän einer versunkenen Flotte, der den Glauben an die Schifffahrt auf den weiten menschlichen Meeren noch nicht verloren hat. Ich war in solchen Fällen zurückhaltend wie gewöhnlich, mit einer Art schützender Skepsis im Herzen oder wo sonst der Sitz des Misstrauens, des ewigen Auf-der-Hut-Seins und des geduckten Spähens ist. Aber ich habe mich geirrt, Leif saß nicht hinter dem Militärtisch auf dieser Wiese, es war die untere, die vorherige. Hier bin ich schon auf dem Gipfel, man sieht ja den Balken mit dem Galgen dort oben.

An jenem kalten Nachmittag reichte unser Blick natürlich nicht bis hierher. Wir waren tief unten. Es gab keinen Schnee mehr, aber es schüttete pausenlos, so dass wir uns umsonst mit dem Rücken eng aneinander pressten, denn die nassen Klamotten drückten sich so noch fester an die Haut. Es war zunächst ein Tag wie jeder andere gewesen, und am Vormittag geschah auch nichts Besonderes. Mag sein, dass der SS-Mann hinter dem Ofen die Menschen an dem Haken aufhängte, aber in die Baracken drang kein Ton davon. Vor der Weberei verfolgte der Blockkapo einen Nackten, weil dessen ausgetrockneter Körper die Durchfallkoliken nicht mehr rechtzeitig wahrnahm. Diesmal handelte es sich um einen Juristen aus Ljubljana, dürr wie eine Bohnenstange, mit einer dicken Brille. Verfluchtes Dreckstück, beschimpfte er ihn, und bugsierte ihn mit Fußtritten in den Waschraum, in die Mitte, wo es runde Waschtische gab. Pass mal auf, wie er stinkt, der Verfluchte! Wegen eines Faustschlags fuchtelte der Mann mit den Händen in der Luft, und seine Brille flog zu Boden. Das Weiße seiner Augen strahlte verloren im finsteren Raum. Bleib da stehen, schrie der Verfolger, und die Hände des Schuldigen hielten sich am grauen Rand des runden, flachen Zementbeckens, der die Säule mit den Löchern am oberen Ende umschloss. In aller Frühe sprühten dünne rosafarbene Wasserstrahlen daraus, unter die man sich mit rasiertem Kopf und nackten Schultern zu stellen hatte. Jetzt aber rührte sich nichts in den kleinen Löchern, so dass der Blockführer stattdessen nach einem Eimer eiskalten Wassers griff und den Körper damit übergoss. Der erschauderte, dass die Wirbelsäule sich wie der Rücken eines müden Tieres unter einem Peitschenhieb krümmte. So, Mensch. Und noch ein Eimer von links. Und der Wasserschwall ergoss sich den Rücken hinunter über die Rippenleiter wie über zwei vergitterte, mit Pergament überzogene Fenster; und so weiter hinunter durch die Mitte des hölzernen Schmetterlings, bis die Jauche auf den grauen Boden floss. So, Mensch, jetzt stinkst du nicht mehr. Aber das waren keine ungewöhnlichen Szenen. Und jedem konnte eine solche Waschung zuteil werden. Wir fürchteten allerdings den Mittagsappell, weil die ganze Zeit schon über dem Gipfel rußige Wolken wie beinlose Elefanten mit grauen Körpern und schwarzen Hintern krochen. Und langsam fing es tatsächlich aus den großen Tieren zu nieseln und später zu rieseln an. Als wir schließlich auf den Terrassen in Reih und Glied standen, löste sich ein solcher Sturzregen, als hätte man uns mit Feuerlöschschläuchen angefallen. Der Blockführer lief von einer Reihe zur nächsten und prüfte, ob sie auch einwandfrei gerade sei. Er trat mit den Füßen gegen die Knöchel, die aus der Reihe standen, rannte um das Rechteck herum und schlug so lange auf die Rücken der ersten Reihe ein, bis der SS-Mann erschien, der die Insassen der Blöcke durchzählte. Der Blockaufseher, so groß und stark wie er war, erstarrte zu einem Klotz und schrie: Mützen ab! Und die langen Händereihen klatschten mit den nassen runden Käppchen gegen die nassen Hosenbeine. Der Wind fuhr mit Wasserschauern über die langen Reihen der gestreiften Palisaden mit den soeben aufgesteckten Schädeln, und der SS-Mann im braunen Regenmantel, eine Tafel in der Hand, zählte sie durch, während der Blockführer, mit geschwellter Brust und dem Käppchen am Hosenbein, einem zwangsweise aufgerichteten Gorilla ähnlich, am Rand des Rechtecks stand. Die Körper hielten sich so aufrecht wegen des Zählens, aber noch mehr, damit der nasse Stoff nicht am Rücken kleben bleibe und das Wasser auf der Außenseite des Jute-Schildes ablaufe. Das Bewusstsein schützte sie mit allen Kräften vor der Vernichtung und verjagte das Bild des Ofens, das Herz aber betete um eine wenn auch noch so kurze, noch so flüchtige, wundersame Rückkehr in die Menschenwelt. Ja, damals habe ich gebetet. Es war eine rhythmische Wiederholung der Bitten wie die Perlenkette des Rosenkranzes, wie die Wärmetropfen in der geschützten Wölbung der nassen Rippen. Es war eine ehrliche Bitte, die der Erschütterung aus unendlicher Angst entsprungen war. Als der Gorilla wieder keifte, stülpten die Hände die durch und durch nassen Käppchen über die Totenköpfe, die Körper aber fingen an, sich auf der Stelle zu drehen, um sich vor dem Regenstrom zu schützen, obwohl Hände und Füße in Abflussrohren steckten, die das Regenwasser in die Holzschuhe und in die Erde leiteten. Über uns wölbte sich die schwarze Kuppel durchnässter Asche, die träge zerfiel, so dass der Hang mit Finsternis umhüllt war, die langsam das Ende der Welt mitten am Tag ankündigte. So war es auch auf unserer unteren Terrasse, so war es bis oben. Und trotz allem starrten die Augen nach oben in der Hoffnung, die Reihen über uns würden sich rühren und jede in den eigenen Block gehen; dann würde man anfangen, die Kessel aus der Küche hinaus- und die Treppe hinabzutragen. Für jeden Block nur zwei Kessel Steckrüben, wässrig, aber heiß, so dass alle Körperzellen aus Verlangen danach verrückt wurden und die Gier die Pupillen starr werden ließ, die auf die Wolke weißen Dampfes über dem Kessel gerichtet waren. Währenddessen zog der Körper die Schultern zusammen, damit nur eine kleinere Oberfläche den Wassergüssen ausgesetzt blieb, zog den Hals ein und ballte die Fäuste, um sich der Kälte- und Nässewelle zu widersetzen.

Der Abgrund der Leere würde jeden Moment – man spürte es – das letzte Quäntchen Verstand aufsaugen. Die Reihen über uns wollten sich nicht bewegen, nur die tiefe Kuppel drückte die Dämmerung noch fester an den Hang. Vielleicht fehlte jemand und man würde auf ihn im Regen warten müssen, während nach ihm gesucht wird und auch noch danach, wenn man ihn halb tot in den Bunker geschafft hätte. Dann aber lief der SS-Mann die Treppe hinauf. Schnell setzte er die trompetenförmigen Stiefel von einer Stufe auf die nächste und die parallel aufgereihten Augen folgten dem Flattern seines Gummimantels durch das Netz der Regentropfen. Vielleicht hatte er erst jetzt den Bunker und das Krematorium durchsucht, vielleicht würde es, sobald er auf dem Gipfel angekommen ist, das Zeichen zum Auseinandergehen geben. Aber die Reihen auf der nächsten Terrasse blieben stehen, jene über ihnen und noch weiter darüber genauso, obwohl der Gummimantel schon längst den Gipfel erreicht haben musste. Nur ein gedämpftes Flüstern schien durch die Reihen zu gehen, nicht mal ein Flüstern, nur ein etwas lauteres Rauschen nasser Klamotten, die sich gegen andere nasse Klamotten rieben. Der Regenguss hörte inzwischen allmählich auf, und mit den abnehmenden Regentropfen, die vom Wind durch die Luft gewirbelt wurden, kam von oben der Klang eines Holzhammers, der offenbar gegen einen dicken Klotz schlug. Die dunkle Kuppel fing an zu zerfallen, und durch ihre Trümmer schleppte sich ein schwarzer Polyp, der mit seinem wassersüchtigen Bauch den Hang bedecken und Erdboden und Wälder mit menschlichen Überresten durchkneten würde. Wieder Schläge? Die Gedanken drehten sich ängstlich in den ausgehöhlten Schädeln, die Blicke wandten sich nach rechts und nach links, aber schließlich mussten die Augen wieder bei den Rücken der Reihe auf der oberen Terrasse Halt machen. Auch diese Rücken waren unsicher, nach vorn geneigt und unruhig, weil sie genauso auf der oberen Terrasse eine Reihe vor sich hatten. Jemand sprach. Was sagte er? Aber der Körper zitterte in den nassen Rohren, und es überlief ihn nicht kalt bei der unklaren Neuigkeit, trotz der Regentropfen, die jetzt in den Nacken flossen, sondern die Müdigkeit vertiefte sich weiter, die vom Abgrund des Hungers immer tiefer zum Mittelpunkt der Erde getrieben wurde. Wirklich, einen russischen Burschen? Die Rücken auf der oberen Terrasse richteten sich auf, als würde noch einmal der SS-Mann im Gummimantel kommen, um die Reihen durchzuzählen, nachdem der Polyp dort oben angeschwollen war und seine Fangarme sich aufgelöst hatten, so dass er wieder zum rußigen Elefanten wurde, der ohne Füße auf Knien und Bauch hinaufkroch. Als müsste er trotz der amputierten Glieder zum Gipfel, wohin ihn die Worte riefen, die hin und wieder herunterprasselten wie dunkle, surrende Steinchen aus dem unsichtbaren Schlund des Vulkans. Die Augen starrten in die nächste Reihe, weil jene Rücken gezuckt hatten, genauso wie die oberen und die obersten gezuckt hatten. Die Augen schienen in der kleinsten Bewegung der Rücken den Widerhall einer Gefühlsreaktion auf eine Handlung erspähen zu wollen, die sich im Angesicht der Reihen auf der obersten Terrasse vollzog. Sie waren jedoch weiterhin nur die Rücken von Körpern, die stillstanden. Sie standen unbeweglich mit den kahlen Schädeln, und doch schien es, als wären sie nach und nach von einer Welle, einem leichten Zittern gleich, durchdrungen, die den hängenden Körper zusammenfahren ließ, bevor er in strammer Unbeweglichkeit erstarrte. In der Luft breiteten sich inzwischen die Flügel eines schwarzen Raubvogels aus, der auf der Bergspitze den hölzernen Schädel hackte. Man hörte wiederum die dumpfen Schläge. Und die Reihen setzten sich doch in Bewegung. Zuerst auf der höchsten Terrasse, dann auf der tiefer gelegenen und auf der nächsttieferen, langsam, damit die nasse Kleidung die Haut nicht berührte. Nur die Köpfe schauten nach rechts, weil auf der höchsten Stufe der verlassenen Pyramide ein einsamer junger Körper hing, wie an einem Speichelfaden, der dem Raubvogel aus dem Schnabel herausgelaufen war, als er die Flügel über die niedergewalzten Wolken ausbreitete. Der Körper baumelte langsam wie ein drehbarer Blitzableiter. Inzwischen fing man an, die Kessel aus der Küche hinter seinem Rücken hinauszutragen und mit ihnen die Treppen hinunterzugehen. Die Reihen drehten sich zu dem einsamen Körper, aber instinktiv folgten sie dem Dampf, der den Kesseln entwich und sie in den Block leitete. Ihr langsamer Gang wurde immer schneller, je mehr sie sich dem Block näherten, und schon rannten sie, als sie eintraten und fieberhaft nach den roten Näpfen griffen, sich zu den Tischen setzten und ins Gedränge quetschten. Das nasse Sackleinen klebte am Körper, aber wenn zwischen den Tischen der Schöpflöffel in den Kessel versenkt wurde, lauerten wir auf ihn, der achtzehn Stunden ununterbrochen Mittelpunkt unseres Atmens gewesen war. Endlich hielten wir das Gesicht über dem Blechgeschirr, und der Mund schluckte gierig die heiße Rübensuppe. Jemand, der noch darauf wartete, sagte, dass der Junge mit den Füßen auf dem Boden schleifte, so dass man ihn herunternehmen und nochmals aufhängen musste. Im Raum wurde es immer dunkler wegen der Wolken, die jetzt wieder wie trächtige Elefanten vor den Fenstern hingen, der Junge baumelte über uns, zwischen Tisch und Kessel, so dass ihn der warme Dampf ganz umhüllte. Der eine, der noch nichts bekommen hatte, sagte dann, dass der russische Junge gelächelt habe, als man ihm die Schlinge um den Hals legte. Uns war es, als käme mit jenem Lächeln von weither, durch dichten Nebel, die Vergebung, weil uns das wässrige, doch warme Essen so gut erschien und der Dampf so angenehm, dass man die Nässe auf dem Rücken, den Oberschenkeln und den Ellbogen fast nicht mehr spürte, und weil der Holzlöffel mit so großer Hoffnung ein Stückchen Kartoffel suchte, als er den eisernen Boden kratzte.

Jetzt steht der Galgen vor mir und ragt gierig mit dem hölzernen Schnabel in den sommerlichen Himmel. Darunter befindet sich ein viereckiges Kästchen, dessen Deckel sich neigt, wenn man mit dem Fuß auf das Pedal hinter dem stehenden Klotz tritt. Und wenn der Schuh das Pedal langsam hinunterdrückt, rutschen die Fußballen des zu Henkenden auf dem Deckel, der sich langsam entzieht, während oben die Schlinge den Hals langsam zuschnürt. Jetzt verstehe ich, warum wir damals so lange stehen mussten. Eine neue Form des langsamen Sterbens, wie auch das unendliche Dahinsiechen der hungrigen Organismen ein zerdehntes Sterben war. Es sieht so aus, als brauchte der deutsche Mensch den Rhythmus des langsamen, zurückhaltenden Sadismus, um sich wegen der uralten Gräueltaten seines eigenen Stammes auch selbst masochistisch zu quälen. Bei dem ganzen tödlichen Irrsinn muss der entgleiste Geschlechtstrieb eine erhebliche Rolle gespielt haben, wie der große Eifer des Regimes beim Sterilisieren und Kastrieren zweifellos beweist. Bei den Experimenten mit dem Unterkühlen in eiskaltem Wasser bestand Himmler darauf, dass man den durchgefrorenen Gefangenen mit dem warmen Körper einer nackten Gefangenen wieder aufwärmen solle. Und er kam auch selbst nach Dachau, um das Ganze zu beobachten, wobei er sich sehr amüsierte, als bei einem Gefangenen, der das Experiment überlebt hatte, durch die Wärme eines weiblichen Körpers der Geschlechtstrieb wieder erwachte. Doch dieses grobe Holzgerät sieht fast genauso aus wie jenes am Piave, wo man während des Ersten Weltkriegs die tschechischen Patrioten aufhängte, die man zusammen mit den italienischen Soldaten gefangen genommen hatte. Ich denke dabei an die Fotos in Matičič' *Auf den blutigen Feldern.* Eine Reihe rudimentärer Galgen, die General Wurm entlang der ganzen Front vom Piave bis Tirol für einige hundert Legionäre aufstellen ließ. Ich sehe die Soldatenstiefel der Gehenkten vor mir, wie sie fast den Boden berühren, während die Leute im Halbkreis gaffen, denn jeder konnte kommen, um sie zu sehen. Eine warnende und Angst einflößende Vorstellung. In Matičič' Buch gibt es auch ein Bild, auf dem der Henker gerade dabei ist, die Schlinge am Hals eines Tschechen zurechtzulegen, dessen Hände auf dem Rücken zusammengebunden sind. Er steht auf einer Kiste unter einem Baum mit zwei in Form eines Dreiecks angenagelten Holzlatten. Der kräftige Körper steht ruhig, das Gesicht bitter, gefasst und abwesend. Die Augenlider sind geschlossen, damit die Gedanken dahinter in der Dämmerung einsamer werden. Vielleicht sind sie nach Hause entflohen und verabschieden sich dort von den heimatlichen Wäldern, vom Gesicht seiner Frau. Aber seine Gesichtszüge haben von alledem Abschied genommen und tragen ein Konzentrat aus stiller männlicher Traurigkeit, Widerstand und Einsamkeit in sich. Er konnte sich überhaupt nicht vorstellen, dass seine reine Liebe für die Freiheit hinter dem Zaun eines italienischen Gartens zu Ende gehen sollte, im gierigen Griff von Händen, die sich eifrig mit seinem Hals beschäftigten. Sein Gesicht gleicht einem dunklen Vorhang, der sich vor allem Menschlichen gesenkt hat. Die Umgebung berührt ihn schon längst nicht mehr, genauso wenig weiß er über den Soldaten, der sich mit der rechten Hand auf den Holzstamm stützt, aber mit den Augen auf den Kasten starrt, auf dem das Opfer beharrlich steht, und der es kaum erwarten kann, in diesen Kasten zu treten. Als man den jungen Mann, der hier während der Essenszeit hing und die ganze versammelte Lagerautorität mit spöttischem Lächeln betrachtet hatte, loslöste, weil es das erste Mal nicht geklappt hatte, war er so geistesgegenwärtig, seinen Speichel zu sammeln und ihn vor den Vertretern der neuen europäischen Ordnung auszuspucken. Anne Frank beteuert zwar, sie hätte trotz allem den Glauben in die fundamentale Güte der Menschen nicht verloren. Mag sein, doch man fragt sich, wann die Menschheit so organisiert sein wird, und wer sie so organisieren wird, dass sich nicht Perversität und Sadismus, sondern Güte offenbart.

Unterdessen hat der Touristenführer, der sich auf einen Stock stützt, seine Gruppe hierher geleitet. Er erklärt die Technik des langsamen Würgens, ich aber entferne mich und gehe auf die Stelle zu, mitten auf der Wiese, wo es noch ein Stück der Schmalspurgleise gibt, eine umgekippte Lore und einen Haufen Granitsteine. Einfache und einsame Dinge, die aber viel mehr erzählen als der lange Vortrag über die atrophischen Körper, die in dem Steinbruch mit dem Granit kämpften. Ich habe das nicht ausprobiert, weiß aber, dass ich mich jetzt nicht unter den Betrachtern der Gleise und der Lore befände, hätte ich damals die großen Steinbrocken schleppen müssen. Wovor mich mein kleiner Finger bewahrt hat. Und Jean. Hätte nämlich Jean nicht mit Leif über mich geredet, hätte mein Papierverband bald ausgedient gehabt. Die Nähe der Besucher beunruhigt mich. Ich fühle mich, als wäre ich nicht diesen Nachmittag aus der Außenwelt hierher gekommen, als hätte ich vielmehr hier auf sie gewartet, als wäre jede Information für mich, wie für jeden Gefangenen, ein Splitter des richtigen Lebens. Also nähere ich mich wieder dem Fremdenführer, um seinen Worten zu lauschen. Er erzählt gerade von dem Tschechen, der angeblich ein professioneller Turner war, ein Meister des Hochsprungs. Er soll irgendwo eine lange Stange gefunden haben, und auf der niedrigsten Terrasse sei es ihm gelungen, den elektrischen Stacheldraht zu überspringen und zwischen den freien Bäumen zu landen. Selbstverständlich hat man ihn wieder gefangen. Wegen des Murmelns der Touristen kann ich nicht verstehen, was mit dem jungen Mann geschehen ist. Es gibt nur zwei Möglichkeiten: Entweder hat er sich bei der Landung ein Bein verstaucht und konnte deswegen nicht weit laufen, oder er ist richtig aufgesprungen und weggelaufen, wurde aber von den Hunden eingeholt. Ich trete noch näher an die Gruppe heran. Der Mann erzählt, sich auf den Stock stützend, dass man den tschechischen Jungen zu dem Lagerkommandanten gebracht hatte. Dieser wunderte sich sehr über seine Fähigkeiten und sagte zu ihm: Wenn du noch einmal darüber springst, bist du frei! Der Junge war natürlich skeptisch, aber was hätte er tun sollen, er musste es auch gegen die eigenen Erwartungen versuchen, sich aus dieser Hölle zu retten. Und tatsächlich gelang es ihm ein zweites Mal, mit jener Stange den hohen elektrischen Draht zu überspringen. Bei der kleinsten Berührung, hätte ihn der Strom getötet. Doch seine Fähigkeit, eines Falken würdig, rettete ihn auch nicht vor der Schlinge. So hat der deutsche Befehlshaber sein Wort gehalten, bemerkt ironisch der Mann, der jetzt, mit seinem Stock, ziemlich greisenhaft und naiv erscheint. Es ist schon wahr, dass er das alles erzählt, um die Leute aufzuwühlen, trotzdem hat er die Atmosphäre verdorben, die er mit dem Bild aus seinen Erinnerungen erschaffen hatte. Ich denke dabei an den tschechischen Akademiker in Matičičs Buch. Man hatte ihn am Fluss Piave gefangengenommen, doch unter dem Galgen sprach er von Freiheit und vom Ende des stiefmütterlichen Österreich. Stolz jede Hilfe verweigernd, legte er sich selbst die Schlinge um. Aber der Strick riss. Der mutige Legionär sprang auf und sagte, dass nach österreichischem Recht ein zum Tode Verurteilter gerettet ist, wenn der Strick reißt. Die Erwiderung war natürlich ganz kurz: Noch einmal aufhängen. Der Akademiker wies nochmals die Helfer zurück, weil er nicht wollte, dass sie Hand an ihn legten. Weiter sagte er: Pfui, Betrüger, schämt euch! Ein Vierteljahrhundert liegt zwischen diesem ›pfui‹ und der Spucke des hiesigen Gehenkten vor dem SS-Kommandanten, doch der Charakter der Akteure dieser Tragödien hat sich nicht um ein Haar verändert. Zwei Mal hat der nüchterne und ruhige slawische Stolz der germanischen Grausamkeit die Stirn geboten. In der Tat ist neben der Liebe, die zweifelsohne an erster Stelle kommt, der edle Widerstand gegen die ungerechte Wirklichkeit das Höchste, was wir zur Rettung der menschlichen Würde beitragen können. Das Überwinden der trübsinnigen Wirklichkeit ist eine große Mitgift, die wir von Generation zu Generation weitergeben und die in unseren Genen schon so eingewachsen ist, dass keine Macht sie ausrotten kann. Wie prächtig die Erscheinung dieses Turners ist, von der ich zum ersten Mal höre. Das bedeutet, dass jemand doch versucht hat, den Bann der Ohnmächtigkeit und des langsamen Verreckens zu durchbrechen. Es wurde also doch jemand von den Bäumen jenseits des Ofens gerufen. Ein Athlet und sein Sprung in die Freiheit. Man sollte eingehender darüber nachdenken. Es wird immer wieder bestätigt, dass der Mensch, wenn er gesund und bei klarem Verstand ist, mühelos weiß, was zu tun ist; ganz anders, wenn er sich physisch und seelisch verändert. Der Saft in seinem Gewebe vertrocknet oder fließt aus, die Reflexe lassen allmählich nach, seelisch verkriecht er sich immer tiefer in einen Nebel von Stumpfheit. Er braucht die Stumpfheit wegen des ununterbrochenen Zusammenlebens mit dem Tod, sie bewahrt ihn vor dem Wahnsinn. Nein, es hilft überhaupt nichts, wenn wir jetzt darüber nachgrübeln; wenn der Mensch zum Schatten seiner selbst wird, sind seine Bewegungen ziellos und unendlich verzögert. Die einzig mögliche Rettung ist dann der einhellige Widerstand, in dem sämtliche übrig gebliebenen Funken zu einem großen Strom zusammenfließen. Die seltenen Versuche, die mir bekannt sind, zum Beispiel in Mauthausen, waren allesamt kollektiv. Der ganze Block ist in der Nacht hinausgestürzt und hat die Strohsäcke gegen den Hochspannungsdraht geworfen. Sicher, kaum jemand hat es geschafft, sich zwischen den Maschinengewehren und Hunden durchzuschlagen, doch die Gefallenen haben ihre Menschenwürde gerettet. Aber es ist fruchtlos, absolut fruchtlos, jetzt darüber nachzudenken.

Ich habe gewartet, bis die Gruppe weggeht, um mich dem senkrechten Gerät zu nähern. Ich weiß nicht, was mein Bein gezwungen hat, sich auf das Pedal zu senken, wahrscheinlich war es die automatische Neigung zur Nachahmung, die anscheinend doch eine Art Grundgesetz ist für alles, was lebt. Vielleicht wollte ich herausfinden, wie stark der Widerstand des Deckels ist und in welchem Maße er dem Druck des Pedals nachgibt. Vielleicht interessierte mich, ob das Gerät nach zwanzig Jahren noch immer funktionstüchtig ist.

Und während mein Fuß sich vom Boden hob, sträubte sich alles in mir dagegen, und von einem unsichtbaren Grund stieg die neblige Wolke empor, die mich jedes Mal umhüllt, wenn ich im Begriff bin, etwas zu tun, was in sich irgendwelche gestaltlosen Drohungen birgt. Ich sage mir zwar, dass ich den hölzernen Fetisch überwältigen muss, ich sage mir, dass ich nur feststellen will, wie weit das Pedal nachgibt, wie weit der Fuß es niederdrücken muss. Doch die Beschwörung hilft nicht, und bei dem schnellen Versuch, bei dem ich spüre, wie leichtgängig das Pedal ist, erfahre ich, dass mich diese Feststellung überhaupt nicht interessiert, und mich überkommt das vage Gefühl, blind in die seelenlose, entweihte Atmosphäre einzudringen. Ich entferne mich vom Stamm des hölzernen Krans, und der rechte Fuß bewegt sich selbsttätig, um die Sohle der Sandale an irgendetwas abzustreifen; es gibt aber nichts, nur scharfe Splitter weißen Schotters liegen dicht aufgeschüttet auf dem Boden. Als ich an der Lore und am Gleis vorbeigehe, niedergeschlagen wegen meiner niedrigen Triebe, drängt sich mir der Gedanke auf, dass es das Bein eines Menschen war, das den Deckel auslöste, so dass die Fußsohlen des gehenkten Jungen darüber wegglitten. Nein, das ist keine billige Entschuldigung für mein naives Gebaren, sondern nur die bittere Erkenntnis, dass ein bis dahin unschuldiges Bein früher oder später in die Fußstapfen eines anderen Menschenbeines treten kann.

Ich müsste jetzt in Richtung Ausgang gehen, doch ich zögere wieder wie unten, als ich mich nicht entschließen konnte, die Treppe hinaufzusteigen. Ich schaue mich auf dem Hang um und ich erahne das Gefühl unsinnigen Heimwehs, das mich überkommen wird, sobald ich wieder draußen sein werde. Ich befinde mich auf dem ruhigen Friedhof, dessen Bewohner ich einst war, von dem ich Urlaub genommen habe, und an den ich jetzt zurückgekehrt bin. Ich bin ein Bewohner dieses Ortes und habe nichts gemein mit den Leuten, die jetzt zu dem vergitterten Tor gehen und sehr bald wieder ihre Erlebnisse nummerieren, die Stunden aufteilen und die Minuten zerkleinern werden. Hier ist der Posten einer untergegangenen Welt, die sich ins Unendliche ausweitet und nirgendwo auf die Welt der Menschen trifft, da es nirgendwo zwischen den beiden einen Berührungspunkt gibt. So bin ich mit ihr verbunden wie mit der Sahara-Wüste, wo der Mensch zu einer Flamme zwischen anderen Flammen wird, von ihrer unendlichen Leere und vernichtenden Grenzenlosigkeit aber so nachhaltig durchtränkt ist, dass er sich danach in der Ferne entzweit fühlt und sich auf unerfüllbare Weise nach einer neuen Vereinigung sehnt. Das Wüstenfeuer jedoch ist rein, der Sand unschuldig, während hier menschliche Hände die Öfen schürten und der Erdboden in dieser Welt mit Asche vermischt ist. Andererseits kann ich mich vielleicht von diesen Wiesen gerade deswegen nicht trennen, weil sie so in sich geschlossen sind, dass ich sie mit einem einzigen Blick überfliegen kann. Es gibt keine Einteilung wie in anderen Konzentrationslagern, es gibt keine Verlängerung und keine Verbreiterung von irgendetwas. Alles ist übersichtlich. Alles ist sinnvoll geordnet, und dem anspruchsvollen Herrn hat man feinfühlig Treppen in den Hang gemeißelt, so dass er mühelos zum eigenen glühend heißen Opfertisch hinabsteigen konnte.

Ich weiß nicht. Ich weiß wirklich nicht, was mir fehlt. Auf jeden Fall werde ich wie die anderen auch durch das vergitterte Holztor gehen und diese Atmosphäre in die alltägliche Zerstreutheit mitnehmen. So ist womöglich gerade das Bedürfnis, mit der Stille noch etwas anderes mitzunehmen, der Grund für meine Unentschlossenheit. Etwas, was das Bild nicht abschaffen, aber seine fast traumähnliche Macht aufheben würde. Doch es gibt nichts zum Mitnehmen. Und außerdem wandelt sich jetzt dieser Besuch, der einen Hauch von Sinn in meine ziellosen menschlichen Tage gebracht hat, irgendwie in eine pietätvolle Handlung, auch wenn ich das nicht mag. Meinetwegen. Möge es also eine Huldigung an die Manen der erloschenen Kameraden sein. Es gibt hier aber keinen lebendigen Keim, den ich mitnehmen könnte. Keine Offenbarung. Wenn aber doch, dann eröffnet sich mir jetzt erneut, dass die Existenz einer guten Gottheit unmöglich ist, die allgegenwärtig und so auch ein stummer Zeuge vor diesem Schornstein wäre. Und vor den Gaskammern. Nein, wenn es eine solche Gottheit gibt, dann ist sie mit den Dingen verbunden, mit der Erde, mit dem Meer und mit dem Menschen, kennt den Unterschied zwischen Heil und Unheil nicht und kann ihn auch nicht kennen. Das wiederum bedeutet abermals, dass allein der Mensch die Welt, in der er lebt, zu ordnen vermag und so zu verändern vermag, dass in ihr mehr gute als schlechte Ideen zu realisieren sind. Dann wäre die Welt wenigstens nach menschlichem Ermessen akzeptabler. Dann würde sich der Mensch der Idee des Guten nähern, von dem er träumt, seitdem er sich seiner schöpferischen Fähigkeiten bewusst geworden ist. Dann würde er sich der guten Gottheit nähern, die in seinem Herzen konzipiert wurde. Doch jetzt muss ich hinaus, denn ich kann tatsächlich nichts aus diesem Zauberkreis aus rostendem Stacheldraht mit auf den Weg nehmen.

Ich bin jetzt draußen und stehe vor dem Mahnmal, das fünfundvierzig Meter hoch über den langen, dichten Reihen weißer Kreuze aufragt. Jeder einzelne Franzose, der in der deutschen Krematorienwelt zu Staub wurde, hat hier sein eigenes Kreuz. *Nécropole nationale du Struthof.* Das Mahnmal ist in der Tat würdevoll, ein Beweis der Liebe eines großen Volkes zu seinen Töchtern und Söhnen. Die linke Hälfte des hohen Zylinders wird von einer schrägen, steil fallenden Schlinge durchfurcht, die am unteren Ende nach innen abknickt. Die rechte Hälfte wird von der Leere weggesaugt, so dass nur eine senkrechte scharfe Kante übrig bleibt. Ins Innere dieses erhabenen Symbols für das gebrochene Leben hat der Künstler das Sinnbild eines rachitischen Körpers hineingemeißelt, der in dem weißen Stein unentrinnbar gefangen ist, so wie er einst unentrinnbar in den blendenden Fängen der unbarmherzigen Grube gefangen war. Die scharfe Spitze des Mahnmals ist eine dreikantige Lanze, die im Himmel stecken geblieben ist, während die Gestalt in Richtung Donon schaut, wo sich vor ihren leeren Augenhöhlen das ganze Amphitheater der Vogesen ausbreitet. Ich überlege, wie weise die Idee einer nationalen Grabstätte in einem Konzentrationslager war, das man hinter dem Stacheldraht wie in einem Netz belassen hat, das es vor der Schwäche des menschlichen Gedächtnisses bewahren soll. Aber stärker als die nüchterne Bewunderung für die Reife und Pietät eines großen Volkes spüre ich lebhaft, wie bei mir erneut der Widerstand gegen die Art und Weise erwacht, wie man in Slowenien noch vor kurzem in den so genannten Dachauer Prozessen diejenigen demütigte, die aus diesen Vernichtungslagern zurückgekehrt waren, und noch mehr jene, die dieses Glück nicht hatten. Es sah fast so aus, als hätte jemand beschlossen, dass sie die Erniedrigung, die sie hier erlebt hatten, das ganze Leben begleiten sollte, in ihre Stirn eingebrannt, wie die Nummern, die unseren Frauen in Auschwitz am linken Unterarm eintätowiert wurden. Warum nur?

Warum die Gloriole reinen Heldentums für diejenigen, die mit dem Gewehr in der Hand oder hinter dem Maschinengewehr liegend umgekommen sind, während es für die anderen, die vom Hunger ausgehöhlt wurden, nur eine flüchtig gemurmelte Erinnerung gibt, ansonsten aber nur Schweigen? Warum habt ihr auf so schäbige Weise den ungeliebten Gast von euch gewiesen? War derjenige, der aus dem Hinterland dem Kriegsmann den Kampf ermöglichte, nicht genauso heldenhaft wie der bewaffnete Anführer? War er nicht vielleicht sogar noch heldenhafter, da er sich in Gefangenschaft allein auf seine geistige Kraft verlassen musste, während der jetzt mit Ruhm gekrönte Held zwischen sich und dem Feind immer noch die Waffe hatte, mit der er seinen Mut beschirmen konnte? Warum zweierlei Maß? Wenn sich einige übel benommen haben und sogar mit den Vernichtern kollaboriert haben, warum soll deswegen ein böser Schatten auf die Unzahl von Toten und die Gruppe der Überlebenden fallen? Aber wir, die wir zurückgekehrt sind, sind auch selbst schuld, weil wir nicht rebelliert haben. Enttäuscht über die Nachkriegswelt, haben wir uns in uns selbst zurückgezogen und sind auf Zehenspitzen in die verlassenen Gegenden davongelaufen, wo aus der verwundeten Erde das Unkraut wuchs. Wir sollten anfangen zu reden, nicht nur wegen der eingeäscherten Kameraden und der eigenen Ehre, sondern mehr noch, um den Menschen den Wert der Selbstaufopferung ins Bewusstsein zurückzurufen, die mehr noch als die Selbstaufopferung auf dem Schlachtfeld zum Reichtum der Menschheit gehört.

Ich gehe ein Stück des Weges, der oberhalb des Lagers ansteigt. Er führt zum Steinbruch, aber ich gehe nicht, um dorthin zu gelangen. Links gibt es auf der ganzen Strecke Wald, rechts an manchen Stellen Wiesen, an anderen eine steinige Böschung. Hin und wieder taucht aus der Kurve ein Auto auf, und die Augen der Passagiere verweilen auf dem Fußgänger, den die Abenddämmerung bald mit dem Bergfrieden verschmelzen wird. Nun, auch woanders würden sich die Reisenden über den verirrten Menschen auf dem nächtlichen Asphaltband wundern, denn sie würden seiner Gangart entnehmen, dass er kein Ziel ansteuert und dass es ihm egal ist, in welche Richtung er sich begibt. Auch auf dem Weg nach Dutovlje schauen mir die Leute auf ähnliche Weise nach, so dass ich dann in den Park am Schulhaus gehe. Aber jetzt erscheine ich ihnen wahrscheinlich wie der Schatten eines Verstorbenen, der aus Versehen auf eine Verkehrsader geraten ist, wo er doch sonst über die weiten Felder der Zeitlosigkeit irrt. Und für einen Augenblick weiß der Fahrer nicht, ob er den Fuß vom Pedal nehmen oder noch kräftiger darauf drücken soll. Es mag ja sein, dass ein solcher Spaziergang ganz fruchtlos ist, und dennoch bin ich fest davon überzeugt, dass der Mensch früher oder später nachgeben, dass er das fieberhafte Bauen riesiger Städte und das ruhelose Umherrennen in ihren mit weiten grünen und roten Augen übersäten Labyrinthen satt haben wird. Es wird, so glaube ich, eine lange Zeit anbrechen, in der die Menschheit auseinander gehen und wieder nach dem Grünen, nach Wäldern und Flüssen suchen wird; dann wird sie in Ruhe und Stille mit allen vergangenen Verirrungen abrechnen. Ich denke keineswegs, dass sie die bis dahin erreichte Entwicklung verwerfen wird; weil ihr aber immer bewusster wird, dass die Stadtkonglomerate keine Lösung für unser Schicksal sind, wird sie sich beruhigen und von neuem anfangen, die Erdenheimat zu erkunden. Vorausgesetzt, sie wird die Erde nicht vorher auf ihren neurotischen Irrwegen durch das Atom zerschlagen. Das ist die größte Unbekannte. Der Mensch ist nämlich wahnsinnig und neugierig genug, um sogar das versuchen zu wollen: aus dem Planeten, auf dem er lebt, ein großes Feuerwerk zu entfachen. Dabei müssten ihm als Warnung doch die Landschaften genügen, die man sich bei den Hiroshima-Bildern vorstellen kann. Als ich vorletztes Jahr hier war, habe ich nicht über solche Probleme nachgedacht, aber der Spaziergang auf dem einsamen Weg wurde zu einem Erlebnis unerwarteter Beklommenheit. Zuerst bin ich wie heute auf den alten Stufen gegangen, habe auf jeder Terrasse gehalten, was einfach eine Bewegung zwischen bekannten Dingen war, eine Bewegung in heimischer Umgebung. Als ich mich aber vor dem dunklen Wald befand, traf mich etwas wie ein leichter, aber deutlicher elektrischer Schlag. Es war, als würde ich inmitten der freien Natur plötzlich erwachen. Als hätte ich trotz der langen Monate, die ich hier verbracht hatte, und trotz der Jahre an Erinnerungen, die hierher pilgerten, erst in jenem Moment entdeckt, was für dunkle Bilder dieser Berg in sich trägt. Es war die innere Erleuchtung, die ganz plötzlich erstrahlte, wie das Licht, das ins schwarze Innere einer Kamera fällt. Mir wurde bewusst, wie gezeichnet der Hang war, den ich gerade hinter mir gelassen habe, und mich befiel der Eindruck, die geschändete Böschung sei mit einer bleiernen Stille belastet, die sie in einem unhörbaren Erdbeben spalten und den Berg versinken lassen würde, erfasst von der Kälte der abgrundtiefen Schlucht. Gleichzeitig war es aber so, als wäre die Erde schon aufgerissen und als fingen dunkle Früchte gerade an zu erwachen, Knäueln unausgetragener Babys gleichend, die sich dem erzwungenen Abbruch des Wachstums widersetzten. Nein, es wird mir nicht annähernd gelingen, über die erschütternde Wiederbelebung dieser Atmosphäre zu berichten. Denn es war auch, als wären alle Verstorbenen hier anwesend, hier auf dieser Straße, die vom dunklen Rücken der großen Bäume abgeschirmt wird, und nicht unten auf den Terrassen; ihre lebendige Nähe ähnelte nicht der Nähe von Geistern, die sich im tiefen Schatten der stillen Stämme bewegten, es war vielmehr der Angriff einer kompakten Menschenmenge, die ihr Gebiet vor der Neugierde eines modisch angezogenen und in sommerlichen Schuhen spazierenden Körpers verteidigte. Diesmal wiederholte sich das nicht. Selbstverständlich denke ich auch jetzt an die langen Reihen, die in den Steinbruch gingen und aus ihm herauskamen, und sage mir, dass mich vorletztes Jahr das Gefühl übermannt hat, ich könnte der trottenden gestreiften Kolonne begegnen, die jeden Moment hinter der Kurve auftauchen würde, und dass diese Vorahnung jene schrecklichen Gedankensplitter verursacht hat. Ich befürchtete, ich könnte sie treffen. Erschrak ich vor ihnen, die immer bei mir sind, wie ich bei ihnen? Nein, ich würde eher sagen, dass inmitten der nächtlichen Stille ein Funke Hellsichtigkeit in mir aufgegangen war, wie sie zuweilen ein Künstler oder ein Asket erfahren darf; es war das Aufwachen aus der Stumpfheit, in die der Tod uns versenkt hatte. So ist vielleicht der Vergleich mit den Leibesfrüchten am passendsten, die in der Dunkelheit aus der ewigen Regungslosigkeit für mich erwacht waren; ihre erschütternde feindliche Nähe hier, außerhalb des Stacheldrahts, entsprang wahrscheinlich dem Bewusstsein, dass sich ihre massenhafte Vernichtung mit der unendlichen Vereinsamung der Natur und des Weltalls vereinigt hat, um so zur monströsen Antithese meines Daseins zu werden. Es war in der Tat der unmittelbare Kontakt mit der kosmischen Blöße, das Erlebnis der absoluten Leere, die Berührung mit dem Nichts, mit der Quintessenz des Nichts, die weder vom menschlichen Auge zur Auferstehung gerufen, noch von irgendeinem menschlichen Gefühl veredelt wurde.

Struthof. Fünfhundert Meter Straße vom Lager hinab in Richtung Schirmeck. Dann noch ein kurzer Weg, der vom Asphalt abzweigt. Fast ein kleiner Hohlweg, der vor dem Berghotel breiter wird. Eine Art entfernter Verwandter des *Planinski orel* (Alpenadler) im Trenta-Tal. Ich bin hier wegen des niedrigen Gebäudes auf der linken Seite. Es wurde wie ein eigenständiger Bunker auf dem sanft geneigten Hang gebaut; die Eingangstür steht weit offen und man sieht die weißen Kacheln an den Wänden, so dass man meinen könnte, vor einem ländlichen Baderaum zu stehen. Aber auch wenn man nichts über diese weiße Kammer weiß, ahnt man, wenn man davor steht, sofort, dass derjenige, der sie sich ausgedacht hat, keine dem Menschen wohlgesonnenen Gedanken gehegt haben konnte. Auch wenn man nicht bemerkt, dass kein Duschkopf aus der Decke herausragt, erschauert man bei der Welle der Leere, die einem aus dem Raum entgegenweht und die das zwerghafte Gebäude umgibt, denn es scheint wie aus der Gebirgswelt herausgeschnitten zu sein. Mit einem echten Badezimmer verbindet man normalerweise die Erinnerung an die Annehmlichkeit von warmen Wasserstrahlen und an die Abdrücke nasser Fußsohlen; das spürt man auch dann, wenn es verlassen dasteht oder wenn man es erst viele Jahrhunderte später wiederentdeckt, nachdem es die Asche des Vesuv unter sich begraben hat. Damals wusste ich nichts Genaueres über diesen Baderaum, ich glaubte, er wäre irgendwo im Inneren des Lagers. Er war von einem Geheimnis umhüllt, das mich nicht beschäftigte, er gehörte zu den Bildern, gegen die ich mich instinktiv wehrte. Aus der Nachkriegsliteratur weiß ich jetzt, dass man Professor Hirt achtzig männliche und weibliche Körper geliefert hatte, welche Kramer, der Kommandant dieses Lagers, aus Auschwitz bekommen und zwischen diesen weißen Fliesen mit Gas erstickt hatte. Professor Hirt hat sie konserviert und im anatomischen Institut in Straßburg aufbewahrt, um an ihnen die somatologischen Besonderheiten minderwertiger Menschen zu studieren. Sein größtes Interesse galt den jüdisch-bolschewistischen Kommissaren.

Als die Alliierten sich Belfort näherten, wurden all diese in fünfundfünfzigprozentigem Alkohol konservierten Körper zerstückelt und verbrannt, so dass Professor Hirt keine Abgüsse von Hominiden machen und sie auch nicht ausbeinen konnte, um wenigstens die Skelette zu erhalten. In Berlin spürte man, dass der Vormarsch der Alliierten nicht aufzuhalten ist. Joseph Kramer erzählte beim Prozess, wie die nackten Frauen hier eintreten mussten, wie er durch ein Rohr Hirts Salz hinein leitete und sie durch das kleine Fenster beobachtete. Seine Aussage hängt jetzt an der Wand links vom Eingang. Das geschah 1943. Im Jahr darauf, als ich hier war, wurde diese Zelle, soweit ich es beobachten konnte, hauptsächlich für die Zigeuner verwendet. Diese habe ich erst im Block Nr. 5 gesehen, als ich als Dolmetscher zu Leif ins Revier kam. Davor trat die Gaskammer nur als Ahnung in den Horizont meiner Fantasiewelt. In der drangvollen Bewegung unzähliger hungriger Organismen hielt sie sich im Hintergrund, irgendwo jenseits des Schornsteins mit seinem Rauch. Doch an jenem Nachmittag, als die istrischen Männer zurückkamen, streifte uns das unsichtbare Böse aus nächster Nähe. Wären die Väterchen nicht zu uns zurückgekehrt und hätten uns ihre Geschichte erzählt, hätten wir überhaupt nichts über sie erfahren. Ich weiß nicht mehr, wo sie der SS-Mann eingesammelt hatte, ob er sie aus dem Block geholt oder einfach auf der Wiese vor dem Haus aufgegriffen hatte. Er stellte sie in eine Reihe vor dem Büro auf, und sie verspürten eine besondere Unruhe, so wie die Tiere, wenn ein Unwetter oder ein Erdbeben sich nähert. Eine Unruhe, die anders war als jene, die aus den leeren Verdauungsorganen aufsteigt, anders auch als das leichte Zittern, das man spürt, wenn man für den Abmarsch zur Arbeit ausgelesen wird. Die Geschichte ihres Stammes hat sie nämlich noch mehr als die anderen slowenischen Menschen befähigt, die Nuancen in der reichen Palette der Vorahnungen zu unterscheiden. Und sie fingen an, sich hin und her zu winden, wie Pferde, wenn ihre Nüstern vom Brandgeruch gereizt werden; und der SS-Mann war wie ein alter Pferdeknecht, der ewig keift und lästert und das Tier auf den Kopf zwischen die Augen schlägt, ihm Tritte in die Seite verpasst. Er schrie etwas gegen die verdammten Zigeuner, sie aber rebellierten wie weise Bauern einem unerfahrenen Agronomen gegenüber. Wir sind keine Zigeuner, sagten sie und zeigten ihm den Großbuchstaben I, den der Kopierstift mitten ins rote Dreieck geschrieben hatte. Italiener und Zigeuner – gleich!, schrie der Pferdeknecht und stieß mit Fußtritten die kleinen Männer zusammen, die aus der Reihe vorgetreten waren, um ihm die Großbuchstaben an der Brust zu zeigen. Sie waren krumm, weil Hände sie gekritzelt hatten, die das Schreiben nicht gewohnt waren, aber sie waren gut sichtbar und deswegen womöglich auch heilbringend. Als er sie aber wieder eingereiht hatte und dabei war, sie abzuführen, zuckte bei einem der ausgemergelten Männer ein versteckter Nerv wie bei einem Vogel, der das Auseinanderbrechen der Erdschichten im Innersten des Planeten erahnt, so dass er schrie: Wir sind Österreicher! Da erstarrte der Pferdeknecht wie beim Befehl eines Offiziers. Waas?, fragte er gedehnt, bereit, die gestreiften Kreaturen anzugreifen. Diese beeilten sich alle durcheinander, den wundersamen Satz verständlich zu machen und zu erklären. Sie sprachen ja Deutsch, das aber seit Ende des Ersten Weltkriegs schon so abgenutzt war, dass der gestiefelte Mann sich einem Wirrwarr gegenübersah, aus dem er sich mit dem einzigen Mittel zu retten versuchte, mit dem die deutsche Seele ihre uralten Komplexe zu bewältigen trachtet: Er schrie. Aber schließlich stapfte er doch ins Büro, um den Dolmetscher zu holen. Natürlich konnte der Laibacher Bursche sie genauso wenig verstehen, als er zu ihnen kam, so dass auch er nach dem Muster der deutschen Schule die Stimme erhob, als sie immerfort beteuerten, sie seien Österreicher. Doch allmählich gelang es ihnen, begreiflich zu machen, dass sie bis 1918 österreichische Staatsbürger gewesen waren. So trieb sie der SS-Mann mit Fußtritten zur Seite und sie kamen zu uns ins Blockhaus zurück. Auf Grund dieser Erfahrung waren sie aber noch hilfloser als vorher und ihre Blicke gingen unruhig von einem Gesicht zum anderen, als suchten sie bei uns die Erklärung für das, was wie ein kalter Schwall unter den Flügeln eines Nachtvogels an ihrer Stirn vorbeigezogen war. Doch richtig verstand ich erst, welchem Schicksal die istrischen Alten entkommen waren, als ich den ersten Zigeuner auf dem Zementboden des Waschraums im Block Nr. 5 sah und über den bläulichen Schaum nachdenklich wurde, der ihm aus dem Mund lief. Ich habe mich nie gefragt, wo die Gaskammer sei, mich sorgten eher die jungen Zigeuner, denen der Professor kleinere Dosen verabreichte, um die Wirksamkeit des neuen Gases beurteilen zu können. Ich sehe immer noch den einen vor mir, der die ganze Zeit wie ein alter asthmatischer Mann nach Luft rang. Immer wenn ich an seiner Liegestätte vorbeiging, schaute mir sein schönes, längliches, sonnenbraunes Gesicht nach. Und es schien, als wüsste er, dass ich ihm nicht helfen konnte. Aber vielleicht wünschte er, dass sein Schicksal sich mir einprägte, damit ich es in all seiner Ausweglosigkeit erleben und ihn auf seinem einsamen Weg begleiten könnte. Wer weiß, ob in meinen Augen ein stilles Einvernehmen mit seinem furchtbaren Geheimnis zu sehen war, ob meine Gesten nicht vielleicht nur die Eile und Sorge ausstrahlten, die zum Teil aus der echten, zum Teil aber auch aus jener anderen Geschäftigkeit entstehen, mit der wir uns aus einer qualvollen und ohnmächtigen Verlegenheit herausmogeln.

Schließlich der Campingplatz. Ich habe nochmals der Versuchung widerstanden, in einem gemauerten Haus zu übernachten und in einem richtigen Bett zu schlafen, in diesem Schirmeck, das so besonnen am Fuße unseres Berges kauert. Ich weiß nicht, welcher verrückte Wunsch nach Gegensätzen mich schon beim ersten Besuch am Abend mit dem Bild eines gut eingerichteten, sorgfältig aufgeräumten Heimes lockte. Ich überlegte sogar, wie es wäre, wenn ich die Nacht in dem hübschen Gasthaus unweit der Gaskammer verbringen würde. Ich dachte, ich könnte mich vor dem Einschlafen mit den Schatten der Verstorbenen verbinden, die sich vom steilen Hang her nähern würden. Aber schon im nächsten Moment wurde mir die Monstrosität eines solchen Versuchs klar; es hätte keinen Sinn, für eine Nacht ein ganz gewöhnlicher Tourist sein zu wollen, um mich so dem jähen Wechsel der Gefühle auszusetzen. Ich bin dem sentimentalen Hinterhalt ausgewichen. Hier in Schirmeck hat mich vorletztes Jahr auch das Bild von Radfahrern, die durch das Städtchen fuhren, dabei unterstützt. Ich weiß nicht, ob die *Tour de France* auch hier durch führt oder ob es sich um ein regionales Radrennen handelte; auf jeden Fall standen die Leute dicht gedrängt entlang der Gehsteige und warteten auf die Rennfahrer wie auf die Ankunft des Erlösers, aber es kam nur ein kleines, verstaubtes Auto vorbei, und der Mann in ihm schaute aufmerksam danach aus, wann die schicksalhafte Bergstraße von der Hauptverkehrsader abzweigen würde. Ich habe es den Leuten natürlich nicht übel genommen, dass sie sich am Fuße des Kalvarienberges des zwanzigsten Jahrhunderts solchen Äußerlichkeiten widmeten, im Gegenteil, denn ich bin ein Verfechter eines glücklichen und heiteren Lebens; aber die Erinnerung daran war heute dafür ausschlaggebend, dass ich, wie im vorletzten Jahr, zu den Zelten einbog. Ich parkte jedoch in einiger Entfernung von ihnen und den Fahrzeugen. Es gab Platz genug, so dass ich allein am Rande des Rasens stand. Meine Sandalen sind in dem üppigen Gras feucht geworden, als ich den rechten Vordersitz entfernte und die Pirelli-Matratze aufblies, um mir die Schlafstätte für die Nacht zu bereiten. Unzählige Male habe ich in den letzten Sommern diese Bewegungen wiederholt, die Rückenlehne gekippt, das aufklappbare Schemelchen in die Mitte gestellt und die aufgeblasene, weiche Gummimatte darauf gelegt, die zwei Bettlaken entfaltet, an den Seiten untergestülpt und dann noch die Wolldecke daraufgelegt und untergeschoben. Nun, ich habe diese abendlichen Verrichtungen von den Alpen bis Amsterdam und von Amiens bis Tübingen wiederholt, aber erst hier ist diese Abendbeschäftigung zum bewussten Ritual geworden. Im bescheidenen Licht, das unterhalb des Rückspiegels leuchtet, habe ich mir in dem engen Raum das Bett gemacht mit dem lebhaften Gefühl, mich selbst um die gewonnene

Freiheit zu beneiden. Ich gebe zu, dass ich des Öfteren diese Lust verspürt habe, doch jetzt, hier, unterhalb des Hanges mit den Terrassen, bin ich mit jeder Faser meines Organismus erwacht. In diesem Augenblick wird mir klar, dass dieses Nomadentum eine Erbschaft der Lagerwelt ist, aber gleichzeitig weiß ich, dass ich mit meinem Nomadentum nicht vor der Allgemeinheit wegrenne. Vielmehr bestätige ich mir mit ihm immer wieder, dass der Mensch Anspruch auf seinen persönlichen Raum hat, in den die Allgemeinheit kein Recht hat, ihre neugierige Nase oder ihre giftigen Krallen hineinzustecken. Soweit es mir möglich war, habe ich den Lebenden die Botschaft derjenigen überbracht, die vor meinen Augen zu erniedrigten Knochen gemacht wurden, es sei mir also jetzt erlaubt, ein freier Wanderer zu werden. Aus meiner Ungebundenheit entsteht schließlich wieder eine heimliche Verbundenheit mit allen der Grausamkeit abgeneigten Menschen, die langsam versuchen, aus Objekten zu Subjekten der Geschichte zu werden.

Nun sitze ich neben der vorbereiteten Schlafstätte. Ich habe mir die Milch aufgewärmt und den Zwieback mit Butter bestrichen. Ich versuche, den Geschmack nachzuempfinden, den das fingerdicke Stück Margarine hatte, aber der Geruch der Milch aus den Vogesen, der aus dem Behälter aufsteigt, hat die Gedanken an die Vergangenheit verscheucht. Und ich habe es zugelassen. Und während ich die warme Milch trinke, habe ich die Hochweide unter dem Krn vor Augen, wo wir den eben erst gemolkenen Saft der küstenländischen Hochebene schlürften. Vielleicht stimmt es nicht, und wir hatten nur den Eindruck, dass er nach Kohlröschen duftet, allerdings spürten wir, dass wir uns mit der Lymphe der heimischen Berge für den Kampf gegen den schwarzen Terror stärkten. Wir konnten bei weitem nicht ahnen, mit welcher Bergweide wir unsere Tolmeiner Steilhänge würden tauschen müssen. Ich bin schon wieder dort. Ich denke an André. In dem Kiosk vor dem Lager habe ich sein Buch gekauft. Und ich war so sprachlos überrascht, den Augenzeugenbericht eines Kameraden in den Händen zu halten, dass mir die Rückkehr ins Tal nicht mehr schwer fiel. Aber unter Andrés Foto, das ihn in gestreifter Kleidung bei der Befreiung von Dachau zeigt, habe ich ein kleines Kreuz und die Jahreszahl 1954 entdeckt. Du bist also gegangen, André, nachdem du so oft den lautlosen Schritten des unsichtbaren Verfolgers entkommen bist. Neun Jahre. Spärlich wurde dir die Zeit bemessen, du konntest dich in der kurzen Zeitspanne bestimmt nicht mit der Pracht der heimischen Felder durchtränken, konntest nicht die hungrige Begierde besänftigen, von der unsere Augen erfüllt sind, seitdem sie sich wieder im Reich der Farben und des Wachstums befinden. Warum bloß habe ich nicht auf dein Kärtchen reagiert, das mich nach Sens einlud! Du hattest es mir ins Sanatorium nach Villiers geschickt, einen schmalen Streifen Papier, wie ihr Ärzte ihn zum Ausstellen von Rezepten verwendet. Als praktischer Mensch hast du mir einfach auf dem Papier geantwortet, das du gerade bei der Hand hattest, aber du hast mir auch deswegen auf einem Blatt mit Namensaufdruck geschrieben, um deinen Sieg über die Anonymität von Nacht und Nebel zu unterstreichen. So hast du auch dein Buch betitelt: *N.N. Nacht und Nebel.* Die zwei Buchstaben, die du auf deinem Rücken mit Ölfarbe gemalt trugst. Wie zuerst die

Norweger und Niederländer, dann aber auch die Franzosen und Belgier. Zwei große Ns auf den Schultern, was so viel bedeutete, dass ihr nicht zur Arbeit außerhalb des Lagers durftet und auf dem Gebiet innerhalb des Stacheldrahts zu Grunde gehen solltet. Angeblich, meinst du, sind die zwei symbolträchtigen Wörter einer Wagneroper entnommen. *Nacht und Nebel gleich!* Und an der Stelle, wo eine menschliche Gestalt stand, erscheint eine Rauchsäule. Ich weiß es nicht. Man müsste es überprüfen. Ich weiß allerdings aus Erfahrung, wie sehr es den Deutschen gefällt, das Gespenstische mit Musik zu verbinden. Die Kapelle in Dora. Das Orchester auf unseren toten Terrassen. Die Töne wirken auf sie wie ein besonderes Betäubungsmittel. Wie Haschisch, das zunächst träumerische Erscheinungen auslöst, dann aber den Organismus reizt, bis er die Kontrolle verliert und tollwütig wird. In der Tat, man sollte den ursprünglichen Keim dieser Entmenschlichung suchen, denn die ökonomischen und soziologischen Erklärungen allein werden nicht ausreichen; genauso wenig wie Glumpowitz' Rassentheorie oder Friedrich von Gagerns Bücher. Du, André, zitierst zum Beispiel auf den ersten Seiten deines Buches als Motto Nietzsches Maxime, dass niemand groß werden kann, der keinen Willen verspürt, großes Leid zuzufügen. Leid ertragen kann jedes Weibchen, jeder Sklave, die erste Bedingung für Größe aber ist, wie er meint, dass man vor den Angriffen des inneren Verlorenseins und der Beklommenheit des Zweifelns nicht zusammenbricht, wenn man großes Leid verursacht und den Aufschrei hört. Schöpfer sind angeblich hart, und man wird die Glückseligkeit in der Härte erreichen, die den Jahrtausenden das eigene Siegel einprägt. Auf jeden Fall steckt in diesen Sätzen der Keim der ganzen Krematorienwelt, auch wenn Nietzsche mit seiner Elite, mit seinem aristokratischen Künstler-Tyrannen vermutlich nicht an solche Helden dachte, wie sie der Nazismus hervorgebracht hat. Bertrand Russell meint, dass Nietzsche nicht verstanden habe, dass sein Übermensch möglicherweise ein Produkt der Angst sein könnte, denn wer ohne Angst vor dem Nachbarn lebt, verspürt auch keine Not, ihn zu vernichten. Und vielleicht liegt gerade darin der Ansatz zu einer Erklärung der irrsinnigen Ekstase der Deutschen. Eine elementare Angst. Die Angst der Elite, sie könnte den geschichtlichen Zeitpunkt verpassen, um ihre Eigenschaften geltend zu machen. Die Angst der Masse vor der Elite, eine Angst, die sich bald in die Vergötterung der Macht, der unbestrittenen Ordnung und der mechanischen Disziplin verwandelt. Und aus der Angst lassen sich sowohl der Irrationalismus als auch Rosenberg herleiten.

Denn es gibt gar keinen Zweifel, dass dabei der Kampf des westlichen Kapitals um Einflussbereiche und um den Kolonialbesitz die Hauptrolle spielt. Aus diesem Grund, André, bist du nicht im Recht, wenn du im Vorwort den Leser fragst, ob es nicht angebracht wäre, diesen Stamm zu vernichten, der Nietzsche, Hitler und Himmler sowie Millionen von Ausführern ihrer Ideen und Befehle hervorgebracht hat. Du hast Unrecht, denn ohne dass es dir bewusst wird, akzeptierst du das Übel, das dich angesteckt hat. In deinem heiligen Zorn bist du ganz und gar kein Arzt. Es ist schon wahr, dass der Chirurg die verweste Stelle entfernt, um die Entstehung von Metastasen zu verhindern, und dass er versucht, die schädlichen Fasern herauszuschneiden. Aber wenn es um die menschliche Gemeinschaft geht, müssen wir mit Vergleichen und Analogien sehr behutsam vorgehen. Man muss das Umfeld verändern, nicht den Mörder vernichten, der vom Umfeld verdorben wurde. Den Nachkriegsmenschen haben nicht diejenigen enttäuscht, die die deutsche Nation nicht vernichtet haben, sondern diejenigen, die aus strategischen Gründen die Fortführung des alten Irrsinns ermöglicht und die infizierten Menschen für die neue europäische Gesellschaft benutzt haben; diejenigen, die zulassen, dass man operettenhafte Prozesse inszeniert, die nichts anderes als eine öffentliche, juristisch bemäntelte Verhöhnung der Millionen von eingeäscherten Europäern sind. Denn, wie Dr. Mitscherlich feststellt, nicht einer der Verurteilten hat bei seiner Verteidigung den einfachen Satz ausgesprochen: Ich bedauere. Sicher hat dich, André, die Erfahrung des äußersten Bösen so tief erschüttert, dass du es im Keim ersticken möchtest, der Gestank der Zersetzung hat sich in dir festgesetzt, der Gestank von Eiter und Ruhr, in dem wir arbeiteten und schliefen, und mit deinem ganzen Wesen widersetzt du dich der Gnade für das Volk, das auf diese Weise Europa und die Welt verpestet hat. Ich verstehe dich, doch gleichzeitig weiß ich, dass du unvernünftig bist, und es tut mir Leid, dass es dich nicht mehr gibt, weil ich morgen gerne zu deiner Ambulanz gefahren wäre, auch wegen der vierten Ausgabe deines Buches. So bist du für mich auch André Ragot, Arzt in Sens, vor allem aber bist du für mich immer noch der junge Mann in Holzschuhen, in gestreifter Kleidung, durch das am Hals offene Hemd ganz jugendlich, der aufopfernde Arzt, der keine Angst vor dem

Typhus hatte, und schließlich der leidenschaftliche Franzose, vernarrt in sein Vaterland und in die Freiheit des Geistes. Du bist mir näher als jene, die mir nahe stehen, aber außerhalb unseres Geheimnisses leben.

Es ist schon eine Weile her, dass ich das Lämpchen unter dem Spiegel ausgeschaltet habe, und ich werde mich jetzt hinlegen, doch es gefällt mir, noch kurz die Zelte zu beobachten. Die Dunkelheit hat fast alle schon verschluckt, nur aus einem entweicht noch ein breiter Lichtschweif. Er erinnert mich an den buschigen Fuchsschwanz, den mein linkes Vorderlicht an der Kreuzung in Štanjel einfing. Es ist schon spät, so dass niemand mehr zwischen den Zelten spielt wie gestern Abend in Tübingen. Das Zelt, das mir am nächsten ist, befindet sich zu meiner Linken, fünf oder sechs Personen sitzen auf Klappstühlen um ein niedriges Tischchen herum. Sie reden leise, so dass ich nicht verstehen kann, welcher Nationalität sie angehören, aber schließlich spielt es überhaupt keine Rolle, ob es Norweger oder Niederländer sind. Vielleicht hat sie die Suche nach dem Einvernehmen mit der Natur an dieses Ende Europas getrieben, und sie lauschen jetzt in der Stille der Nacht ihrer heimlichen Sendung. Womöglich kennen auch sie die Bedeutung der Großbuchstaben N.N. und haben die Wiesen dort oben besichtigt, so dass sich während der Nacht unglaubliche Bilder in ihre Träume einschleichen werden. Die Verbindung mit der Natur ist nun unterbrochen, und sie werden sie erst wieder zwischen ihren Fjorden, Tulpen oder Windmühlen finden. Im Moment schweigen sie ehrfürchtig in der Dunkelheit angesichts des Geheimnisses der Erde und des Berghangs, der unsichtbar die Leinenbehausungen der Nomaden des zwanzigsten Jahrhunderts abschirmt.

Höchstwahrscheinlich habe ich nicht geträumt, die Eindrücke des gestrigen Besuchs haben sich wohl im Halbschlaf unter die Schatten gemischt, die mir die Nacht von Markirch brachte, bevor ich einschlief. Mir ist auch nicht bewusst, schlecht geschlafen zu haben, und ich bin auch nicht wie beim Camping in Tübingen aufgewacht, wo ich mich wegen des unruhigen Schlafes auf dem engen Liegeplatz umständlich gedreht habe. Vermutlich habe ich darüber nachgedacht, als ich nur halb wach war, jetzt aber ist die Nacht vorbei, und ich sehe die Bilder wie durch einen dichten Schleier der gerade erwachten Erinnerungen. So habe ich den Eindruck, als hätte ich mich in der Nacht in einer der Baracken versteckt und darauf gewartet, dass der Wärter die Tür des verlassenen Pferches abschließt. Wie soll er auf die Idee kommen, dass jemand Lust verspürt hat, die Nacht in dem stillen Reservat zu verbringen; er ist ja kein Wärter des Louvre, der die berühmten Gemälde schützen soll. Hier gibt es keine Bilder, nach denen es irgendjemand verlangt. Ja, es war so, als wäre ich mitten in der Nacht aus der Baracke getreten und auf der Wiese stehen geblieben. Zu meiner Rechten verfing sich die Dunkelheit im Galgenschnabel und wurde dichter, unter mir drängten sich gestreifte Gestalten auf den schmalen Ebenen, den ganzen Abhang hinunter. Da es keine Baracken mehr gibt, war es an den Seiten leer und die Reihen rückten wie gewöhnlich zusammen, um sich zu wärmen. Sie schwankten jedoch nicht hin und her. Sie standen unbeweglich, Schatten mit härenen Kleidern, die sie aber nicht berührten. Sie hingen von ihren Schultern wie von den Zinken eines Holzrechens, wie von hölzernen Kleiderbügeln, die sich scharf in das schlottrige Gewebe eindrückten. Und niemand war angemeldet, der die Reihen auf den Terrassen kontrollieren würde. Es gab nur mich. Obwohl ich getrennt von ihnen war, wusste ich, dass ich kein Besucher war, dessenthalben sie widerwillig dort standen. Aber ein unbestimmtes Schuldgefühl kam in mir hoch. Noch bevor ich mich in es vertiefen konnte, um seinen verborgenen Zwang zu ergründen, erschien mir Leif neben dem langen Tisch. Ich sah die Reihen von Körpern, die nackt in der Sonne standen und auf die Untersuchung warteten, als handelte es sich um eine schicksalhafte Selektion. Ich hatte dort als Dolmetscher gar nichts zu bestimmen, aber ich schadete auch keinem. Leifs klinische Entscheidungen hingen schließlich vor allem von einer schnellen optischen Beurteilung ab; die Menge ließ keine andere Methode zu. Weswegen dann die stumme Kälte der gegliederten Reihen? Die sind doch nicht meinetwegen versammelt, überlegte ich. Gewiss treffen sie sich dort jede Nacht, wenn die lebenden Besucher die Terrassen verlassen haben. Mit ihrem Auftreten verleihen sie dem Boden wieder Würde, auf dem das Sommerschuhwerk gelaufen war. Sie stehen stumm wie verwaiste byzantinische Heilige und schauen rebellisch vor sich hin. Doch wenigstens einer könnte sich umdrehen und mir mit einer Kopfbewegung zeigen, dass er mich gesehen hat, auch wenn er mich mit seinem gläsernen Blick verurteilen würde. Alles wäre besser als diese kalte Nichtbeachtung. Was werft ihr mir eigentlich vor? Warum lasst ihr zu, dass ich wie ein Fremder an euch vorbei die Treppe hinabsteige?

Sogar ihr, die ihr aus unserem Blockhaus gekommen seid? Wir saßen oder lagen doch alle zusammen im Staub vor dem Block. Taten wir das nicht? Wir drückten die Glieder gegen die Erde in der Hoffnung, sie könnten eine schwache Welle der heilenden Strahlung des entfernten Erzes einfangen, eine geheimnisvolle Welle, welche die dicken Steinbrocken und den unfruchtbaren Lagerboden bezwingen und unser atrophisches Gewebe bestrahlen würde. Sind wir nicht zusammen gelegen? Oder vielleicht auch nicht; womöglich war unser Liegen vor allem der Ausdruck unseres endgültigen Aufgebens: des instinktiven Wunsches nach jener Ruhe, in der die Vereinigung mit der irdischen Materie die einfache und endgültige Beilegung aller Gegnerschaften und die Abschaffung aller Stimmen bedeutet. Unsere Regungslosigkeit ähnelte dem Dösen der Greise, deren Venen ausgetrocknet und deren Muskeln erschlafft sind. Aber die Alten werden nicht vom Gefühl der vollkommenen Aushöhlung bedrängt, die Erwartung der sich nähernden Ruhe ist ihnen nicht mehr bewusst. Der Körper, der sich in den Staub gelegt hat, kennt dagegen die Bewegung und Geschäftigkeit der Massen auf dem schmalen Streifen vor der Baracke ganz genau. War es etwa nicht so? Waren wir innerlich nicht alle hellwach? Denn solange er ein gewisses Niveau nicht erreicht hat, tötet der Hunger nicht ab, sondern treibt den Körper in die sinnlose Bewegung eines aufgeregten Umherlaufens. Die Gier der Verdauungszellen überträgt sich auf Gesicht und Gehör, die erregt darauf lauern, auch nur den leisesten aufmunternden Widerglanz, nur das geringste Geräusch einzufangen. Selbstverständlich wusste jeder endgültig und mit seinem ganzen Wesen, dass es keine Änderung geben konnte und auch nicht geben würde, dass keine Überraschung möglich war. Es sah aber so aus, als würde das bloße Lauern ein Bedürfnis des unbefriedigten Organismus erfüllen. So war es, sagen wir, als die Blicke die Verhandlungen beim Tauschen von Kommissbrot gegen Zigaretten verfolgten. Es ging um fast eine ganze Portion Brot, das heißt, dass es die Größe einer Postkarte hatte und zwei Finger dick war. Es ähnelte einem Viertel eines alten Ziegels, nur dass es ausgetrocknet und rissig war, am Rande abgewetzt, weil es der Besitzer unter dem Hemd an der Brust trug, damit es nachts keiner entwenden konnte. Aber es war ein Stück echten Kommissbrots. Und die lauernden Augen konnten nicht begreifen, wieso er für ein Dutzend Machorkas darauf verzichten wollte. Die Augen konnten und konnten den leidenschaftlichen Raucher nicht verstehen und verfolgten unruhig die aufgeregten Bewegungen seiner Finger, während der eckige Adamsapfel in der Kehle hoch stieg, weil der Speichel selbsttätig von der Gurgel heruntergeschluckt wurde. Aus der allgemeinen Aufregung entstand dann auch die Verurteilung des Mannes, der die einzige wenn auch noch so schwache Möglichkeit zu überleben verspielen würde, doch sämtliche Augen verfolgten den neuen Besitzer, der ein Stück gefurchten Ziegelsteins an die Brust presste und durch die Gruppe lief, um langsam und ohne Zeugen jeden einzelnen Bissen auszukosten. Sind wir nicht allesamt den unterdrückten Schreien der Materie in uns unterlegen? Waren wir nicht alle gleich verwundbar? Ich stand auf der Treppe in Höhe unserer Baracke und mir schien, als wären meine Fragen Schriftzüge in leuchtenden Neonbuchstaben in der Luft inmitten der Bergnacht, vor denen die in Reih und

Glied Stehenden dennoch stumm blieben. Warum bewegen sie sich nicht, warum schreien sie nicht auf? Aber nein, besser nicht. Die Bewegung instinktgetriebener Menschenmengen regt mich nicht weniger auf. Ich weiß schon, ich weiß es ja, murmelte ich plötzlich, es liegt an dem Kommissbrot, das ich gegen Zigaretten erfeilscht habe, dass ihr jetzt so fern und kalt seid. Soll ich auch vor euch mein Vergehen gestehen? Aber es ist doch nur ein Mal vorgekommen. Ein einziges Mal. Ich weiß schon, was ihr denkt. Dass ich weder vorher noch nachher zu Zigaretten kam. Ich habe ja keine Gewähr, dass mich der Hunger nicht wieder überwältigt hätte. Die Einmaligkeit mindert keineswegs die Untat, und sie genügt, um der wenig edlen Psyche einen unauslöschlichen Stempel einzuprägen. Ich hatte mir überlegt, wenn es mir nicht gelingt, das viereckige Brotstück zu bekommen, wird es wohl zu einem anderen wandern. Und ich schwankte zwischen der Großherzigkeit, die Machorkas zu verschenken, um so die Sucht des Rauchers zu befriedigen, und der Schwäche, als Zunge und Gaumen den Geschmack des Kommissbrotes schon im Munde spürten. Sie werden es erst gegen Abend mit Speichel benetzen können, wenn es nicht schnell, noch in diesem Moment entschieden wird. Und der Tag hatte gerade erst begonnen. Mein Körper war damals gerade von der Ruhr genesen und schied keinen Schleim mehr aus. Das Kommissbrot fing wieder an zu munden, während es zur Zeit der Krankheit nach Lehm geschmeckt und ich es den anderen abgegeben hatte. Nun, ich suche nicht nach mildernden Umständen. Das Bewusstsein der Niederträchtigkeit und Schwäche erfüllte mich schon in dem Augenblick, als die Geschmackslust die Oberhand gewann. Ja, das Bewusstsein von Kleinheit und extremer Schäbigkeit. Habt ihr mich denn wegen jenes Kommissbrotes ausgestoßen? Schaut ihr deswegen nur vor euch hin? Ein paar könnten sich doch wenigstens nach mir umschauen. Wenigstens die, die auf dem Müllhaufen nach Kartoffelschalen gestöbert haben. Und die anderen, die sich mittags drängten, um das Innere des leeren Kessels auskratzen zu können. Hört mal, ich habe doch später, als ich Dolmetscher war ... Warum drängt ihr mich bloß, mich jetzt auch noch mit dieser Ausrede zu erniedrigen. Stimmt, ich war dann nicht mehr hungrig, und es ist kein Verdienst, etwas abzugeben, wenn man nicht mehr vom Hunger gequält wird. Es ist so. Doch es kann nur der für andere von Nutzen sein, der kräftig genug ist. Anders geht es nicht. Ich weiß schon, ihr meint, dass wir alle, die wir etwa als Krankenpfleger in den Blockhäusern mit Kranken gearbeitet haben, vom Brot unserer Verstorbenen lebten. Sie wurden auf der Bahre ins Warenlager hinuntergetragen, ihr Viereck Kommissbrot aber blieb auf dem Tisch. Wir haben es gegessen, wir haben uns davon ernährt. Ja, wir haben es gegessen. Wir haben es in der Tat gegessen. Ich ahne, was ihr denkt. Das Böse bestand nicht darin, dass wir es aßen, sondern darin, dass wir mit jenem Brot rechneten. Und wir wussten ganz genau, wessen Portion übrig bleiben würde. Wir waren nicht mehr andauernd hungrig, und die Arbeit hatte uns so im Griff, dass wir beim Menagetermin nicht mit all unseren Sinnen dabei waren. Wir nahmen euer Brot nicht wie Gläubige entgegen, die zur Kommunion gehen. Wir waren nicht innerlich gesammelt vor eurer Hinterlassenschaft. Wir benahmen uns wie damals, als wir zuerst lange nackt in der

Dunkelheit der kalten Nacht gestanden hatten und uns dann begierig den warmen Strahlen der Duschen übergaben. Wir fragten uns nicht, mit welchem Brennmaterial das Wasser erwärmt wurde, wir wünschten uns nur, dass die Wärme noch dauern würde und wir für eine Weile vergessen könnten, dass der nackte Körper schon bald wieder von der Höhenluft umarmt werden würde. Wir waren in derselben Ordnung eingebettet wie die Fliesen im Fußboden, und wir aßen euer Brot genauso selbstverständlich wie der Totengräber sein Mittagessen ruhig verzehrt, das er sich mit seiner Arbeit verdient hat. Aber ihr habt Recht. Wir haben uns daran gewöhnt. Der Mensch gewöhnt sich an alles. Wir sind abgestumpft. So ist es nur gerecht, wenn ihr mich wegen des Kommissbrotes nicht mögt, das ich mit den Zigaretten ergattert habe. Zu jener Zeit gab es noch keine automatisierten Bewegungen, aus denen die Gewohnheit entsteht. Der Hunger verursachte uns damals Fuchsbisse im Magen, und ich wusste genau, wann ich die Grenze überschritten hatte und auf das Gebiet der elementaren Triebe geraten war. Verurteilt mich ruhig wegen dieses Kommissbrotes. Denn als der Körper des Rauchers schließlich zusammenfiel, geschah das auch wegen jenes Stückes Kommissbrot, das von mir verzehrt worden war. Hätte ich ihm die Machorkas geschenkt, hätte wenigstens dieser Verlust einer Scheibe Kommissbrot nicht zum Verkümmern seines Wesens beigetragen. Er aber hatte erkannt, dass für ihn, selbst wenn er von diesen Wiesen gerettet würde, alles verloren war; also lachte er dem Tod ins Gesicht und gönnte sich das, was er am meisten mochte, womit er vielleicht eine ganz eigene Würde erreichte. Wir aber, die wir unsere Augen vom ausgetrockneten, rissigen Brot nicht abwenden konnten, verschrieben uns der Zwergenhaftigkeit. Ja, flüsterte ich, ihr schweigt mit Recht. Und ich blieb auf den Terrassen allein mit meinem Gewissen, ohne eine andere Lösung zu finden, um die unbewegliche Stille zu überwinden, als mich zu rühren und langsam und vorsichtig die Treppe hinabzusteigen. Dieses lautlose, fast schleichende Versetzen der Füße gelang mir, weil ich keine Holzschuhe trug, sondern Sandalen. Und ich nahm mein Schuhwerk, das ich von jeher mag, bewusst wahr; ich erkannte, dass mein Gang nur ihretwegen so leicht und elastisch war. Und auf einmal wurde mir klar, dass mich die Reihen auf den Terrassen nicht absichtlich übersehen hatten, sondern dass sie mit ihren gewichtslosen Augen meine lebendige Gestalt nicht einmal wahrgenommen hatten. Gleichzeitig erkannte ich, dass sie für mich genauso unsichtbar sein müssten – wahrscheinlich waren sie das auch, ich habe sie aus dem Gedächtnis heraus, das im Traum wiedererwacht war, auf die Terrassen versetzt. Und ich wusste, dass ich träume, aber gleichzeitig befand ich mich außerhalb der Träume und war beruhigt, dass ich nicht mehr mit entblößtem Gewissen vor der tausendfachen stummen Menge stand. Wie schon im Konzentrationslager schlief ich ein und wusste, dass ich schlafe. Aber gleich darauf ging doch die Baderaumtür auf, und eine Herde rasierter und gewaschener Körper strömte in die Nacht. Sie liefen zu der Treppe und schnellten hinauf. Sie hielten Hemd und Hose in der Hand, die Schatten der Nacht irrten auf ihren eckigen Gesichtern, abgehackte, laute Schläge der Holzschuhe schallten von der steilen Treppe. Manche liefen aber nicht, sie zogen die geschwollenen Füße nach, von Stufe zu

Stufe. Keiner kümmerte sich um mich, so dass auch ich woandershin blickte. Ich dachte, dass der Schornstein auf dem Gipfel erglühen und der rote Mohn erscheinen würde. Aber der Schornstein blieb schwarz und erloschen, man sah nur, dass er leicht hin und her schwang. Und das stimmte auch, denn unten hatte eine Gruppe von Kindern nach dem Stahlseil, das den Schornstein festhielt, gegriffen, und mit den kleinen Händen daran gezogen, als wollten sie ihn niederreißen. Dann aber öffnete sich die Baderaumtür erneut und es erschienen Körper, deren Knochen an den Hüften die Form einer liegenden 8 hatten, im Schritt aber drei zusammengedrängte kleine, ausgetrocknete Walnüsse trugen. Ein Mädchen deckte sich schnell mit der Hand die Augen zu, die restlichen Kinder aber starrten sie eine Weile an, als befänden sie sich vor vervielfältigten Bildern eines entstellten Pinocchio und öffneten dann ihre Augen ganz weit.

Angesichts der Frage Andrés, ob es nicht angebracht wäre, das Volk zu vernichten, das die Erde so geschändet hat, habe ich die kollektive Schuld bezweifelt. Aber auch André ist nicht konsequent. Nachdem er sich wieder beruhigt hat, erinnert er sich, wie er den Deutschen Franz gerettet hat, der Kapo des Bunkers und des Krematoriums war. Die SS-Leute haben alle solche Zeugen regelmäßig beseitigt; weil Franz aber zu den Häftlingen human gewesen war, hat ihn André, als wir dabei waren, das Lager zu verlassen, im Revier versteckt. Beim ersten Krankenabtransport hat ihn ein SS-Mann bemerkt, so dass er bleiben musste, während die anderen die Baracke verließen. André gab aber nicht auf und steckte ihn in die nächste Gruppe, und als die SS-Leute sich an Franz erinnerten und ihn abholen wollten, war er nicht mehr da. Es ist kaum anzunehmen, dass man ihn nachher im Meer gestreifter Gestalten gefunden hat. Das bedeutet, dass André Franz wegen dessen Menschlichkeit dem Schlund des Ofens entrissen hat. Das Gefühl für Gerechtigkeit und Solidarität war damals bei André mächtiger als das Bedürfnis nach Verdammung und Ächtung. Es ist aber auch wahr, dass es eine große Ausnahme war, wenn ein deutscher Mensch ein wenig von dem zeigte, was wir für gewöhnlich Herzenskultur nennen. Ich habe in vierzehn Monaten so etwas nur ein Mal erlebt, und zwar damals, als der Zug auf einem unbekannten Bahnhof hielt und nebenan ein Militärzug mit Luftabwehrgeschützen und Maschinengewehren stand. Es war, als wir hundertfünfzig Skelette aus zwei Waggons beerdigten, nach Janoš' Ende. Die zwei Waggons neben der Lokomotive füllten sich wieder, aber die Zahl der Spindeldürren war doch kleiner geworden. Bei dreißig Waggons macht sich das sicherlich nicht besonders bemerkbar, aber hie und da konnten manche doch etwas leichter unter dem kühlen April-Himmel aufrecht stehen. Und wenn sie nicht so eng zusammengedrängt waren, konnte manch einer, von einem Zaun aus grauen und violetten Streifen umgeben, zusammensinken und hockend sein Leben aushauchen; sonst mussten auch die, deren Augen erstarrten, aufrecht bleiben, von der dichten Masse eingeklemmt. Nur manchen stärker verwilderten Gruppen gelang es zuweilen, den stehenden Tod hinunterzudrücken, so dass sie dann auf ihm, auf seinem harten Abholz standen. Doch wegen der offenen Türen konnten sich die, die Phlegmonen und Eiterbeulen hatten, bis zum Rand vordrängen; so hatten wir Krankenpfleger alle Hände voll zu tun. Nicht dass die Skelette sich gerade sehnlichst neue Verbände gewünscht hätten, doch allein der Blick auf die Desinfektionsflüssigkeit und das gelbe Fett beruhigten wie ein Wahnbild den Hunger, der seit sechs Tagen andauerte und das vorangegangene mehrmonatige Fasten vervollständigte. Die Betreuung des Krankenpflegers befreite sie aus dem amorphen gemeinsamen Verrecken, womöglich spürten sie auch das Bedürfnis nach der Nähe des Krankenpflegers, nach der Berührung seiner Hände, als würde sie das träumerische Vertrauen in sein Ritual mit den Streifen weißen Papiers unaufhaltsam anziehen. Der Militärzug stand daneben. Der Bahnhof war nicht zu sehen, weil man uns etwas außerhalb abgestellt hatte. Es war ein sonniger Tag, aber die Sonnenstrahlen waren ohne Kraft, erniedrigt und gebeutelt, ein gewisser anämischer Zorn war in ihrem Licht zu verspüren. Es strahlte nur auf den in den Himmel gerichteten Maschinengewehrläufen glasig. Ich weiß nicht, ob es geschah, als wir in Hamburg umsonst zwischen zwei Zügen mit Häftlingen in gestreiften Kleidern warteten, oder schon vorher. Denn wie jedes Mal, wenn wir standen, haben wir Krankenpfleger uns entlang der Waggons verteilt. Und wieder spürten wir, wie richtig es war, dass wir bei der Abfahrt aus Harzungen, mitten im Chaos, unser Lager im geschlossenen Waggon aufgeschlagen und ihn in eine Ambulanz verwandelt hatten, mit alldem, was wir trotz des großen Durcheinanders hatten mitnehmen können. Verbände, Rivanol, Pflaster, die gelbe Salbe, Vaseline. Und eine Menge Schüsselchen, kleine Scheren und chirurgische Messer sowie Gummihandschuhe. Und eine Flasche Alkohol aus der Ambulanz der SS. Mit Wasser vermischt, konnte der Alkohol manchen das Essen ersetzen und einen Funken Hoffnung auf Rettung aufflackern lassen. Die Waggontüren waren zur Seite geschoben, und am Rande der Öffnung saßen leidende Gestalten mit bis zu den Knien hoch gekrempelten Hosenbeinen. Die Beine sahen aus wie gelbe, verkrustete Stöcke, nur hie und da hing aus dem Waggon ein Fuß, der die Form einer fleischigen Keule hatte. Dort, wo ich angehalten hatte, saß am Rande des Waggons nur einer, so dass ich den Behälter mit Rivanol und die Papierbinde auf dem Waggon statt auf dem schmalen Pfad zwischen den Gleisen abstellen konnte.

Es handelte sich um einen nicht mehr ganz jungen Franzosen, der aber immer noch die richtige Feuchte, ohne Kristallschimmer, in den Augen hatte. Es gibt manche Körper, auch wenn sie rar sind, die trotz siecher Glieder besonders widerstandsfähig sind und so vielleicht ihre instinktive Hoffnung über den Tod hinaustragen. Er hatte eine Eiterbeule am linken Wadenbein und die Haut, ansonsten rau und gelb, war dort weißlich und glatt wie bei einer Glatze. Das bedeutete, dass der Eiterherd sich tief darunter befand, wenn es einen Sinn hat, bei einer solchen Gewebeatrophie von Tiefe zu sprechen. Tut es weh?, fragte ich, ihn vorsichtig betastend. Oui, antwortete er und nickte. Er hielt mit beiden Händen das Knie. Sehr gut, wenn es dich schmerzt, überlegte ich, griff nach dem chirurgischen Messer und desinfizierte es. Als ich mich aber umschaute, wahrscheinlich, weil es um den Eingriff in einen menschlichen Körper ging, bemerkte ich, dass die Augen eines Blonden auf mich gerichtet waren, der auf dem Waggon hinter mir sein Maschinengewehr putzte. Sein Blick war aber nicht nur neugierig. Es war so, als würden die Augen des großen und schönen jungen Mannes nicht nur das hängende Bein beobachten, sondern sich auch wundern, dass solche Wesen noch am Leben waren. Es war in diesen Augen auch die leise und bescheidene Betroffenheit eines schönen Tieres, eines schönen Pferdes, das Aas vorgesetzt bekam. Und außerdem fast Respekt und Bewunderung für den gestreiften Krankenpfleger, der den Todgeweihten berührte, sich seiner ruhig und selbstverständlich annahm, als hätte er sich für einen solchen unmöglichen Dienst in einem fernen, vorgeschichtlichen Leben qualifiziert. Mein erstes Gefühl und instinktives Bedürfnis war, das hängende Bein abzuschirmen und das Elend dieses Waggons und sämtlicher unzähligen Reihen von Waggons zu verstecken; als wollte ich die Wahrhaftigkeit dieser Erniedrigung vor den Augen des blonden deutschen Gottes verleugnen. Denn gerade in diesem Moment begann ein gelbes Gerippe aus dem Waggon an meinem Patienten vorbeizukriechen. Sicher, eine ganze Reihe anderer stand oder hockte schon unter den Waggons, doch niederschmetternder als der Anblick, wie sie ihre Notdurft verrichteten, war derjenige ihrer entblößten Schienbeine mit dem Häufchen gestreifter Hosen an den Knöcheln, besonders bei denen, die sich nicht hinhocken konnten und gebeugt unter den Waggons standen, wobei sie mit den kahlen Schädeln gegen deren Boden stießen. Dieser eine aber glitt langsam hinunter und war besser sichtbar. Ein unmöglicher Schauspieler, der von der Wanderbühne eines unglaublichen Ensembles hinuntertrat. Und wie er sich so quälte, um mit den Fußsohlen den Boden zu berühren, rutschten seine Hosenbeine bis zu den Holzschuhen hinunter, so dass ein ungeheuer knochiger Schmetterling zum Vorschein kam. Dann drückte ich das kleine Messer gegen die Haut, die hart war wie Leder, und hackte von oben nach unten tief hinein. Über mir klammerten sich krampfhaft zwei Hände um das Knie, ich aber dachte, soll der Junge nur schauen, damit er sieht, wie kameradschaftlich unser Verhältnis zum Tod ist. Danach beachtete ich ihn nicht mehr. Ich wusch die Wunde, aus der ein paar Tränen gelblichen Harzes herausgelaufen waren, füllte sie mit Rivanol-getränkter Gaze und verband sie mit der Papierbinde. Anschließend trug ich meine Sachen in den Waggon, weil die anderen schon fertig waren und ich der Letzte war. Ich verkroch mich in meine Ecke, weil ich fror und immer wieder hustete, und am liebsten unter meiner Decke zurückgezogen döste. Es interessierte mich nicht, dass die Soldaten aufgehört hatten, an ihren Maschinengewehren zu arbeiten, weil man ihnen die Näpfe mit Reis gebracht hatte. Der ganze Transport starrt sie nun beim Essen an, dachte ich, während unter dem Waggon die dürren Finger wie Krallen eines vorsintflutlichen Tieres am Holz schaben. So reagierte ich nicht, als vor der Tür René rief: »Er sagt, es wäre für den, der die Eiterbeule geschnitten hat.« Es gab ja so viele, die Eiterbeulen geschnitten haben! Aber schließlich verständigte sich René dort draußen und rief nach mir, so dass ich aufstand und zur Tür ging. Der blonde Unteroffizier, der am Fuß des Geschützes saß und aus dem Napf aß, zeigte mit dem Löffel auf mich. Ganz leicht, fast müde, nickte ich ihm zu und ging mit einem Napf aus Pappe wieder in meine Ecke. Das weiße Töpfchen war zur Hälfte mit Reis gefüllt, und mich überkam ein eigenartiges Gefühl bei dem Gedanken, der junge Siegfried könnte meinen, dass man sich mit einer solchen Portion Reis freikaufen kann. Und gleichzeitig glaubte ich, dass der Behälter eine trügerische Erscheinung war. Ich saß dort am Ende des Waggons und drückte die warme Pappe, die weich nachgab, zwischen den Händen. Ich war nicht hungrig; seitdem ich angefangen hatte zu husten, war der Hunger verflogen, der Geruch, der aus dem Töpfchen kam, widerstrebte mir. Ich muss es jemandem geben, dachte ich und bereute, es überhaupt angenommen zu haben. Ich hatte nämlich den Eindruck, der Blonde hätte es mir aus Respekt geschickt, weil ich diesen Dienst verrichtete, doch in seinem Respekt gab es keinen Platz für die vernichteten Menschen. Ich umfasste mit den Handflächen die runde und warme Pappe und versuchte, mit den Augen des Blonden auf die lange Reihe Atlanten zu schauen, die unter den Waggons zur Verrichtung ihrer Notdurft standen und auf ihren Schädeln die zerfallende Welt trugen; gestreifte Mumien, deren Verbände sich gelöst und aufgewickelt hatten, so dass sie jeden Moment zu Staub zerfallen konnten. Ich versuchte, seine Gedanken zu lesen, und auch wenn ich mich umsonst mühte, war mir doch so, als hielte ich in meinen Händen ein weiches Lebewesen, ein weißes Häschen, und die Wärme, die von den Handflächen langsam die Unterarme hinaufkroch, kam mir bekannt vor. Ich schloß die Augen und versuchte mit all meiner Kraft die Erinnerung zu zwingen, mir zu Hilfe zu kommen.

Die Fensterscheiben strahlen in der Sonne, als wäre ich in einer Glaskugel, deren Oberfläche vom silbernen Netz nächtlicher Tautropfen besprüht wird. Ich bin schon eine Weile wach, aber ich habe es nicht eilig aufzustehen, um in der Kühle des Morgens zu fahren. Ich bin frei von allen Plänen, und obwohl ich weiß, dass ich wahrscheinlich Mad aufsuchen werde, ist mir vollkommen klar, dass es unangemessen wäre, von ihr zu erwarten, die einstige glückliche Atmosphäre von neuem zu erleben. Mad hat sich verändert, und wenn ich fern von ihr bin, bin ich enger verbunden mit ihrer, für mich in den ersten Nachkriegsmonaten so rettenden Erscheinung. Genauso weiß ich, dass ich morgen mit dem Leben des Quartier Latin verschmelzen und mich auf dem Montmartre verlieren werde, wo mich der Glaube an den Wert des menschlichen Tuns von neuem durchdringen wird. Jetzt habe ich aber keine Lust, mich zu bewegen. Wahrscheinlich werde ich, wenn ich aufstehe, nochmals dort hinauffahren, aber ich werde nicht mehr auf die Terrassen gehen, sondern nur bis zum Eingang, um noch einmal die tote Stellung mit den Augen zu umfassen. Ich spüre, dass ich dieses Panorama benötige, mir scheint, dass mir in einem solchen, mit Spannung geladenen und intensiven Moment eine gewisse erlösende Botschaft zuteil werden wird. Ich lehne zwar das kindliche Verlangen nach einem magischen Ritual ab, doch ist es gerade der Gedanke an die Kinder, der mich anspornt und mit einer grundsätzlichen Unruhe erfüllt. Als der Sonnenstrahl, der sich durch das Fenster am Kopfende entzündete, mich vorhin geweckt hat, kam mir das Eichhörnchen aus dem Lesebuch in den Sinn. Die ganze Zeit versucht es, mit dem Pfötchen den frechen Strohhalm wegzuschieben, der es am geschlossenen Augenlid kitzelt und am Schlafen hindert. Schließlich aber wird der Halm so zudringlich, dass das Eichhörnchen erbost mit den kleinen

Krallen nach ihm schlägt, und daraufhin erwacht: Der helle Halm, der es ärgerte, war in Wirklichkeit ein Sonnenstrahl. Und ich sah die Schüler vor mir, die sich in den Schulbänken gutmütig über das Eichhörnchen und seinen Irrtum amüsierten. Es war eine erste Klasse der Mittelschule, und die Buben waren so klein, dass ihre Augen noch größer wirkten, und sie waren von solchen Erzählungen begeistert. Ich habe jetzt wiederum Kinder vor mir, durch die benetzten Autoscheiben erscheinen sie wie von einem Regenbogen umrandet und vervielfältigt. Sie bewegen sich vor den Zelten, und sehr bald werden diejenigen, die nicht abreisen, Fußball spielen oder mit netzbespannten Schlägern den Federball hoch hinauf in die Luft schlagen. In diesem Moment weiß ich nicht, ob mir auf meinen sommerlichen nomadischen Reisen etwas noch lieber ist als das lebhafte Pulsieren eines Campingplatzes am Morgen, oder auch in der Abenddämmerung, wenn sich heranwachsende Jungen und Mädchen im Rhythmus der kaum erahnten Liebe wiegen. Ich bleibe doch noch liegen und gehe nirgendwohin, weil ich nicht weiß, wie ich die Vertreter der dunklen Baracken vor diesen jungen Menschen, den Sprösslingen des unsterblichen Menschengeschlechts, versammeln könnte. Ich weiß nicht, wie ich die erniedrigten Knochen und die erniedrigte Asche zu ihren Füßen legen könnte. Ich bin kraftlos und kann mir nicht vorstellen, wie meine Erscheinungen die richtigen Worte finden könnten, um vor der Kinderschar zu beichten, die jetzt zwischen den Zelten tanzt, und vor dem Mädchen, das gestern um das Seil am Schornstein kreiste, als wäre es von einem unsichtbaren Karussell getragen.

Triest, 1966

Nachbemerkung

Das Unheil begann wie so oft im zwanzigsten Jahrhundert: Jemand musste Boris Pahor verleumdet haben, als ihn im Januar 1944 in Triest deutsche Geheimpolizisten abholen kamen, den üblich brutalen Verhören unterzogen und binnen kurzem nach Dachau deportierten. Eigentlich hatte Pahor noch gar nicht Zeit gehabt, sich im Widerstand zu betätigen, da er eben erst nach italienischem Kriegsdienst in Libyen und als Gefangenendolmetscher am Gardasee in seine Heimat Triest zurückgekehrt war, wo die slowenische Befreiungsfront OF mit einigem Erfolg operierte. Die Falle schnappte trotzdem zu, zwei Zeitungsartikel im Nachtkästchen genügten, und Boris Pahor wurde für fünfzehn Monate ins deutsche Todesreich verschleppt: Dachau, Natzweiler (in den Vogesen), Dora-Mittelbau und Harzungen, Bergen-Belsen.

Boris Pahor erzählt seinen Weg durch Nekropolis – der Name lehnt sich an die Bezeichnung des französischen Denkmals in Natzweiler an: *nécropole nationale* –, aber er erzählt ihn nicht in chronologischer oder thematischer Ordnung, sondern in einer uns Nachgeborene schonenden, zugleich aber umso einprägsameren Weise. Die Erfahrungen werden dargestellt aus der Perspektive eines Sommertages in den frühen sechziger Jahren, an dem der Autor über das Gelände der Gedenkstätte von Natzweiler streift. Er geht in

Seh- und Hörweite der offiziellen Gruppenführung durch das Lager und folgt den Eingaben der spontanen Erinnerung, aus denen sich ein dichtes Bild der Lagerorganisation ergibt, gerade weil sich um die erinnerten Details die eindringlichsten Bilder ansammeln. Zugleich aber reflektiert Pahor in seinem einsamen Gang über die Terrassen der Lageranlage – unten das Krematorium, oben der Galgen, dazwischen die gestaffelten, über Treppen miteinander verbundenen Baracken – die Möglichkeit und Unmöglichkeit, sich überhaupt mitzuteilen. Scheinen ihm doch auf dem Kies die eigenen leichten Sommerschuhe bereits völlig unwirklich gegenüber der Erinnerung an die plumpen, oft unbrauchbaren Holzschuhe, in denen er einst über die Treppen gehetzt wurde oder die er anhatte, wann immer die Toten aus der Krankenbaracke zum Ofen hinabgetragen wurden. Wenn aber schon die eigene Gegenwart sich der Erinnerung widersetzt, wie sollte sich dann jemand deren Erzählung öffnen, der von den Ereignissen selbst nicht betroffen war? Wie sollte ein ehemaliger Häftling sich touristischen Besuchern erklären, deren Vorstellungskraft bereits vom Einfachsten überfordert ist? »Was ist das?« – »Der Ofen«. – »Die Armen!« Und zugleich weiß der Erzähler, der diesen banalen Dialog mit anhören muss, dass auch dies nur die übliche Ausweichbewegung eines schwachen Bewusstseins vor der geahnten Wirklichkeit ist.

In immer neuen Ansätzen kreist Pahor um die Frage der Mitteilbarkeit, um immer wieder in die Tiefe der aufsteigenden Erinnerung gerissen zu werden, in den Regen, in die Kälte, in die sinnlosen Schindereien der sadistischen Wärter, in die Krankheiten. Über Letztere erfahren wir besonders

Eindringliches, denn Pahor, der keiner politischen Richtung oder Hierarchie der Häftlinge angehört hatte, hat das Lager nur durch seine Vielsprachigkeit und seine Eignung als Krankenpfleger überlebt. Beim Verbandwechsel war einem französischen Lagerarzt die vielfältige Sprachkenntnis des mit dem »I« der Italiener Gekennzeichneten aufgefallen, der durch sein Slowenisch auch die slawischen Sprachen und zudem das für offizielle Krankenberichte erforderliche Deutsch kannte. So wurde Pahor einer von jenen, die mit Papierverbänden, Traubenzucker, Tierkohle und – im besten Fall – mit veterinärmedizinischen Sulfonamiden gegen Ruhr, Rotlauf, offene Hungerödeme und ähnlich schwere Leiden ankämpften. Nur allzu oft ging die Tätigkeit des Pflegers in jene des Totengräbers über. In Anbetracht dessen mutet es wie ein Wunder an, dass Boris Pahor selbst mit einer Lungentuberkulose davonkam. Von deren medizinischer Therapie in einem französischen Lungensanatorium und von der schwierigen Rückkehr unter die Lebenden erzählt der autobiografische Roman *Kampf mit dem Frühling* (1958/dt. 1997).

Boris Pahor hat sich dem Thema von *Nekropolis* langsam genähert. In *Kampf mit dem Frühling* werden – eingebettet in eine ebenso heikle wie heilsame Liebesgeschichte – die Erfahrungen des Konzentrationslagers bereits in zwei Kapiteln geschildert, während sie in einem vorhergehenden Roman (*Vila ob jezeru*, 1955; frz. *La ville sur le lac*, 1998) nur indirekt gegenwärtig sind. Der Protagonist, ein Architekt aus Triest, der Urlaub am Gardasee macht, entdeckt die emotionalen und baulichen Relikte der Mussolini-Zeit, scheut aber davor zurück, seiner jungen Geliebten die eigenen Erfahrungen zu erzählen. Erst in den sechziger Jahren war die

Zeit reif, um die erzählerischen Ansätze der unmittelbaren Nachkriegszeit – die Episode des Pflegers Janoš (*Nekropolis, S. 98ff.*) wurde bereits 1947 als einzelne Erzählung verfasst – zu einer großen, mehrsträngigen Darstellung zu bündeln.

Der Erzähler von *Nekropolis* verknüpft meist mehrere Perspektiven und erzielt seine oftmals verstörende Klarheit durch behutsame Lenkung des Lesers. So stößt Pahor bei seinem Gang durch die Baracken von Natzweiler etwa auf das hölzerne Pferd, an dem die Opfer von Auspeitschungen festgeschnallt wurden, fokussiert aber den Blick nicht auf den schrecklichen, durch kein Mitleid erreichbaren Vorgang selbst, sondern auf die Stille der im Zählappell gebannten Häftlinge. Sie warten nur darauf, dass das präsumtive Opfer, ein Abgängiger, der wahrscheinlich in irgendeiner Ecke vor Erschöpfung eingeschlafen war, von den Wärtern aufgespürt wird. Erst im Vergegenwärtigen dieser Stille erfolgt dann die zu erwartende Identifikation mit dem Opfer, aber auch dies geschieht nicht eher als im panischen Augenblick des Entdecktwerdens, im Moment äußerster Vereinzelung. Durchkreuzt wird dieser Erinnerungsvorgang zudem durch ein materielles Zeichen in der Gegenwart, denn der Blick des Erzählers fällt zwischenzeitlich auf die sachliche Beschriftung »Chevalet à bastonnade« – und plötzlich wird im Erzählen das absurde und nichtssagende Schild zum Vektor eines unermesslichen Hohlraumes aus Angst.

Konkretes Detail und reflektierter Erinnerungsstrom charakterisieren die Grundzüge von Pahors Erzählkunst, zu denen eine chirurgisch genaue Psychologie hinzukommt. Denn der Erzähler verschweigt uns nicht, dass die Häftlinge auch erleichtert sind beim Gedanken, das Opfer sei bereits gefasst und in die Folterkammern verbracht, so dass sie den Lärm der Aufspürung, auf den alle warten, gar nicht mehr hören müssten. Nein, in Pahors Erinnerung empfinden die Mithäftlinge kein Mitleid, erst in der Identifikation mit der absoluten Verlorenheit des Opfers in der Folterbaracke vor dem Ofen schließt sich die Solidarität der Häftlinge.

Freundschaften sind unter diesen Bedingungen kaum möglich, wo der Anblick eines Stücks Brot die Kehle unkontrollierbar zucken lässt; und doch stellen sich besondere Bindungen her: zu Landsleuten, zu Franzosen, zu Kroaten. *Nekropolis* ist so auch ein Buch der Freundschaften, genauer des Verlierens von Freunden und des erinnernden Wiederfindens: Ivo, der Gefährte aus Triest; Tomaž, der im Lager vom istrischen Wein träumt; Ivanček, für den eine Packung Zwieback zu spät kommt; Mladen, der ein Foto seiner Mimica bis zum Tod durchschmuggeln kann; der Frauenheld Vlado, dessen Beine jedem Mädchen in Split bekannt sind; die Musiker Paul und Pierre, der Arzt André Ragot; dazu Tola und Vaska, die engsten Kollegen und Freunde unter den Pflegern – die Liste der Namen ist lang, die wir ohne Boris Pahor nicht kennen würden, Namen von Menschen mit Hoffnungen, Marotten, Physiognomien, Sarkasmen und Fieberträumen. So entsteht aus Boris Pahors Erinnerung ein Bild menschlichen Reichtums, das die Vernichtungslager zwar vielfach zerstören, aber nicht auslöschen konnten.

Boris Pahor erzählt das Gute inmitten des absolut Bösen mit der illusionslosen Genauigkeit eines Zeugen, der sich die Teilnahme des Freundes gleichsam versagt, um überhaupt weitererzählen zu können. Dass aber erzählt wird, ist für Pahor besonders dringlich, denn er beschreibt die Geschehnisse, die die Identität Europas ex negativo bis heute prägen, in der Sprache eines zahlenmäßig kleinen Volkes, das bis vor wenigen Jahren nie eigene unabhängige staatliche Institutionen besessen hat. Pahor, der 1913 als Slowene im damals noch österreichischen Triest geboren wurde, deutet daher das Lager als konsequente, wenn auch ins Extrem gesteigerte Fortsetzung der Unterdrückung seiner Volksgruppe durch den italienischen Faschismus. Bücherverbrennung, Verbot der eigenen Sprache, Italianisierung der Namen bis hin zu den Grabsteininschriften und polizeiliche Repression, wie die Slowenen sie ab 1920 erfuhren, werden so zu Vorstufen der Reduktion auf Häftlingsnummern und der physischen Vernichtung.

Pahor, der zugleich auf Grund seines Bildungsganges und seines Berufes – er studierte in Padua und unterrichtete italienische Literatur am Gymnasium – tief in der italienischen Seite seiner Triestiner Identität verwurzelt ist, musste für seine Sprache und Kultur leisten, was auch Primo Levi, Robert Antelme und Imre Kertész erst allmählich ins europäische Bewusstsein gehoben haben. Mit Pahors Buch, das seine Entstehungszeit nicht verleugnet, kann man noch einmal neu die Sicht auf jene Gegenwelt gewinnen, die nicht nur seit zwanzig Jahren jede öffentliche Diskussion bestimmt, sondern auch künftig das Zusammenleben der Nationen in Europa bestimmen wird. Durch die Rezeption von *Nekropolis* in Frankreich, in den Vereinigten Staaten und nunmehr auch in Deutschland erweitert und präzisiert sich der Blick auf die europäische Geschichte um eine wichtige und durch die sprachlich realisierte Nahsicht besonders einprägsame Perspektive.

Pahor erlaubt sich dazu als einzige stilistische Überhöhung seiner schlicht berichtenden Sprache die Mittel von Metapher und Vergleich, um die Deformation der natürlichen Welt darzustellen. Seinem sprachlichen Blick werden die in Reih und Glied stehenden Häftlinge, die auf Befehl die Mütze abnehmen müssen, plötzlich zu einer gestreiften Palisade, auf die die Köpfe bloß aufgesteckt sind, als hätte man sie den Opfern bereits abgeschlagen. Der umstehende Wald wird zu einer leblos drohenden Masse, während die Flamme auf dem Schornstein des Krematoriums aus der stumpfen Farblosigkeit des Lagers wie eine Tulpe oder Mohnblüte leuchtet: Das Leben wird zu Materie, der Mensch zu einem ausgebeuteten Stoffwechsel, der Lehm, die Steine und der Stahl triumphieren über etwas, was zuletzt wie ein abgesengter Vogel aus dem Schubkarren baumelt, sobald der letzte Tropfen Feuchtigkeit den Augenkristall verlassen hat.

Und dennoch, wer das Buch – wie bei der Druckvorbereitung nötig – mehrmals gelesen hat, dem ist es jedes Mal lichter geworden: Nicht aus Abstumpfung gegenüber dem beschriebenen Leid, sondern weil die Haltung des Autors immer heller zu Tage tritt. Die Tatsache, dass ein Mensch durch die äußerste Erniedrigung gehen kann, indem er Gleichmut und tätige Hilfe praktiziert, und dass er auch danach nicht in Hass und Erbitterung erstarren muss, sondern das Interesse an den Menschen und an der Liebe bewahren kann, dies zusammen lässt die beklemmende Lektüre in das Gefühl einer Befreiung übergehen. Primo Levis Frage: ›Ist das ein Mensch?‹ erhält durch Boris Pahor als Antwort ein brüderliches Ja.

Thomas Poiss

Anmerkungen

S.7: Srečko Kosovel (1904–1926), slowenischer Dichter aus dem Umland von Triest. Auf deutsch liegt vor: *Die Gedichte*, Klagenfurt 1992. Boris Pahor widmete ihm die Monografie: *Srečko Kosovel*, Civiltà della memoria Bd. 15, Pordenone 1993.

S.7: Vercors (Jean Bruller, 1902–1991), französischer Schriftsteller, vor allem bekannt durch sein Buch *Le silence de la mer* (1942); Gründer des Verlags Éditions du Minuit.

S.10: Primož Trubar (1508–1586), studierte zunächst Theologie in Triest, wo er auch als slowenischer Prediger wirkte. Nach seinem Übertritt zum Protestantismus floh er nach Deutschland, wo er in Tübingen 1550 seine Übersetzung der Bibel als erstes gedrucktes Buch in slowenischer Sprache herausgab.

S.32: Gabriele Foschiatti (1889–1944 in Dachau), Publizist und Organisator in Triest, gehörte der sozial-liberalen Partei *Il Partito d'azione* an. In den Anmerkungen zur italienischen Ausgabe von *Nekropolis* bekennt Boris Pahor, dass er zur Zeit in Dachau nicht gewusst habe, in welchem Maße sich Foschiatti auch für die Rechte der slowenischen Minderheit eingesetzt hatte.

S.59: Guglielmo Oberdank (1858–1882), Sohn der slowenischen Hausangestellten Jožsefa Marija Oberdank und des italienischen Sergeanten Valentino Falcer. Als Anarchist plante er ein Bombenattentat auf Kaiser Franz Joseph während dessen Besuchs in Triest, wurde dabei gefasst und hingerichtet. Als Triest 1918 zu Italien kam, wurde nach ihm der Oberdan-Platz benannt.

S. 215: Ljubljanica, Fluss, an dem die slowenische Hauptstadt Ljubljana liegt.

S. 236: Dachauer Prozesse (1948/49), stalinistisch inszenierte Prozesse in Jugoslawien, in denen ehemalige Dachau-Häftlinge der Kollaboration mit der Gestapo und später derjenigen mit imperialistischen Geheimdiensten bezichtigt wurden.